魅丽文化
桃天
桃夭工作室

U0840655

校门告白

鱼歌 著

YU GE WORKS

江苏凤凰文艺出版社
JIANGSU PHOENIX LITERATURE AND ART PUBLISHING, LTD

图书在版编目（CIP）数据

权门告白 . 2 / 鱼歌著 . -- 南京 : 江苏凤凰文艺出
版社 , 2019.6
ISBN 978-7-5594-3642-9

Ⅰ . ①权… Ⅱ . ①鱼… Ⅲ . ①长篇小说 - 中国 - 当代
Ⅳ . ① I247.5

中国版本图书馆 CIP 数据核字 (2019) 第 074899 号

权门告白．2

鱼歌 著

责任编辑 张 倩 王 青
特约编辑 任天天
装帧设计 熊 婉
出版发行 江苏凤凰文艺出版社
南京市中央路 165 号，邮编： 210009
网 址 http://www.jswenyi.con
印 刷 湖南凌宇纸品有限公司
开 本 880mm × 1230mm 1/32
印 张 9
字 数 271 千字
版 次 2019 年 6 月第 1 版，2019 年 6 月第 1 次印刷
书 号 ISBN 978-7-5594-3642-9
定 价 36.80 元

目录

CONTENTS

目录

CONTENTS

第1章
灾难降临

大青山小学，大明星杨柳儿正在做捐赠活动，全程都有摄像机拍摄。

忽然，外面传来巨响声，地动山摇，好不可怕。

伴随着轰隆隆的巨响，正在操场上的林浅和林渝转头看去，只见后山上，昔日墨绿色的山坡，从半山腰的位置开始断裂，然后就像剥皮一样往下滑。

大面积的山体带着那上面所有的生物，迅速往下滑，声音越来越响，连带着地面都在震动。

“啊，是山体滑坡！”

林浅和林渝都傻了。

她们是趁暑假的机会来这里参加支教帮扶活动的，因为人手不足，被停了职的顾东君也来了，还有做公益活动的大明星杨柳儿也在这里。

当灾难降临的时候，大家都慌了。

正在教室里的顾东君冷静地大喊一声：“把孩子带走，把孩子带走。”

这里的孩子，最大的十四岁，最小的只有两岁半，灾难一来，大家都往外涌，狭小的门口被堵着，跑得快的几个大孩子出去了，小的几个全都在里面。

来不及思考，顾东君二话不说就用拳头砸开了窗户，让更多的孩子爬窗出去。

但几个小一点的孩子，都吓蒙了，除了大哭，根本做不了什么。

杨柳儿的团队跑得最快，几乎是灾难发生的同一时间，他们什么都不管，就拼了命地往外跑了。

杨柳儿扑到顾东君的面前去拉他：“跑啊，快跑啊。”

但顾东君连回话都顾不上，抱起孩子就往外冲，能救一个是一个。

傻了的林浅和林渝不断地被逃出教室的人群推撞着，姐妹俩握紧了双手，谁都没有跑。

“林渝，往哪跑？”

“你往哪？”

林浅不作声，她不能帮林渝做选择，这一刻，她反而镇定了，说：“我数一二三，咱们一起跑，不要管对方，只朝一个方向跑。”

“好。”

“一、二……三！”

生死关头，姐妹俩依旧默契十足，松开了对方的手，迈腿就往教室里面冲。

里面还有十几个孩子。

这时，正在外面值班的军人战士姜萧何，立刻飞奔过来救人了。

他是受顾城骁所托，带领一群战士前来协助的。

所有人都在往外跑，只有他们是在往里冲。

灾难就在眨眼间，当姜萧何冲到教室门口的时候，门框咔的一声断裂了，这幢不大的教学楼就要倒了。

在杂乱中，他一眼就看到了林浅，他跑过去，一把抢过她手里的孩子，一只手拉着她，大喊道：“嫂子，你快出去，房子就快倒了。”

“好，好。”林浅也害怕啊，嘴里说着好，也点着头，可眼睛还在看着后面。

当她看到小翠抱着弟弟蹲在角落里无助地哭喊的时候，她一把甩开姜萧何的手，回头跑向小翠。

“嫂子……”

轰的一声巨响，姜萧何的声音被房子坍塌的巨响声掩埋。

一同被掩埋的，还有教学楼，以及里面的人。

随后，地不动了，山不摇了，一切仿佛都安静了下来。

逃出去的人都在外面，回头一看，后山半座山都塌了下来，刚好压到学校的位置。

整个过程不过两分钟。

两分钟，这里所有的一切，都毁了。

原本郁郁葱葱的山林，此刻已经变成了土黄色的斜坡，原本白墙灰瓦的学校，此刻已经变成了一片废墟。

孩子们满脸的灰尘，站在校门口的位置往回望，都看得傻了眼。

如果山体再继续往前滑，那么，将无一人能幸免。

这时，废墟之中，一个满身是灰的孩子爬了起来，他是在大楼倒塌之前被姜萧何推出去的。

“老师，”孩童稚嫩的声音在灰土中响了起来，废墟中的孩子没有往前跑，而是朝后喊，“老师，老师，你们快出来啊。”

这一喊，所有呆愣在校门口的孩子，纷纷往回跑，一边哭一边喊：“林老师，顾老师……”

老校长和另外的支教老师赶紧上前将孩子们拦住，这山体指不定什么时候还会再滑下来，还有落石之类的，太危险了。

“我看到组长了。”一名战士高声喊道。

大家齐心协力地挖开一堆碎石，在废墟的边缘处挖出了被砸晕的姜萧何。

“组长，组长，醒醒。”

姜萧何慢慢地睁开眼睛，甩了甩脑袋，在战士的搀扶下站了起来。

“组长，您……”

姜萧何抬手打断属下的问询，说：“我没事儿，大武，赶紧联络总部。陈斌，”他顿了一下，回头望着那一片尘土飞扬的废墟，不敢想，“陈斌，张旸，你们快去看看里面的人。”

刚才的突发状况始料未及，他们赶来的时候已经晚了，救孩子的主力是顾东君、林浅、林渝三人。

孩子们大多都出来了，可这三人全都在里面。

姜萧何有些头晕，被砸破的额头流出了鲜血。

他双手抹了一把脸，脑海里回想起来时对顾城骁的保证。

“我要你务必将她安然无恙地带回来。”

“老大放心，我姜萧何用我的性命向你保证，一定保护嫂子周全，同时完成摸底任务。”

男人的承诺，比山高，比海深。

可如今，摸底任务没有完成，嫂子也生死不明。

大武狂奔至校门口的安保室，说话的声音都有些颤抖，“总部，呼叫总部，这里是大青山小学，这里是大青山小学。”

信号不是很好，听筒里面全是杂音，他听不到回音，更不知道总部的人能不能听清楚他的话。

他颤抖的声音极为响亮，说：“大青山小学后面的山体突然发生坍塌，整个小学毁于一旦，有好几个人被埋在其中，请求支援，请求支援。”

而此时此刻，顾城骁正在回国的飞机上。

顾城骁不在，野狼战队暂时由郑子俊坐镇。

在收到大青山山体滑坡的消息之后，郑子俊立刻申请救援，并在接到同意指令后的第一时间，派出四架直升机火速赶往大青山。

天色逐渐暗下来，灾难过后的大青山比以往还要暗得早，蓝紫色的夜空点缀着成片成片的繁星。

顾东君和林渝，以及他们各自救的两名孩子，因为被埋得浅，已经被姜萧何等人救出来了。

但是，林浅还没有找到。

不久，天空传来直升机的声音，是救援部队来了。

孩子们擦干了眼泪，跳着挥动着小手，嘴里都在喊着：“救救老师们，救救老师们。”

从直升机上垂下的绳索降下来许多战士，同时也运来了救援的物资和装备。

郑子俊等人与姜萧何会合，在初步了解现场情况之后，郑子俊当机立断地下了指令。

“魏男、高纪钦、宋景瑜分为一支小队，带上装备，进去救援。”

“是！”三人异口同声，声音特别嘹亮。

“郑紫琪，安抚和保护好其他孩子。”

“是！”

“姜萧何，带路。”

“是！”

救援先锋队跟着姜萧何进入灾区，这里已经看不出原来的样子了。

姜萧何准确地指出原来教室的所在地："这是门口，里面还有三个人，嫂子和一对姐弟。"

郑子俊问："还活着吗？"

姜萧何沉默，所有人都沉默。

根据姜萧何的回忆，房子坍塌之前，顾东君和林渝各抱着一个孩子，已经跑到了门口。

而林浅，挣脱了他的手，奋不顾身地冲向还在里面角落地的一对姐弟。

房子不单单只是坍塌，是被滑下来的山石冲毁的，有一部分楼房被山石掩埋着。

当时林浅所在的位置，正是被山石掩埋的部分，在很深很深的底下。

就算她幸运地躲过了山石的冲击，被掩埋得久了，也会因为长期缺氧而窒息，或者因为缺粮缺水而丧命。

营救迫在眉睫。

可怎么救，又成了一个大难题。

这里没有大型的挖掘机，要挖，只能单靠人力，速度慢，效率低，等挖到被掩埋的地方或许需要好几天。

可人能坚持那么多天吗？

山路被阻断，里面的人无法出来，外面的人无法进去，进出只能靠直升机。

正在大家一筹莫展的时候，高纪钦手里的生命探测仪发出了嘀嘀的声音。

他欣喜若狂："这下面有人，活的，在距离地面五米深的地方。"

也就是说，山体滑坡冲下来的巨石，将整个地面抬高了整整五米。

高纪钦又说："这里没有泥土，只有大石头，氧气可以通过石头之间的缝隙输进去。"

宋景瑜仔细查探了现场的地形地势，说："或许我们可以挖个地洞下去。"

郑子俊点点头："也只能这样了，抓紧时间，干起来！"

大家异口同声道："是，就是干！"

这边的隧洞不停地在挖，那边临时搭建的帐篷里，大家正坐在一起讨论。

高纪钦：“A 点和 B 点在同一高度，只不过 A 点上方的山石层比 B 点高出了三米，咱们挖了五个多小时，才挖到 B 点，挖到 A 点起码要明天。”

魏男：“这还是其次，重点是，再挖下去，会不会发生塌方。”

宋景瑜：“不管，塌方也得挖，那里面可是三条人命。”

魏男：“救肯定要救，别说那人是嫂子，就算不是，咱也得救。”

沉默片刻，郑子俊看了看时间，说道：“老大就快落地了，魏子，直升机准备好了吗？”

魏男：“早准备好了，李不言去接机，老大一落地就能上直升机。”

宋景瑜：“老大估计会崩溃。”

在场所有人都沉默下来，这都八个小时了，没水没粮，湿冷又少氧，他们即使还活着，又能坚持多久呢？

这时，对讲机里，前方部队传来消息：“打通阻挡的房梁之后，发现里头有大量的空间。”

大家一阵惊喜，又快速奔赴掩埋现场。

B 市，首都国际机场，飞机平稳落地。

顾城骁打开手机，无数条推送新闻和信息涌了进来。

弹窗上的短消息言简意赅大青山山体滑坡，一所小学被埋。

这个标题让顾城骁全身的血液恍若逆流，大青山，山体滑坡，小学被埋，每一个关键字，都深深地触动着他的心。

他正要打电话，李不言的电话就打了进来。

“喂，说！”

“老大，大青山发生山体滑坡……”

“我知道，说重点，林浅呢？”

“您别紧张，嫂子已经找到了，暂时没事，停机坪已经准备了直升机，可以立刻送您过去。”

“好。”

大青山灾区现场。

不停歇的救援让大家的体能消耗非常大，救援人员，轮班上阵。

发现底部的空洞之后，他们用粗实的木桩顶住上面，以防止再次发生坍塌。

但是，下面的空间不高，人只能爬着进出，救援工作的展开相当难。

林浅不知道在黑暗中等了多久，她能听到上面敲敲打打的声音。

她喊，听到的只是自己的回音，她用石头敲，似乎外面也没什么回应。

小翠的弟弟之前还声音洪亮地哭着，这会儿已经没力气哭了。

小翠不停地叫着弟弟，可弟弟的回应也是越来越微弱。

“林老师，我们会不会死在这里？”

林浅半个身子都被上面的课桌压着，灾难发生的时候，她抱着两个孩子躲到课桌下面。

天花板砸下来的时候，课桌也砸了下来，结实地压在她的身上。

她觉得自己的胸腔都被压碎了。

会不会死在这里，她也不知道，可她不能不给孩子希望。

她低声说：“不会的，会有人来救我们的，部队的兵哥哥们可英勇了，他们肯定都在上面想办法。”

小翠默默垂泪，哭着说：“可是，我好怕，他们什么时候来救我们啊？”

“快了，快了，再坚持坚持。”

林浅气若游丝，说两句话都累得喘气，一喘气，胸口就疼。

之前她还能感觉到下半身的疼痛，现在，麻木到什么都感觉不到了。

“小翠，能帮林老师一个忙吗？”

“嗯。”

林浅颤抖着双手，将脖子处的项链取了下来。

黑暗之中，她摸索着把项链戴在了小翠的脖子上：“小翠，你一定能坚持到他们来救的。”

“林老师……”

“不哭，保持体力，一定要坚持住。”

“林老师，你也要坚持住，我们一起出去。”

“好，老师也坚持着，可是万一……万一老师出不去了，你就戴着老师的项链出去，把那上面的戒指，交到一个叫顾城骁的人的手里。”

“他是我的丈夫，叫顾城骁，记住了，叫顾城骁，你出去随便找一个人问问，肯定都知道他。”

“你把戒指给他，他会安排好你和你弟弟的生活，所以你们一定要坚持住。”

林浅明白，两个孩子都没伤着，只要坚持到底，一定能活着出去。

而她，她也不想交代遗言啊，可她下半身已经没了知觉，胸口也越来越疼，坚持不了多久了。

从来没有这一刻，她的求生欲望这么强，她想出去，她想活着，她想见一见顾城骁。

她咬牙坚持着每一分每一秒，不让自己睡过去，也不说泄气的话。

但此刻，她知道，她斗不过天，也斗不过命运。

“小翠，你告诉他，能嫁给他是我这辈子最幸运的事。他开心，我就开心，他难过，我会更加难过。”

“林老师，我不，这些话你自己去说好不好？”

“老师也希望能亲口对他说，这不是怕万一吗……好小翠，答应老师。”

“嗯，我记住了。”

眼前是无尽的黑暗，稀薄的空气让他们越来越没有知觉。

林浅和弟弟都陷入了昏迷，只有小翠还醒着，她一边哭，一边用林浅教她的办法，拿着小石头敲大石头。

因为过道太过狭窄，一次只能通过一人，下面的空间最多也只能待三人，所以，救援的速度极为缓慢。

“在这里，声音是从这块石头后面发出来的。”

下来的三名战士匍匐着聚过来，用手电筒一照，发现眼前是一块巨大的岩石。

岩石的旁边是一些砖块，用手就可以挖开。

三人趴着，徒手一点一点地把砖块挖开。

用手电筒往里面一照：“人在里面吗？”

“在，我们三个都在。”清晰的小女孩的声音传来，三人万分喜悦，立刻禀告上级。

小翠兴奋极了，终于见到了曙光，她推着林浅，大声叫着：“林老师，林老师，别睡着，他们来救我们了，林老师……”

林浅眨动眼皮，一束光跳进了她的眼睛。

这是希望之光。

她慢慢睁开眼睛，也兴奋起来："看吧，我就说他们一定会来的。"

之后又是一段漫长的等待，但林浅和小翠的精神明显比之前好了许多，只有弟弟，已经不省人事了。

救援队立刻往下面输送氧气、水和食物。

弟弟在喝了温水之后，也渐渐苏醒。

三个人目前都没事，只是怎么救出去才是关键的问题。

救援队轮班上阵，换了一拨又一拨。

洞口被越挖越大，两岁半的弟弟第一个被救了出去，然后就是小翠。

"林老师，我先出去了，你别怕，一会儿就轮到你了，我们在上面等你。"

林浅挤出一丝微笑来，安慰她，也鼓励自己："好。"

此刻，她连对胸口的痛都没有感觉了，整个人都是麻木的。

救援队继续挖着，一刻不停。

突然，轰的一声，又有碎石滚落的声音。

林浅对这声音再熟悉不过了："不好，这里又要塌了，你们快撤，快撤！"

三名救援人员一动不动，趴在那里犹如磐石。

响声维持了一小会儿就停了，大地稍微震了震，又恢复了平静。

但是，救援队也不敢再挖了。

下面的人紧张，上面的人一样紧张。

更让人紧张的是，此时的夜空不再布满繁星，而是凉风阵阵，似乎要变天了。

这要是一下雨，底下将全都是积水，那就彻彻底底地完蛋了。

同一时间，顾城骁已经坐上了直升机，以最快的速度赶赴灾区。

"子俊，那里情况如何？"

"老大，已经发现了嫂子，我们正在全力抢救。你多久到？"

"半个小时。"

这时，电话那头传来有人惊慌失措的大喊声："又塌了，又要塌了。"

顾城骁紧紧地闭起了双眼，深呼吸了好几下，才问："又怎么了？"

“老大，嫂子被压着，洞口太小，我们进不去，她也出不来，挖洞，会引起再次坍塌，所以……”

顾城骁强力克制住内心的恐慌，镇定地说：“不要着急，不要随便下指令，等我过去。”

“好。”

时间一分一秒地过去，等待的时间让人越发觉得漫长和难熬。

有 B 市的记者随救援部队一同进入灾区现场，进行着实时直播。

此时已经是夜里十点，距离灾难发生已经过去了十二个小时。

全国人民都在关注着灾区的动向。

“加油啊，希望被困人员坚持住，也希望救援的人员保重自己。”

“这才是真正的大片，这么大的灾难，救了六个都是活的，太燃了，祖国万岁。”

“支教老师好伟大，他们值得被所有人记住。”

网友们全都在祈祷奇迹的发生。

不过，最最活跃的是杨柳儿的粉丝们。

助理回到安全地带之后，立即发了一条长微博。

那条长微博里有这样几句关键的句子：

“当时地动山摇，我拉着杨姐赶紧跑，可是杨姐奋不顾身地折回去救孩子。”

“我们受她的行为所感染，都回头去救孩子，所以孩子都安然无恙。”

“感谢国家派直升机将我们送到安全的地方，也希望老天爷保佑坚持留在灾区帮忙的杨姐。”

这一条长微博立刻成了最佳感人微博，久久地挂在热搜榜上。

再加上经纪公司的推崇和渲染，杨柳儿的美誉度大幅度提高，一下子成了感动全国的模范。

灾区现场。

天公不作美，昏暗的夜空下起了毛毛细雨，灾后的大山比往常还要降温降得厉害。

林浅因为补充了氧气以及水和食物，所以精神比之前要好了许多。

她觉得自己还能再撑一会，尽管她的身子依然是麻木的。

她趴在水泥地上，忽然感觉到手碰着的地面湿漉漉的，地面灰尘厚，受了潮，变得又脏又黏。

上面，所有人都快急死了。

天在下雨，这水往低处流，要不了一会儿，下面就会有积水。

郑子俊："快准备抽水泵，万一有积水，只能往外抽。"

魏男："要不要再下去试试？"

郑子俊："老大说不要随便下指令，等他过来。"

郑紫琪向救援人员了解了下面的情况之后，主动请缨，说道："大刚说那个洞再挖一点他就能进去，那我肯定能进去，我进去看看她的情况。"

郑子俊："不行，老大说……"

郑紫琪打断道："我也不做什么，哪怕是陪她说说话也好啊。哥，我知道你是担心我，我除了是你妹妹之外，我还是野狼战队的成员，当以国家和人民群众为先。"

"……"郑子俊语塞了，她这么说，他要是不同意，好像就是他在徇私一样。

大概是受到郑紫琪的鼓动吧，魏男、宋景瑜和高纪钦，也自告奋勇地站了出来。

一个女人都不怕，身为男人，更不能怕。

魏男："我也去，啥都不干，就陪嫂子聊聊天。"

宋景瑜："加上我，聊天搞气氛，我最在行。"

高纪钦："还有我，我……"

郑子俊打断道："都别胡闹了，让我想想。"

郑紫琪"唉，哥，想什么想，这雨越下越大了，山上的雨水全都往下灌，这可是争分夺秒的事。"

无奈，郑子俊只好发出指令："好，那你下去看看嫂子的情况，魏男，你一起，其他人都在上面待着。"

郑紫琪和魏男坚定地高喊："是！"

挖开的地道变得很潮湿，越往里越潮湿，没一会儿，郑紫琪就感觉到衣衫被积水浸湿了，身体无比阴冷。

两人一前一后地匍匐到底，魏男打着手电筒，郑紫琪慢慢地从凿开的小洞爬了进去。

里面的空间比较高，人能站起来，但地方也不大，仅能站得下两人。

这时，郑紫琪拿手电筒一照，一根房梁被反折起来，与面前的这块大岩石组成了一个牢固的三角形，所以撑起了这一片小空间。

林浅就是被下面的一截房梁压着，梁的上面是空的。

“林浅，林浅？”她蹲到林浅的跟前叫她，只见她闭着眼睛，不知道是睡着了，还是断气了。

郑紫琪有点紧张，伸出手指探了探她的鼻息。

“嫂子怎么样？”外面的魏男焦急地问道，他只能把头探进来看着，却进不去。

“还有气，林浅，醒醒，林浅。”郑紫琪用力掐着她的人中。

林浅终于有了知觉：“啊，痛……”声弱如蚊蝇。

“林浅，还好吧？还能坚持吗？”

林浅睁开眼睛，看到进来的郑紫琪，也看到了卡在洞口的魏男，她一阵欣喜：“能。”

可是，当她低头时，却发现，自己的双手下面已经有了薄薄的一层积水。

她一摸，满手都是污泥。

郑紫琪问道：“你现在感觉怎么样？”

“不太好。”林浅艰难地挤出一抹微笑。

“我拉你试试。”

说着，郑紫琪抓住她的手稍用力，她就喊痛了：“不行，不行，我被压着了，出不来。”

郑紫琪回头朝魏男看看，魏男的脸色特别沉重。

“嫂子，你再坚持一会儿，老大已经在赶来的飞机上了。”

一想到顾城骁，林浅又精神了几分：“他出差了吗？”

“是啊，他今天刚要回国，说是准备明儿一早去机场接你。事情发生的时候，他刚上飞机，他这一下飞机就赶快往这边来了，所以你一定要坚持住。”

林浅有些为难，声音轻得几乎听不见，她说：“我尽量吧。”

魏男拿手电筒往上照了照，看到了一个黑洞：“紫琪，你查看一下上面，是空的，还是实的？”

郑紫琪站起身，拿手电筒一照，又伸手一摸，说：“实的。”

“实的？我看着怎么像是空的，你再仔细看看。”

郑紫琪又摸索了一番，又是比对，又是估算。

最后，她还是说：“大部分都是实的，只有外面大约五厘米是空的，你看不到的地方都是实的。”

魏男内心里的小小希望，再一次破灭，空的还能抬，实的就真没办法了啊。

郑紫琪重新蹲下身来，蹲在林浅的旁边，说：“外面在下雨，所以地湿了，如果不赶快救你出去，这里一旦有了积水，那就再也无法救你出去了。”

林浅慢慢地眨了眨眼睛，用一种幽默的口吻说：“死都不让我痛痛快快死，压不死我，还要淹死我，唉，有个词叫什么来着，对，天妒红颜。”

魏男听了，心里又苦又涩：“嫂子，都这种时候了，你还能开玩笑，我魏男，敬你是条汉子。”

郑紫琪握住她的手探了探脉搏，她的脉搏已经很微弱了。

林浅苦笑了一下，眼泪不自觉地流了下来，她抬起头，看着郑紫琪，问道：“我是不是出不去了……告诉我实话。”

郑紫琪表情纠结，说：“这里不稳定，强挖会塌，又有了积水……所幸雨不大，要是雨下得大了，山上的水冲下来，说不定还会有更大的灾难发生，搞不好，我们所有人都会永远留在这里陪你。”

郑紫琪的话表面上像是在宽慰她，但字里行间都在告诉她要救你，等于让队员们给你陪葬。

“说的什么鬼话？！”魏男大声呵斥，“紫琪，你说这些干什么，吓嫂子吗……嫂子，你放心，我们一定想办法把你救出去，老大很快就来了，他一定能想到好办法。”

林浅的眼泪一直在流，她却扬起了淡淡的微笑，说：“郑紫琪，你说话向来难听，而且没一句真话，我都习惯了，我才不相信你。”

“……”郑紫琪闷声不语，爱信不信，等积水水位一高，你就死在这里吧。

这时，魏男的对讲机里传来郑子俊的问询声："下面情况怎么样？"

魏男详细地讲述了一番，最后问了一句："老大几时到？"

"很快，十五分钟，再坚持坚持。"

"我们能坚持，但这积水坚持不了啊，才进来几分钟，积水已经没过手了。"

林浅忽然提了一个要求："我能不能跟他通话？"

魏男把对讲机递了进去，林浅一拿到对讲机，就说："你们都撤吧，不用救我了。"

郑子俊："……"

魏男："……"

包括"非常想让她死"的郑紫琪："……"

郑子俊："嫂子，只要有一丝希望，我们都不会放弃，你也不能放弃。"

林浅哽咽道："可我不能拉着你们一起死啊。"林浅用空出来的手拍了拍逐渐积起来的污水，"你听见了吗，积水越来越多了，你们都快撤吧。"

山体滑坡遇上降雨，很有可能再次引发滑坡或者泥石流。

怎么能因为她一个人，而让所有人面临生命危险？

郑紫琪的话虽然难听，但都是实话。

林浅鼓足力气，又说："我出不去了，我被压住的身体已经没了知觉，如果不是你们的到来，我可能早就断气了。"

郑子俊望着茫茫的夜空，不见直升机，只有淅淅沥沥的雨，他为难地说："嫂子，我做不了这个主，我不能听你的。"

"那你听顾城骁的吗？"

"老大的命令，我当然听。"

"他听我的。"

"……"

这时，黑漆漆的山上传来了轰轰轰的声音，几块巨石又往下掉，树摇地动。

所有人都高度警备着，眼神之中带着英勇无畏，也带着一份隐隐的恐惧。

下面，郑紫琪一个不稳，立刻扶住了房梁。

魏男拿着手电筒，屏息凝神，地在晃，他的手在晃，手电的光束也在晃。

所幸，三四秒钟之后，又恢复了平静。

林浅说："你看，你再不下令撤，万一出事怎么办？为了我一个人，要你们这么多人冒险，我受不起。"

郑子俊没了声音，难以抉择。

林浅忽然问道："我能跟顾城骁通话吗？"

"能！"

然后，郑子俊拨通了顾城骁的电话。

隔着手机和对讲机，林浅终于听到了顾城骁的声音。

"浅浅，我很快就来了，你坚持住。"

林浅的眼泪啊，再一次决堤，她也不想死，她还这么年轻，还没生孩子，还没找到妈妈，她还有许多许多事情没有去做。

"浅浅，你能听到吗？"

林浅强忍着内心的悲痛，稳稳地问道："顾城骁，在我们家里，你听我的吗？"

"听，咱家你做主。"

"好，我现在让你命令你的手下们，都撤。"

"……"直升机上的顾城骁，心痛到扭曲。

站在废墟前随时待命的战士们，无一不红了眼眶。

这时，郑紫琪拿过林浅手里的对讲机，以一种较为专业的语气，禀报道："大队长，您太太肩膀以下的身体全被压着，她已经没有了知觉，心跳和脉搏都很微弱。现在这里下雨，底下摇摇晃晃的，随时会崩塌。"

"你给我闭嘴！"顾城骁咆哮了一句，"郑子俊，郑子俊。"

郑子俊立刻将手机拿起来："在。"

"随机应变。"

郑子俊表情都要扭曲了，什么叫随机应变？！他不知道该怎么办啊。

"我还有十分钟，最多最多十分钟，马上到了。"

"好，我明白，老大。"

挂了电话之后，郑子俊即刻下令："宋景瑜，把抽水泵放下去，魏男，你在下面接应，五分钟之内必须搞定。"

宋景瑜一边大喊着"是"，一边扛上水泵和皮水管冲向洞口。

五分钟后，郑紫琪出来了。

宋景瑜出来了。

最后，魏男也出来了。

水泵放置在底部，已经开始抽水，鼓起的皮水管输送着从底下抽出来的污水。

谁都知道，这等于杯水车薪。

谁都知道，抽出来的水最终也会渗到底下。

夜空中响起了直升机的声音，远远地，大家看到直升机下方挂着一根长绳，绳子上吊着一个人，随着直升机快速飞来。

直升机几乎没有减速，吊着顾城骁直飞受灾点。

黑夜中，雨水扑打在他的脸上，狂风卷裹着他整个人，他不顾一切地想要以最快的速度到达她的身边。

在离地面还有好几米的时候，顾城骁放了手，一跃而下。

所有人都看得冒冷汗，敢这样跳下来，老大真是不要命了。

“老大，你不能进去，下面已经积水了。”

“老大，慎重啊，嫂子被压得很实，拉不出来。”

“老大，那个洞口很小，你进不去。”

不管旁人如何劝说，顾城骁都义无反顾，他一步都没有犹豫，一刻都没有耽搁，直奔而去。

“十分钟后，我们没上来，你们撤。”

这是顾城骁消失之前，最后下的一道命令。

在直升机上，他并没有闲着，已经从救援人员那里得知了受灾点的形势。

而且，林浅来大青山之前，他给她戴了一块手表，手表里装有微型定位器。

所以，即便是第一次爬这条通道，他还是以最快的时间抵达了林浅受困的地方。

正如魏男所说，通道很拥挤，底下的空间很狭小，空气潮湿而又稀薄。

顾城骁在地上淌着水匍匐前行，一边前行，一边喊着林浅。

他抬着头，靠着安全帽上的大灯查看着周围的情形。

通道的底部，一块巨石堵死了道路。

巨石旁边，有一个被挖凿过的洞，但洞口很小，以男性的体格想要进去，很难。

他爬至洞口，往里一看，只见积水的水位已经没过了林浅一半的身子。

“林浅，林浅！”

林浅闭着眼睛，脑袋趴在地上，一动都不动。

她的半边脸已经泡在水里，嘴巴也没入水中。

虽然抽水泵在不停地往外抽水，但还是阻止不了积水水位的增高。

要不了多久，积水很快就会没过林浅的口鼻。

“林浅，我是顾城骁，我来了！”

顾城骁当机立断，从腰间拿出一把小巧的凿子，开始凿洞口。

之前救援队用的是电钻，虽然速度快，但震动大，很容易引起整体的震动。

笃笃笃的声音，凿子碰上坚硬的岩石，并不是每一下都能凿成功，但每一下，他都用生命在凿。

小碎石一点一点被凿了下来，洞口渐渐扩大。

此时，他已经不知道那个半个身子和半张脸泡在污水里的昏迷女人，还能不能再醒来。

他凿一点，人就往里面去一点。

积水的水位渐渐上升，洞口也在渐渐扩大。

扑通一下，上方突然掉下一大块，直接将洞口扩大了一倍，顾城骁一收肩膀就越了过去。

“林浅，林浅。”他淌着水过去，轻轻地捧起她的头。

她果然是聪明的女孩，知道用石块把自己的头垫高。

顾城骁抱着她的头，冰冷的触感让他心慌，他的手指直接伸到她的颈部大动脉位置。

他屏息凝神，找了三遍才确认她的脉搏还在。

“林浅，”他加大了声音，并且用力地掐她的人中，“林浅，浅浅，醒醒，我是顾城骁，听到没有？醒醒啊，我来了，我来了。”

积水的水位以可见的速度越涨越高。

顾城骁颤抖着手，狠狠地掐着她的人中。

突然，林浅喀喀一声，咳喘了一大口气。

她一张嘴，被倒灌进了许多污水，她猛烈地咳嗽起来：“喀喀喀……喀喀喀……”

她一边咳嗽，胸口狠狠作痛。

痛，让她不得不清醒过来。

“浅浅，你坚持住，我马上救你。”

顾城骁来不及喜悦，二话不说，双手用力地抬上面的横梁。

“起！”

“起！”

“起！”

然，试了三次，横梁都纹丝不动。

横梁的底面刚刚全部接触到水，水的强大吸力让横梁变得更重。

林浅摇摇头，说：“城骁，不要白费力气了，上面都是实的，你抬不起来……你快走，别管我了。”

顾城骁顾不上回话，站起身一看：“上面是空的！”他一阵惊喜。

然后，顾城骁没多想，双脚从林浅边上伸了进去，慢慢地，他整个人一点一点强挤进去。

“你在干什么？”林浅意识到他在旁边挪动，哭着说，“你别管我了好吗，你不是说咱家听我的吗，我让你快走，快走啊……”

顾城骁没工夫说话，使出吃奶的劲，一点一点往里挤。

“我不行了，就算出去，我肯定也不行了，你别再白白送命了好吗？”

“能在死前见你最后一面，我已经很满足了，顾城骁，你快走啊，我不要你陪我死。”

渐渐地，她感觉背上的重量轻了，也能自由地吸气了。

水有吸力，同样也有浮力。

顾城骁进去了大半个身子，双臂支撑起上身，借着水的浮力将横梁稍稍顶了起来。

“浅浅，能爬出去吗？”他问，声音很是费劲。

林浅动了动双腿，完全没知觉：“不能……”

慌乱之中，她用双臂划了一下水，身子猛地往外游了一截，她兴奋地大喊：“能，能！”

她一步一步爬了出去。

现在，整个横梁的重量都压在顾城骁的身上，他也抽不出身来。

林浅横趴在地上，抱着他的脖子，用力地拖他："你傻啊，这样我们两个人都要死在这里了。"

顾城骁笑了一下，低沉的声音像是大提琴，他说："要活一起活，要死，一起死！"

要活一起活，要死，一起死！

这是林浅听过的这世上最动人的情话。

她抱紧他，眼泪直流。

"找石头垫在缝隙里，快！"

此刻，顾城骁异常冷静，有了积水的浮力，他反而不担心会发生坍塌。

他刚才看过，这上面是一个坚固的铁三角，没那么容易塌。

石头到处都是，林浅在污水里一摸就摸到了许多。

"垫在我手这个位置。"

按照顾城骁的指挥，林浅把石头往他的手边放。

那是横梁与地面之间的缝隙，是他用身体顶起来的空隙。

坚硬的石头顶住了横梁，顾城骁再一用力，一下子就抽出身来。

这一关，算是过了。

积水越涨越高，越涨越快。

顾城骁先从洞口钻出去，回头又把林浅拉出去，林浅体格小，轻而易举就被他拉了出去。

外面的空间只能爬着走，积水的水位已经很高了，头稍微一低，就会闷在水里。

顾城骁将安全帽戴在林浅头上，一边将她驮在背上，一边说："蹚过这里，我们就能爬上去了，你看着路，必要的时候给我指指路。"

林浅哭着问："能过去吗，这么长。"

顾城骁给了她一个坚定的眼神："有我在，没有不可能的事。"

要活一起活，要死，一起死。

林浅趴在他的背上，紧紧地抱着他的肩膀。

"一、二、三，走……"顾城骁深吸一口气，猛地一头扎进污水里。

他驮着奄奄一息的林浅，一起匍匐着艰难地前进……

林浅的身体也全都没在水里，只仰着头，安全帽上的灯照着前面的路。

顾城骁整个人都潜在水中，因为这样爬起来才最快。

路不长，阻碍却很多。

林浅紧紧地抱着他的肩膀，尽量不让自己跌下去。

可是，她的双腿没了知觉，摇摇晃晃的，不听她的使唤。

废墟的上面，所有战士都紧盯着洞口。

雨越下越大，溪沟里的水追逐着、奔腾着往下冲。

大雨把空气中的灰尘打落，也把废墟上的污渍洗刷干净，仿佛老天爷也在为这场灾难而哭泣。

战士们站好列队，挺拔地站在那里，身上已经没有一处是干的，脸上的水，也不知道是雨水，还是泪水。

郑子俊看着时间，已经过去了九分五十秒。

“十分钟后我们没上来，你们撤。”

十、九、八、七、六、五、四、三……

他嘴唇微抖，几次张合，都喊不出话来。

就在最后一秒钟，洞口突然出现一道亮光。

“是老大！”魏男大喊一声，冲向洞口。

高纪钦和宋景瑜紧跟而上。

所有人，都在焦急地等待着奇迹的出现。

唯有郑紫琪，顶着滂沱大雨，站的军姿没那么挺拔了。

魏男第一个冲过去，往洞里一看，顾城骁正背着林浅一步一步艰难地往上爬。

他伸手下去：“嫂子，把手给我。”

此时的林浅，再也没了力气。

她趴在顾城骁的背上，连眼皮都快睁不开了。

她将手抬起一点，最终还是无力地垂了下去。

魏男等三人互看一眼，默契地立刻行动。

魏男一头扑向洞口，高纪钦和宋景瑜抓住他的双腿，他头冲下，整个人倒挂了下去。

“老大，好样的，真不愧是我们的老大。”

魏男双手直接抓住林浅的双臂，大喊一声：“拉！”

上面的两人动作特别利索，合力将他们拉了上来。

担架已经准备就绪，直升机快速转动的螺旋桨发出巨大的声音，宁致远也在等待着。

第2章

宁愿她贪生怕死一点

八月的B市，烈日当空，骄阳似火，一大早就有了蝉鸣声。

军医院，重症监护室外面，顾城骁和林旭坐在椅子上。

他们隔着一道玻璃窗，望着里面的人。

林浅的内脏器官受到了不小的创伤，内出血，肺部破了一个口子，脊椎方面还有待确诊。

林旭一夜没有合眼了，人看起来一下子老了好几岁。

顾城骁穿着一身军便装，也寸步不离地在这里守着。

走廊传来脚步声，宁致远拿着刚拍出来的脊椎CT片快步走来。

顾城骁即刻站了起来，焦急地问道："怎么样？"

"老大，根据片子来看，脊椎没什么问题，嫂子说的双腿没有知觉，很有可能是被压得久了，供血不足导致的麻木，腿部问题不如等她醒来再看看。"

"那她怎么还没醒？"

"嫂子体力透支，身体又受到重创，没这么快醒。"

顾城骁垂下眼眸，转而又望着林浅。

昨夜，从大青山的临时帐篷，到直升机，再到军医院，她一度陷入了深度昏迷，性命危在旦夕。

他一直守在她的身边，不停地说话，吵她，鼓励她。

废墟下面的鬼门关都闯过来了，还有什么迈不过的？

他坚信她能坚持到底。

宁致远轻轻拍他的肩膀，又给了林旭一个宽慰的眼神，就急急忙忙地走了。

忽然，安静的走廊里响起了手机铃声，顾城骁立刻接了起来。

“老大，收到军方指令，让我们今日撤回，换地方部队处理后面的事情。”郑子俊在电话里禀告道。

顾城骁平静地说：“好，没人受伤吧？”

“没有。”

“这次援救，你们做得很好，回来吧。”

“是！”

顾城骁话锋一转，问道：“郑紫琪还在灾区？”

“在啊，她今天也一起回。”

“好，这段时间不用安排她任务，我之后找她。”

“是。”

挂了电话，顾城骁原本柔和的脸刹那间充满了狠戾之色。

郑紫琪，很好。

在林浅获救的时候，政府的官方微博就第一时间发布了伤亡报告——大青川山体滑坡无死亡，轻伤六人，重伤一人。

当地政府召开了记者招待会，讲述了大青山的灾情，也对第一支义务救援部队给予了极大的肯定和感谢。

然而，这些都不是今日最热门的事情。

杨柳儿才是刷爆微博和朋友圈的“真英雄”。

“#杨柳儿人美心更美#”“#杨柳儿支教#”“#杨柳儿义举造福大青山#”……

诸如此类的话题，但凡与杨柳儿挂钩的，都在热搜榜上挂着，简直就是全民歌颂。

而她，也在凯旋大酒店召开了隆重的记者见面会。

上午十点，记者会准时召开。

天气再炎热，也不及媒体记者和粉丝们的热情。

几乎所有媒体都赶到了见面会，偌大的会场被挤得水泄不通，酒店外面更是被上千粉丝围堵，人山人海。

酒店出动了百名保安来维持秩序，后来还请来了特警官兵。

“感谢大家的关心，我没事。”

杨柳儿才说了一句话，全场就响起了热烈的掌声。

“谢谢，谢谢……在这里，我想说的是，我只是做了力所能及的事，每个人遇到这样的情况，都会跟我一样的，当然，我希望大家永远都不要遇到那种情况。”

掌声再一次响起，这一回，还有轻松的笑声。

“原本这只是一次小小的公益活动，时间也不长，我们拍了简短的纪录片，想让更多的人关注这些山区的失学儿童。可惜，为了救孩子，摄像机没救出来。

“不过，大家通过这场灾难，也了解到了那些孩子。我在这里呼吁一下，希望大家更多地关注大青山，关注这些孩子。在我们整天谈着兴趣班、比着成绩的时候，那里的孩子还上不起学，他们真的很需要全社会的帮助。”

如雷般的掌声再一次响起。

野狼战队情报中心。

在搜救和清理的过程中，救援队在废墟中发现了一台摄像机。

此刻，这台摄像机正在他们这里。

摄像机已经损坏，但内存卡并没有坏。

沈自安问道：“有什么情况吗？”

“请看。”

沈自安拿过笔记本电脑，轻轻一点，那是一段杨柳儿的跟拍。

“如果不想看大明星作秀，可以直接跳到一小时三十六分之后。”

沈自安依言拉动进度条，看到那个画面，他眼睛一亮。

“地震了，地震了……”画面中，一个声音粗犷的男人惊慌地叫着。

接下来，画面抖动得厉害，是男人抱着摄像机跑出门时所拍到的情景。

“不是地震，是山体滑坡，快跑啊……”

砰的一声，摄像机坠落在地，镜头刚好对着教室里。

这时候的画面只有小幅度的抖动，画面中，清晰地拍到了杨柳儿和她的助理不顾一切逃跑的情景。

同时，也拍到了顾东君第一时间冲进教室救孩子的情景。

当然，还有林浅和林渝在呆滞了两秒钟之后奋不顾身地跑进教室，与顾东君一起救孩子的情景，更有教学楼倒塌的刹那，顾东君张开双臂将林渝和孩子扑倒，以及林浅推开了姜萧何回头奔向角落的情景。

摄像机是不会说谎的。

摄像机的镜头把灾难来临时，每个人的反应记录得一清二楚。

随着最后一声轰的巨响，画面结束，摄像机在在被毁坏的时刻，将这段纪录片完好地自动保存在了内存卡里。

另一位同事正在观看杨柳儿的记者见面会直播。

两者一对比，杨柳儿真不愧是国际影后，说的比唱的还要好听。

“这个杨大明星把功劳都归结给了自己，这种行为真是太不要脸了，我们要不要揭穿她？”

沈自安却不以为然：“这种事跟我们有什么关系，不要多事……”

顿了两秒钟，他突然话锋一转，又说：“倒可以交给国家见义勇为基金会，给顾东君、林浅、林渝申报一个见义勇为奖。”

“这敢情好，我马上去办。”

沈自安将最后几分钟的关键视频截取下来，发给了顾城骁。

还在军医院的顾城骁在看到视频之后，内心百感交集，他真的对这个小小身板的女子刮目相看。

以前他总以为她捣蛋、不听话，打架惹事，总是胡来。

其实，她比谁都仗义，比谁都古道热肠。

遇到那些看不过去的、仗势欺人的行为，有的人选择避而不见，而她就会选择站出来主持公道。

此刻，他的心里燃起了一种小小的骄傲，因为她，而感到骄傲。

林旭好奇地问道：“怎么？”

顾城骁将手机里的视频递给林旭看，林旭看得老泪纵横。

一个久经商场的老狐狸，一个见多了牛鬼蛇神的老江湖，在看到女儿奋不顾身地救人的行为后，激动得热泪盈眶。

“小浅啊，爸爸为你骄傲。”

顾城骁在心中默念：浅浅，为夫也为你骄傲。

不知道过了多久，一个小护士牵着一个穿病号服的小女孩走来，小护士指着顾城骁说：“小翠，那位就是顾大队长。”

顾城骁闻声，转头看去。

小翠紧紧地盯着顾城骁，她人比较瘦小，眼睛就显得特别大。

顾城骁知道这个小女孩，她就是林浅说要助养的人。

她的爷爷有严重的腿疾，已经在早些时候被安排到军医院救治了，她和她的弟弟是昨天跟他们一同来B市的。这些，林浅都告诉过他。

护士："顾大队长，很冒昧地打扰您了，小翠说找您，她说有很重要的话要转告给您。"

"好。"顾城骁蹲下身来，视线与小翠持平，"什么话，是林浅让你转告的吗？"

小翠没说话，扑通一下直接跪在地上，可把顾城骁吓了一跳。

"叔叔，您和林老师是我们全家的救命恩人，我无以回报，只能给您磕三个头。"

"……"顾城骁一把拉住小翠的胳膊，"不要这样，快起来。"

小翠却固执得很，她一边流泪一边说："不，一定要的，你不让我磕头，我就不起来。"

"……"

小翠动作很快，一连磕了三个响头。

顾城骁叹了口气，赶紧扶她起来。

"林老师说她的丈夫是个无所不能的人，别人都不能把她救出来，只有你能，所以，林老师果然没有骗我，以后等我长大了，也要找一个无所不能的丈夫，也像你这么高、这么帅的。"

顾城骁因为她的童言无忌而露出了浅浅的微笑。

然后，小翠从脖子上取下项链，将戒指连同项链一起，郑重地交到顾城骁的手里。

"林老师说，如果她没出来，就让我把戒指交到你的手里，并且转告给你一句话，不过现在她出来了，你还要不要听她的遗言啊？"

"她都出来了，那就不叫遗言了，不过，你还是告诉我吧，我想听。"

"好，你想听，我就告诉你。林老师说，能嫁给你是她这辈子最幸运的事，你开心，她就开心，你难过，她会更加难过。"

顾城骁细细回味着这句"遗言"，一时间，心酸蔓延。

"叔叔，你哭了吗？"

顾城骁吸了吸鼻子，笑着摇摇头：“没有啊，叔叔是在祈祷，祈祷林老师赶快醒来。”

“嗯，我也在祈祷，林老师是好人，好人有好报。”

“你真懂事，你弟弟呢？”

“弟弟在病房，有护士阿姨照顾着。”

“去看过你爷爷了吗？你爷爷手术很成功，再过几天就能出院了。”

“我打算见过你之后，再去看爷爷。”

“那去吧。”

小翠转头，踮起脚尖，朝监护室里看了看，说：“叔叔，林老师醒了就告诉我，好吗？”

“好。”

护士又拉着小翠离开了，顾城骁站起身，走到玻璃墙边。

他将戒指举到嘴边轻轻地亲吻，仿佛在亲吻着林浅一样。

丫头，能娶到你，也是我这辈子最幸运的事。

未来的日子，你开心，我就开心，你难过，我会比你更加难过。

快点醒来吧，求你了……

军医院的骨科病房，顾东君正在这里疗养。

他的双腿都有不同程度的骨折，都打上了厚厚的石膏。

未来一段时间，他都要与轮椅打交道。

病房里来了很多人，他的父母顾海、潘慧，二叔顾源夫妇，三叔顾江夫妇，大姑一家以及母亲娘家那边的亲戚。

所幸病房够大，不然，真容不下这么多人。

三婶朱婷拉着大嫂潘慧的手，安慰道：“大难不死，必有后福，咱东君今年把霉运都走完了，以后就大吉大利，顺风顺水了。”

潘慧看着儿子，悄悄地抹眼泪：“我呀，不指望他飞黄腾达，我只求他平平安安的。”

顾海看着面色沉沉的顾源和叶倩如，问道：“林浅还没醒？”

顾源摇摇头：“没呢，还在重症监护室。”

叶倩如心里头担心得紧，大家在说什么，她也无心参与。

虽然她不喜欢这个儿媳妇，总是对林浅诸多挑剔，但若真出了什么事，她的儿子肯定要心疼死。

她儿子心疼死，她也会心疼死。

顾南赫也在，不过，他没在长辈堆里混，而是坐在床边，在顾东君的石膏脚上一敲，说道："这两条腿骨折了不打紧，没断就行了。"

顾东君白了他一眼："没个正经。"

顾南赫又调侃道："大哥，我可是看到杨姐的记者见面会了，她现在简直成了全国的英雄模范，老实说，你去大青山是不是为了她啊？"

顾东君嗤笑一下，摇摇头说："你想多了，是我先去的大青山。"

"哦，这么说来，原来是杨姐主动去找你的啊，那你们两个也算是一起经历了生死，也该修成正果了吧？"

顾东君的小表妹潘可韵也在，听到顾南赫的话，她立刻凑过来打探："什么什么，东君哥哥和我柳儿姐姐复合了吗？"

一个是她最崇拜的表哥，一个是她最亲近的表姐，她太希望他们能破镜重圆了。

潘可韵的声音可不小，在大人们沉沉的谈论声中"脱颖而出"，成功地吸引了所有人的注意力。

所有人都朝顾东君看去，想听他的回应。

潘可韵的妈妈，也就是顾东君的舅妈，同时还是杨柳儿的姨妈，她乐呵呵地说："柳儿真是太难得了，不但出钱出力，还在这么危急的关头救了那么多孩子。东君啊，这次你可要好好珍惜你们的缘分。"

朱婷："我也看了新闻，杨柳儿虽然高调，但她确实是救了人的，这才是真正的大明星。"

连潘慧都露出了欣喜之色，问道："儿子，你俩真成了？柳儿是我们看着长大的，我和你爸都对她满意，而且她跟我说过，早就厌倦了娱乐圈的工作，想成家相夫教子了。"

这说风就是雨的本事，家长们，特别是女性家长们，最为擅长。

顾东君还没说什么，大家就都以为他和杨柳儿复合，并且好事将近了。

他不得不义正词严地说："这个话题到此结束，没有的事，你们别瞎猜。"

就在这时，病房门被推开了，杨柳儿抱着一大束鲜花出现在门口："这么多人在啊，我……我……是不是打扰到你们了？"

她没想到病房里有这么多的长辈在，一时间都不知道先叫谁。

“姐，”潘可韵亲热地叫着她，走过去一把将她拉了进来，“不打扰，不打扰，我们正说起你呢。”

“说我什么啊？”

“说你巾帼不让须眉，救人一命，胜造七级浮屠，你一下救了十多个孩子，那是多大的功德啊。”

杨柳儿不好意思地笑笑：“哪有你说得这么夸张，又不是我一个人的功劳。”

她望向顾东君，难免有些心虚：“都是东君救的。”

“哎呀，你们两个就不要谦虚了，你们都是大英雄，行了吧？”

杨柳儿笑着小推一下表妹，转而看向长辈们：“小姨父，小姨妈，各位伯父伯母，你们好，我来看看东君。”

大家在顾东君的病房待得也有些久了，林浅那边又迟迟没有动静，简单打了招呼之后，就纷纷离开了。

顾南赫也走了。

潘可韵目送走了父母，欣欣然地挽着杨柳儿，将她拉到了顾东君的病床前：“你们不介意我在这里当电灯泡吧？反正以前我也没少当，嘻嘻嘻。”

潘慧留下来照顾儿子，她拿了一串葡萄，说：“可韵，陪姑妈洗水果去。”

潘可韵立马会意，朝杨柳儿挑挑眉，使了一个“知道你们喜欢二人世界”的眼神，然后就高高兴兴地陪姑妈洗水果去了。

病房里终于只剩下顾东君和杨柳儿两人，杨柳儿将鲜花插在床头的花瓶里，那是一束开得正盛的蓝紫色的风信子。

“现在不是风信子的花期，可这束风信子开得格外好看，花店的老板娘说，风信子代表了重生……”

说话的时候，她用余光小心翼翼地看了一眼顾东君。

她见他神情严肃的样子，赶紧解释说：“上午的记者会是我经纪人安排的，我们当艺人的，无论说什么，还是做什么，都是经纪人交代过的，由不得自己。”

顾东君依旧很漠然，并不关心这些。

无论她怎么说，都与他无关，他也不计较。

只是，她再也不是以前他熟识的那个真实的杨柳儿了。

“你怎么说，那是你的事，我并不在意这些。”顾东君淡淡地开口。

杨柳儿莞尔一笑，她就知道他不会计较的。

他还是像以前一样，无限地包容她，无论她做什么，他都不会生气。

她坐在床边，看着他打着石膏的双脚，眼圈就红了起来：“疼不疼啊？”

“不疼了。”

“昨天就像一场噩梦，幸好我们都没事。东君，经过这件事情，我更加确定了自己的心，我要跟你在一起，再也不会离开你了。”

顾东君一愣，眉头紧紧地皱了起来，他以为他之前已经说得很清楚了。

“我不管，”杨柳儿没让他有拒绝的机会，倔强又带着一点撒娇的意味，说，“我不管你现在是否还喜欢我，总之，我要重新追求你，直到你答应的那一天。”

说着，她直接扑向他，双手紧紧地圈着他的腰，脸也贴在了他的胸口上。

顾东君双腿无法动弹，还是一个病人，他根本躲不掉。

这时，潘慧和潘可韵洗完葡萄回来，一见这画面，赶紧又退了出去。

潘可韵：“哇，你们就这么迫不及待吗，太辣眼睛了。”

顾东君黑着脸，眉头皱得越发紧。

杨柳儿紧紧搂着他，生怕再一次失去他。

就在这时，门外忽然响起了潘可韵惊讶的喊声：“哟哟，我当是谁呢，原来是林二小姐啊，你来这儿干吗？”

她们高中的时候在一个学校，潘可韵和林浅是死对头，和林渝的关系自然也好不到哪里去。

“顾东君住这儿吗？”

是林渝的声音，顾东君一个激灵半坐起来，推开杨柳儿的同时，也牵扯到了双脚的伤处。

嘶……他闭眼咧嘴，好不痛苦。

杨柳儿又着急又心疼，按下他的肩膀，说：“你别动啊，打着石膏呢。”

外面，潘可韵看林渝穿着一身病服，傲慢地扬起了头，问道：“你找我表哥什么事？”

表哥？顾东君竟然是潘可韵的表哥？林渝诧异不已，以潘可韵那虚荣的德行，怎么会是顾东君的表妹？真是不可思议！

不过，为了顾东君，林渝忍了，还难得地挤了一抹微笑出来。

“呵呵，我跟你表哥怎么说也是从同一片废墟里爬出来的难友，所以过来看看他的情况。”

“你就是林渝林小姐吧？”潘慧笑容可掬地说，“我儿子两条小腿骨折，打着石膏，得养一阵子。”

林渝恭恭敬敬地点了点头：“原来您是伯母，伯母好，叫我的名字就可以了。房子倒塌的时候，是他救了我和两个学生，所以，我想当面感谢他。”

潘慧听了很是欣慰，点头道：“好的。”

潘可韵伸手挡住了她的去路：“欸欸欸，现在不行，我表姐在里面，你不能影响他们的二人世界。”

“？”林渝脸上写满了问号，这是什么情况？

潘可韵得意得好似两道眉毛都要起飞升天了，她说：“杨柳儿啊，不也是你的难友吗？我表姐可是大明星，国际影后，能跟你成为难友，是你的荣幸。”

“……”原来她还是杨柳儿的表妹，所以说，顾东君和杨柳儿也算是间接的亲戚。

可是等等，二人世界是什么鬼？

正当林渝满头雾水的时候，里面忽然传来顾东君响亮的喊声：“进来，都进来。”

潘慧还以为出了什么事，赶紧开门进去：“东君，怎么了？”

顾东君臭着一张脸，怒瞪着潘可韵，质问道：“你在胡说什么！”

潘可韵一愣，不明所以。

杨柳儿则是一脸难堪。

潘慧笑着进来打圆场：“怎么了，儿子？你看，是林渝过来看你了。”

顾东君、林渝、杨柳儿这三人一碰头，气氛就很尴尬了。

再加上只会添乱的潘可韵和只知道一味撮合的潘慧，这情形诡异得很。

顾东君不慎牵扯到伤口，疼得直冒冷汗，那是一种挫骨之痛。

潘可韵笑着调侃他们：“东君哥哥，柳儿姐姐，你们也控制点，这里可是病房，而且东君哥哥刚打上石膏，不能做坏事。”

顾东君真是有口难言，剧痛让他分不出精力来辩驳什么。

杨柳儿着急地解释道：“小孩子别瞎说，我们哪有做坏事。”

虽然意思确实是在解释，但看她的神态和语气，那么娇羞，那么欲盖弥彰，让人浮想联翩。

林渝简直如坐针毡，眼睛都不知道往哪儿看。

她咬着嘴唇暗想着，我就不该来！

潘慧揪心地问：“要不要叫医生？”

顾东君摇摇头，那一阵痛过去了，就好了，他缓缓地舒了口气，说：“不用。”

杨柳儿就在他的旁边，抽了两张纸巾，体贴入微地帮他拭去额头的细汗。

林渝的心又开始矛盾了，心里的两个小人又开始在吵架了。

“看样子他们已经复合了，咱走呗，留在这里干吗？”

“不对，不对，顾东君说没有答应复合，你要相信他。”

“男人靠得住，母猪能上树。”

“患难见真情，你跟顾东君是共患难过的，那么危急的关头，是顾东君救了你，难道你就不能给他一个辩驳的机会吗？”

是啊，在房子倒塌的那一瞬间，顾东君奋不顾身地将她扑倒还护住了她，为什么她就不能相信他一次呢？

如果他亲口告诉她“我跟杨柳儿复合了，我们准备结婚了”，那才算数。

顾东君转开了头，不耐烦地说：“不用，我自己来。”

说完，他悄悄地将目光投向林渝。

林渝这个时候也在偷偷看他，两人都不是很光明正大的目光，就这么不期而遇。

林渝很快就转开了头，干笑着说：“我好像来得不是时候，呵呵。”

潘可韵：“是啊，你还算有自知之明。”

林渝的笑容有些苦涩，她转而看着顾东君，问道：“你除了骨折之外，其他方面都没问题吗？”

顾东君也看着她，眼神温柔而又平静：“没有，你呢？”

一句简单的问候，顿时让林渝心花怒放：“我也没有，我家人已经在办出院手续了，看了你之后，我就出院了。”

这句简单的问候，同时也让身处于两人中间的杨柳儿暗生嫉妒，顾东君现在的眼里只有林渝，根本没有她。

他们之间若有似无的暧昧情愫，他们自己可能还不知道，但旁人看得一清二楚。

潘可韵不敢往那方面去想。

潘慧更是选择性忽略。

只有杨柳儿，她再一次确认了顾东君已经不爱她这个事实。

潘慧转移话题说：“你们吃点葡萄啊，洗得很干净了，林渝，来。”

“谢谢伯母，真的不用了，我只是来确认一下顾老师的伤情，既然他没大碍，那我就走了。”

潘慧没有留她，笑着说：“好，那你慢走。”

顾东君着急地说：“把你的电话号码给我，有事再联系。”

林渝一愣，背对着他，脸上忽而扬起了狡黠的微笑，她微微转头，调皮地说：“这是现在流行的要别人联系方式的手段？”

当初顾东君拒绝她的时候，说的就是这么一句话。

顾东君：“……”

看着他出乎意外的表情，林渝笑着说：“哈哈，开玩笑啦，我走了，再见。”

“是啊，那你给不给？”

“要了电话号码之后呢？”

顾东君嘴角一抽，似笑非笑，似怒非怒。

“志同道合才能做朋友，我们应该没有共同的话题，所以，电话号码就不给了吧。”林渝那个傲娇啊，下巴都快扬到天上去了，“走了，拜拜。”

顾东君吃了瘪，心情却很好，叹气的时候，嘴角都是笑着的。

记性很好嘛，小丫头，把我的话记得牢牢的。

而一旁的潘慧、潘可韵、杨柳儿三人，都听得一愣一愣的。

林渝离开之后，潘可韵轻声嘟囔一句：“真是‘一人得道，鸡犬升天’，是林浅得道，又不是她，她牛气什么啊？！”

潘可韵拉了拉杨柳儿的衣袖，一本正经地提醒道：“柳儿姐姐，你可得把东君哥哥看牢了，林家的丫头怪招特别多，林浅都能搞定顾城骁，这林渝也能……”

杨柳儿不悦地瞪着她，不准她再说下去。

潘可韵知道自己嘴拙，赶紧自打嘴巴：“我呸，我在说什么鬼话呢？！坏的不灵，好的灵，东君哥哥和柳儿姐姐一定能结婚。”

顾东君听了，郑重其事地问道：“我不知道你们为什么会误会成这样，这些话都是从哪里传出来的？”

潘可韵吓得双肩微颤：“怎么……怎么了？我哪里说错了？”

顾东君不屑向表妹解释什么，眼睛看着自己的母亲，说道：“妈，我跟杨柳儿早在几年前就分手了，过去的事，我没打算回头。儿子的婚姻大事，您不需要操心，儿子心里有数。我最后再说一遍，我跟杨柳儿没有复合，更不会结婚，你们就别胡搞瞎搞了，搞得大家最后都尴尬。”

潘慧：“……”

潘可韵：“……”

杨柳儿：“……”

潘慧是了解自己的儿子的，温润的性格之下也有倔强的脾气，他不认同的事情不一定会在第一时间说出来，可他要是说出来了，那就是铁板钉钉的事情了。

潘慧心里有意外，也有失落。

杨柳儿难堪至极，她总以为只要自己拿出真心来，他肯定会回头的，以前的顾东君，可是会包容她一切的啊，可是现在，物是人非，当年的情情爱爱早就面目全非。

那么，她还留在这里做什么？！

“抱歉，我还有事，先走了。”杨柳儿红着眼，掉头就走。

“欸欸，”潘可韵看看表哥，再看看潘慧，“我去看看她啊……柳儿姐姐，等等我……”

她们这一走，病房里总算安静下来了。

知子莫若母，潘慧走到床跟前，问道：“儿子，你不再接受柳儿，可是因为林渝那个小丫头？”

顾东君愣了一下，是吗？大概吧，他也不太清楚。

“妈，我跟柳儿已经不可能了，与他人无关。”

“真的？”

“真的，我骗你干吗？林渝是林浅的堂姐，我跟她见过几次，并不熟，也就是这次支教才共事了几天。”

潘慧笑笑：“你骗得了别人，骗得了自己，却骗不了我。”

潘慧剥了一个葡萄塞进儿子的嘴里，又说：“我都看出来了，林渝那丫头喜欢你，而你呢，闷葫芦一个，大概还没发现自己也喜欢人家是不是？”

一向沉稳儒雅的顾东君，竟然一刹那红了脸，嘴里嚼着葡萄，酸中带甜，一个不慎把他给呛住了。

潘慧都快笑死了，赶紧扶起儿子，还给他拍背，就像他很小的时候一样。

“你看你，被我说中了吧，都三十岁的人了，还害羞什么？”

顾东君咳了一阵，总算缓过气来了：“妈，你……你又乱说。”

“哈哈，得、得、得，我也不笑你了。总之，你自己的婚姻大事，你自己想清楚就行了。”

“您真想多了，我跟林渝八字还没一撇，现在提婚姻大事，太早了点吧？”

潘慧忍不住又笑：“我可没说你跟林渝啊，不打自招了吧？”

“……”顾东君无语，“不吃了，你吃吧，我困。”

潘慧笑着摇摇头：“好，那你休息吧。”

医院门口，杨柳儿一出来，就被一群躲在暗处的记者团团包围。

现在最热的明星就是杨柳儿，到哪都有人跟踪和偷拍。

“柳儿，你怎么哭了，是自己的身体出现问题了吗？”

杨柳儿始终低着头，拉着潘可韵疾步往前。

潘可韵推了一把挤过来的记者，不悦道：“没有，没有，我们身体好着呢，我们是来探病的。”

“那为什么哭，是家人还是朋友病了？是男朋友吗？”

潘可韵：“不是，不是，不是，欸，你们这些记者可真搞笑，来医院一定要笑着来吗？谁没点伤心事啊，还不准人哭了？”

虽然杨柳儿没有回答记者们的问题，但似乎她身边这位同伴特别愿意说。

于是，记者抓住机会又问道："柳儿，你一结束见面会就着急地赶往医院，是来探望前市长的吗？"

顾东君在大青山受伤的消息，同样也是大家津津乐道的新闻。

一个被停职的市长去大青山支教，很难不被怀疑他是在争表现博好感。

"听说前市长也在这次山体滑坡当中受了伤，柳儿，你在救孩子的时候，前市长在做什么？"

"前市长是真的去大青山支教吗？这是他要复职的前兆吗？"

杨柳儿和潘可韵被堵得没法走，军医院岗亭中的几名警卫员都出动了。

潘可韵为表哥辩驳道："你这是什么意思？！我东君哥哥当然是真心实意去支教的，灾难发生的时候，他也在救人。"

东君哥哥，原来这个姑娘是顾东君的妹妹。

那么，杨柳儿和顾东君的妹妹为什么关系这么好？

记者抓住这一点，又展开了一轮更强大的追问："柳儿，听说你跟前市长是旧识，所以前市长现在的伤情如何？"

"你放弃出演张导电影的机会去支教，是不是因为前市长？"

潘可韵忍了又忍，最后实在没忍住，说："你们实在是太八卦了，这是人家的私事，关你们什么事！"

说记者八卦，这位小姐的情商果然是负数。

这一段再普通不过的追访，因为有了潘可韵的几番回应而变得极其精彩，处处都是彩蛋。

潘可韵完美地跳进了记者设下的陷阱里。

很快，报道出来了，各家媒体的标题大同小异，重点就是杨柳儿与顾东君地下恋情终曝光。

潘可韵用一句"这是人家的私事"完美地坐实了记者们所有的猜测。

有些事，只要发生过，就一定会留下痕迹。

强大的网友搜出了越来越多的信息，不断地给顾杨之恋增加证据。

"他俩早在杨柳儿进娱乐圈之前就在一起了，好多年了，一直很低调。"

"顾今年仕途不顺，说得好听是停职调查，其实是给顾家面子，一个是大红大紫的女明星，一个是仕途暗淡的男青年，以后怎么样，难说。”

“他们不是早分手了吗？几年前杨柳儿还没现在这么红的时候，传出过要跟家里安排的对象结婚，后来就不了了之了，说的就是顾东君。”

“楼上说得没错，当时两人连婚房都准备好了，后来杨柳儿越来越红，越来越忙，绯闻也不断，分开是因为聚少离多。”

“两人应该是复合了吧，顾仕途不顺，杨不离不弃，如今也算患难见真情。”

不可否认的是，网络的力量是超级强大的，东拼西凑各种论调，基本上就把顾东君和杨柳儿曾经的恋情叙述完整了。

大青山山体滑坡的热度很快过去，灾区的失学儿童也早就不在热搜榜，反而是杨柳儿，天天都霸占着热搜榜榜首。

她自身就有爆点，再加上经纪公司的运作，她的热度不减反增。

但是，有一个词叫物极必反，正当杨柳儿被捧上神坛的时候，那段大青山滑坡的视频被公布于世，原来，真正在危难当下奋不顾身救人的是顾东君等人，杨柳儿是跑得最快的那位。

一时间，杨柳儿的完美人设崩塌，成了大众的笑柄。

第3章

他不想宽恕郑紫琪

林浅是在隔天早上醒来的。

“浅浅，浅浅？”

她听到顾城骁在不停地叫她，她转动眼珠子，想要把沉重的眼皮撑起来。

“浅浅，醒了吗？是不是醒了……宁致远，她眼珠子在动，是醒，还是没醒？”

“老大，不着急，嫂子一切情况良好，迟早会醒的。”

“屁话，我能不着急吗？！你说了多少遍她一会醒一会醒，一会又一会，哪有醒？！”

宁致远欲哭无泪，只能拿出手电筒，想去检查林浅的瞳孔。

宁致远刚要靠近，林浅突然睁开了眼睛，顾城骁一阵兴奋，直接把宁致远给撞开了。

他真的是将宁致远撞开的，手电筒都差点被他撞掉了，一点不夸张。

宁致远扶着眼镜，一脸惨兮兮的样子。

“浅浅，你醒啦，”顾城骁扑过来，摸着她因为昏迷太久而失去血色的脸，疼惜不已，“感觉哪里不舒服吗？头晕不晕？身体痛不痛？腿有没有知觉？”

林浅一弯嘴角，轻声说：“光听见你在骂人了。”

“哪有，我这不是着急吗，声音大了点，不是骂人。”顾城骁转头又看着宁致远。

宁致远苦笑着说：“老大是太着急嫂子了。”宝宝心里苦，宝宝不说。

顾城骁直直地望着林浅，把其他人均视作空气，他握着林浅的手放在嘴边亲吻，说：“老婆，你好棒，我为你感到骄傲。”

宁致远和几名护士猝不及防地被硬塞了一顿狗粮，赶紧识趣地撤离了。

病房里只剩下他们夫妻二人，顾城骁俯身低头，无比深情地望着她：“感觉怎么样？”

林浅抬起手，摸了摸他的下巴，从没见过他这副下巴上满是胡楂的邋遢样子。

一直以来，他无论多忙，都是一副神采奕奕的样子。

而如今，他的眼圈是黑的，看那胡楂的长度，准是几天没有刮了，他的眼睛里布满了红血丝，脸色也极为疲惫和憔悴。

“这里是B市？”

“嗯，当天晚上就回来了，你不记得吗？”

“我只知道我们爬出了洞口，确认安全了，我就什么都不知道了。”

顾城骁轻轻地摸着她的脑袋，笑着说：“可以了，能咬牙坚持挺到最后。”

至于那好几次病危抢救差点送命的事儿，她不知道也罢。

“我昏睡几天了？”

“两天。”

“哦，所以你这两天都没睡过觉吗？”

顾城骁长长地舒了一口气，说：“你没醒来，我怎么能去睡大觉。”

感动、感恩、欣慰、心疼，好多情绪交织在一起，让林浅马上红了眼圈。

“谢谢，我不知道该说什么……”

“非要说些什么，那就说你爱我吧，我最爱听这三个字。”

林浅破涕为笑，这画风，是顾城骁该有的吗？

“说啊，说啊，快说啊。”

没承想，这个男人还会死皮赖脸、撒泼打滚这一招，下巴贴着她的脖颈，边蹭边撒娇。

林浅被他的胡楂扎得痒痒的：“就这三个字吗？可我更想说另外三个字，怎么办？”

“什么？”

她勾着他的脖子将他拉低，嘴唇贴到他的耳边，轻轻呢喃道：“我想要……”

顾城骁就那么愣了三秒钟，脸色以可见的迅速三秒变红，把林浅乐得啊。

顾城骁张嘴往她颈窝里啃，用胡楂扎她，用舌头舔她，他双目赤红，压抑着说："还敢这么撩我是吧，你等着，要不了几天，看我怎么收拾你。"

"怎么收拾呢，我好怕怕。"

"想怎么收拾，就怎么收拾。"

两人玩闹了一阵，顾城骁还是理智地放过了她，毕竟她才刚刚苏醒过来。

林浅仔仔细细地看着他，除了疲劳之外，他的脸上还有许多小伤口。

这些伤口，都是他潜在污水里前行的时候，被擦伤或划伤的。

"你没事儿吧？那么重的石板顶起来，背上腿上没伤着吧？"

"没事，都是小伤，不值得一提。"

林浅勾住他的脖子，嘟起小嘴给了他一个吻。

蜻蜓点水般的吻并不能满足顾城骁，在她的唇离开的时候，他一下又堵了过去，用力地狠狠地吻着她。

"浅浅，我爱你，我不能失去你。"

"嗯，我也一样……"林浅心头一热，盈盈的泪水充满了眼眶。

她曾与死亡那么近过，现在更加懂得生命的美好，也更加珍惜与爱人在一起的每分每秒。

顾城骁把戒指重新戴在她的手上，说："小翠给我的。"

"嗯，呵呵，当时还以为死定了呢。对了，小翠呢？还有其他人，都怎么样了？"

"小翠和她弟弟都没事，现在跟他们的爷爷在一起，爷爷手术成功，再休养几天就能出院了。我已经安排好了他们在B市生活的一切，你不用担心。林渝已经出院了，顾东君双腿小腿骨折，打着石膏，在骨科住着。这场灾难，没有死亡，万幸。"

林浅点点头，听到大家都平安无事的消息，她也就放心了。

没有什么比人的性命还要重要。

得到林浅醒来的消息，林旭兴冲冲地过来了。

这两天，他也没有离开过医院，只因身体实在无法支撑，而在休息室里小睡了一下。

林浅看到爸爸憔悴苍老的样子，赶紧说："爸爸，我没事了，你赶快回去休息吧。"

林旭一个大老爷们，蹲在女儿的床头泪流满面。

这已经不是他第一次当众落泪了。

不过，这次，是高兴的眼泪。

"小浅啊，你真是调皮，可把爸爸担心死了。爸爸好不容易回国和你团聚，你却出了这么大的事，差点离开我。你要是真走了，爸爸这辈子都要在悔恨中度过了。"

"爸爸，我没事了。"林浅哽咽地说着。

她以前总以为爸爸不爱自己，以为他回国之后给她的种种，也都是为了赎罪。

可是，当她看到眼前这个憔悴苍老的男人，她知道，爸爸是很爱她的，就如她爱他一样。

之后，宁致远又安排林浅做了比较系统的全面检查。

检查结果显示，林浅胸腔内的瘀血已经明显减少，肺泡的小破口也在逐渐修复。

按照这个形势发展下去，手术就可以避免做了。

最为重要的是，她的双腿也有了知觉，还能扶着床沿慢慢地走路。

她身体的各项机能都在朝着好的方向发展着。

这样的结果让整个野狼战队都很高兴，可郑紫琪高兴不起来。

翌日，一大早，郑紫琪提了一个水果篮，亲自到医院探望。

"顾太太，身体好些了吗？"

林浅一愣，奇了怪了，她竟然改口叫自己"顾太太"，而不是"林小姐"。

事出有异，必有妖。

"嗯，好多了，你那么忙，还过来，谢谢关心，进来坐吧。"

郑紫琪将果篮放在边上，然后慢慢地走到床前，说道："我不忙，大队长没派给我任何工作。"

说这句话的时候，她看了一眼顾城骁，很明显，她是故意说给顾城骁听的。

林浅看了看郑紫琪，又看了看顾城骁，怎么看都觉得不对劲。

这两人又背着我干什么坏事了？

不对，我老公才不会背叛我，肯定是这个郑紫琪又在兴风作浪，哼！

思及此，林浅开始了自导自演的恶作剧。

“哎哟，”她忽然蜷缩起身子，脸上是极其痛苦的表情，“老公，我胸口痛，老公……”

那娇滴滴的声音，一听就知道是装的。

但是，没人揭穿她。

顾城骁更是鼎力配合：“怎么了？”

“这里痛，这里痛。”

林浅抓住顾城骁的手伸到被子里，直接往自己的胸上按去：“你摸摸，我痛，你摸摸我就不痛了。”

“……”你可以演得再做作一点。

顾城骁忍着笑，一下一下揉着她的胸口。

嗯，这白吃的豆腐，哪有不吃的道理？！

郑紫琪侧了一下脸，避免看到两人亲亲密密的样子，不过，她也没有要走的意思，反而更耐心地等着。

林浅觉得不好玩，于是便松开了顾城骁的手：“好了，不痛了。”

你好得可真快。顾城骁心里暗暗地想。

林浅是个心里藏不住话的直性子，她清了清嗓子，问道：“你不只是探病这么简单吧？”

郑紫琪一下子抬起头来，她用眼神默认了。

“你不是说我老公跟你发生过关系吗？你还知道他的私密部位有颗红痣，现在正好人都在，你敢不敢跟他当面对质？”

郑紫琪：“……”

顾城骁：“……”能不能委婉一点？

尽管林浅相信顾城骁，但女人终归还是女人，在对待男人是否背叛自己这个方面，心眼永远那么小，她还记得这笔旧账呢！

她从来都不是好惹的人。

郑紫琪无比难堪，这本来就是一句谎言，如今当着顾城骁本人的面，她怎么好意思与他对质？！

不过，她今天本来就是来负荆请罪的，如果现在就翻脸走人，她的前途就毁了。

郑紫琪深呼吸两下，强硬地将那份难堪压制下去，面带微笑，说："没有的事，是你误解了我的意思。"

"误解？我不是三岁的小孩，这种事还能误解！"

"抱歉，顾太太，以前我有什么地方让您误解的，我在这里向您道歉。"郑紫琪把身段放得很低，语气也十分卑微，说，"我和顾大队长只是老邻居的关系，以前他单身的时候，我还奢望过能够改变这层关系，但现在他已婚，我不敢再奢望，以后也不会再奢望，请您放心，也请顾大队长绝对放心。"

郑紫琪这段卑微的独白道歉，让林浅一下没了脾气。伸手不打笑脸人，人家又是送东西又是道歉的，她也不好意思再为难人家。

倒是顾城骁，还觉得挺诧异的。

以前他不是没拒绝过，他试过一百种拒绝的方式，最后只能跟防贼一样防着她、躲着她。现在，林浅只用了"当面对质"这一招，就让她知难而退。他不得不佩服小丫头有用错招却能歪打正着的好运气。

林浅抓了抓头发，说："既然你都这样说了，那么这件事就翻篇了，以后我也不会再提。"

"顾太太真是大人有大量，那我今天来，想必不会白走一趟。"

"……"啥？还有事？能不能一次性说完？

正当林浅心生不满的时候，郑紫琪又把头低了下去，说："那日在废墟下面，我确实是顾及更多人的生命安全，才会提出放弃救您的意见。当时情况危急，希望您能理解，毕竟不是每个人都有大队长的本事，个人能力有限，还请嫂子原谅。"

"你言重了，当时是我自己要求你们撤的，跟你无关，你不必特意为此道歉。"

林浅甚至觉得，像刚才那样对待一位女兵王，是自己太过分了，她是国家培养出来的优秀女特种兵，转业后更成了顾城骁的得力属下，怎么能让自己随意羞辱。

"谢谢顾太太的体谅。"

此时的顾城骁，脸色阴沉得十分可怕，目光凛冽而又逼人，令人不寒而栗。

这个眼神，让郑紫琪不由自主地哆嗦起来。既然林浅已经表态，那么，她就没必要继续留下来当电灯泡了。她说："顾太太，您好好休息，我忽然想起来还有事，得马上去办，我走了，不送，您好好休息。"

语毕，郑紫琪逃也似的离开了，留下林浅一头雾水。

"老公，她怎么了？"

"谁知道。"顾城骁已经换了一种眼神，柔和、内敛，而又温暖。

"她以前在我面前多高傲啊，今天怎么尽给自己找不痛快，难道她想装柔弱博得你的同情？用她的柔弱凸显我的霸道，而让你远离我？"

顾城骁摸摸她的脑袋，笑着说："嗯，跟着我久了，脑子变聪明了，都能想到这些阴谋论了。"

"起开，我说正经的呢，你不觉得她很有问题吗？"

"她本来就有问题。"

"脑子有病？"

"嗯，她该去看病。"

林浅飞了个白眼给他："我说顾大队长，咱们还能不能愉快地聊聊天了？"

"能啊，想聊什么？聊聊要不要给你做个更详细一点的检查，比如做个胃镜或肠镜？"

"……"他果然是话题终结者，林浅翻身拉了拉被子，"我累了，我要睡觉。"

野狼战队总部，会议室。

各方领导就此次大青山救援任务，给予野狼战队充分的肯定和赞赏。

他们在灾难发生的第一时间就主动申请救援，及时且成功地救出了七名被困人员，让人民群众的生命得以保全，这是最成功的救援。

高高兴兴地挂断领导的电话之后，顾城骁一下子转变了角色，面色阴沉地说："会议室集合，开会。"

大家心里暗自号叫，老大还是那个冷面可怕的活阎王啊。

一入座，顾城骁就严厉地斥责郑子俊："我是不是说过暂时别派任务给郑紫琪？！你当我的话是耳边风？"

“……”郑子俊低下了头，想要解释，却无从辩驳。

“郑子俊，你这是在违抗我的命令，你懂吗？这件事可大可小，我要是追究起来，你还能坐在这里吗！”

不止郑子俊，会议室里的所有人都不敢作声。

“说话！”

郑子俊这才开口说道：“她学过心理学，申请随医疗队前往灾区给当地小学生做心理辅导，我觉得没什么不妥，就批准了。”

顾城骁大声责问：“那你为什么不问问我？你这是无视上级，无视我的指令！”

郑子俊低头：“是，我的错。”

“你别以为她是你妹，你就可以擅自做主，你必须把你那点私人感情放一边。”

郑子俊低头认错，但是他的心里不明白。

其他人也一样。

不就是一次小小的调派吗，反正郑紫琪也没有其他任务在身，为什么不能同意她去？！老大为什么要发这么大的火？

正当大家满心疑惑的时候，顾城骁看向魏男，说道：“魏子，把那天你跟郑紫琪一起潜入废墟下面的经过详细说一遍。”

魏男：“老大，我报告当中有写。”

顾城骁：“我要你当着大家的面，再说一遍。”

魏男一愣，看来事情没那么简单，他正襟危坐，开始详细地叙述那天发生的事情。

“……当时嫂子被压在折断的横梁下面，人拉不出来，上面如果是空的，还有希望救，可惜上面是实的。嫂子当时腰背、下肢都被压着，已经失去了知觉，我们……”

“等一下，”顾城骁在这里打断了魏男的话，问道，“你确认过横梁上面是实的？亲自确认过？”

魏男：“不，我当时趴在洞口，肩膀卡住了，进不去，是郑紫琪进去查探的。我记得很清楚，那上面看上去是空洞。我专门问了她，她说只是外面几厘米是空的，绝大部分都是实的。”

顾城骁手指交替地点着桌面，他并不想宽恕郑紫琪，无论她人在不在这里。

“也就是说，是郑紫琪说压在林浅身上的横梁，上面是实的，对吗？”

魏男点点头：“是的。”

宋景瑜轻声提出了质疑：“既然是实的，确定救不出来，那老大是怎么把嫂子救出来的？”

所有人都很茫然，老大虽然强大，但毕竟是普通人，血肉之躯哪能与钢筋水泥相抗衡？

顾城骁不紧不慢地说：“李不言，放视频。”

“是！”

那是一段由他自己拍摄的视频，胸口的微型摄像机完整地记录下救援的这一幕。

他奋力凿开洞口的石头，进去之后，他站起身，胸口的微型镜头清楚地揭开了横梁上面的秘密。

“是空的！”魏男惊呼一声，“我看着就像是空的，紫琪非说是实的，她……”

当意识到问题所在的时候，魏男一下噤声，其他人也都震惊不已，后背都要冒冷汗了。

在座的各位都是亲身经历过的人，当时的情况确实十分危险，但是，倘若不是郑紫琪说了谎，郑子俊也不会下撤退的命令，他们定当争取一切机会救嫂子，而不是眼睁睁地看着她被活活地压着，生不如死。

此时，郑子俊脸上的表情最为复杂，震惊、愤怒、失望、痛心，所有情绪都写在脸上。

难怪从大青山回来之后，她总是旁敲侧击地问他老大有没有说什么。

难怪她会主动去跟林浅道歉，那么骄傲的她，一向都瞧不起林浅，这次竟然会主动提出去道歉。

难怪她要申请外出，是怕总有一天东窗事发，难以面对大家吧。

视频还在继续，因为横梁上面是空的，所以，顾城骁以个人之力顶起了横梁，林浅才能爬出来。

而且，顾城骁的行为也从侧面证实了，人是能被救出来的。

郑紫琪因为嫉妒，无视人民群众的生命安全，无视野狼战队的荣誉和纪律，她不配成为野狼战队一员。

顾城骁面色阴冷，沉沉地说道："微型摄像机所拍的画面都会实时上传至上级，上级迟早会知道这件事，所以，是瞒不住的。"

他看向郑子俊，又说，"每个人都有感情，但这份私人的感情要看用在哪里。

"上级念在二老为国贡献的情分上，也念在她曾经为部队所做的贡献的分上，同意由我们野狼战队队内处置，并且不对外公布。"

这时，大家才恍然大悟，为什么几个冲锋陷阵的队员都领了功，受到了嘉奖，唯独郑紫琪没有。

郑子俊心知肚明，一旦这件事被有心人士揭发，闹得大了，紫琪会被定罪，轻则被定为玩忽职守，重则是故意杀人，而郑家也会受到牵连。

想及事情的严重性，郑子俊生生冒出一头的冷汗。

在座的其他人，内心也都感慨不已，特别是跟顾城骁走得比较近的魏男、宋景瑜等人。

大家都知道郑紫琪追求老大追了好几年，为了追老大，她才在从特种兵转业后，又加入了野狼战队。

野狼战队并不好考进来，野狼战队的女兵都是铁娘子，巾帼不让须眉。

宋景瑜曾经还调侃过顾城骁，有这么一个门当户对又是青梅竹马的女兵王爱慕者，他为什么不接受？当时的顾城骁并没有回答，他不屑回答这样无聊的问题。

郑紫琪对老大穷追猛打，老大却避而远之，那时候大家还是很同情郑紫琪的。

老大在大家的心中犹如神一般的存在，而林浅只是一个毛毛躁躁的小丫头，一开始，大家都在私下里替老大感到不值，也替郑紫琪感到委屈。

可是，慢慢地，大家发现，林浅乐观豁达、不拘小节，还能在关键时刻牺牲小我，成就大我。

在公海游轮上，郑紫琪差点被人丢进大海，是林浅不顾被发现的危险朝歹徒们开了枪。在灾难来临时，是林浅，放弃逃跑求生的机会，冒死救出了一个又一个孩子。在废墟下，得知大家都有可能出事，也是林浅，宁愿放弃自己的生命，也不愿他人为她冒险。

这并非大家刻意地将两人拿来对比，也并非道德绑架，认为郑紫琪就该做出牺牲，只是，常常被歌功颂德的女兵王郑紫琪，在危难时刻想置他人于死地，而手无寸铁的弱女子林浅，却能以德报怨，把生的希望留给别人。

直到现在，大家才终于明白了，正所谓“江山易改，本性难移”，或许，老大早就察觉到了郑紫琪心术不正的那一面，所以久久没有接受她的追求。

顾及郑子俊，大家都没有说什么。

最后经由会议审议，将郑紫琪从野狼战队除名，即时生效。

蝴蝶谷。

这天，阳光明媚，春风徐徐，蝴蝶谷的操场上，七个嫌疑犯在指定的地点晒太阳。

凡是被送到蝴蝶谷的囚犯，都是罪大恶极且还没有结案的重要嫌疑犯，每一个嫌疑犯都戴着沉重的手铐、脚镣，每一个嫌疑犯身后都有两名持枪战士看守。

如今，这一点温暖的阳光成了他们余生当中唯一的奢侈品。

沙坤坐在轮椅上，整个人瘦骨嶙峋，像是得了什么不治之症的、已经到了弥留之际的老人。

沙坤曾经也是战场上的枭雄，缅甸、越南都有他的“一席之地”，甚至在广袤的非洲草原上，也有他不菲的“功绩”。

而如今，落到了顾城骁的手里，他也只能生不如死地活着。

他是国际通缉犯，涉及的罪名有贩毒、走私军火、洗黑钱、拐卖妇女儿童等等，每一项单拎出来都可以判他死罪。

他被捕之后，缅甸警方就曾多次要求将他引渡回国，他在缅甸境内所犯的不单单是贩毒罪，还有战争罪和反和平罪，条条是死罪。

沙坤呆滞地望着一间囚室的窗户，那里面，关着他的老伙计黑爷。

其实，黑爷只是替人卖命，犯的罪也都认下了，没有必要留在这里，可是，因为他是艾滋病毒的携带者，监狱不收他，因为他是重要嫌疑犯，医院也不收他，所以只能滞留在此。

黑爷一整天都不会说一句话，有时候送去的饭都不吃，但医生开的药，他还是会吃，毕竟，人都畏惧病痛和死亡。

外面响起了汽车的声音，然后，院门被打开，顾城骁带着几个人从外面进来。

他们穿着正装，身形高大，面庞冷硬，特别是为首的顾城骁，一进来，连周围的气温都像下降了好几摄氏度。

坐在轮椅上的沙坤，远远地看到了顾城骁，他的身体因为本能的害怕而不受控制地打起了战，连带着整个轮椅都在抖。

顾城骁只是轻瞟了他一眼，便走进了大楼。

其实，两边相隔很远，中间还有铁栏相隔，但沙坤对顾城骁的惧怕，已经深到了骨子里。

“什么味儿这么臊？”

“喏，坐轮椅那位尿了。”

“吓尿了？”

“哈哈。”

几个嫌疑犯之间响起了一小阵喧哗。

审讯室，顾城骁和魏男他们坐在大屏幕前面，大屏幕上，是被关在隔离囚室的、神情呆滞的黑爷。被放大了的黑爷的脸，看起来更加憔悴。

顾城骁拿出一个U盘交给身边的人，吩咐道：“里面有段视频，放给他看。”

不一会儿，在囚室的屏幕上，播放了这段视频，黑爷由原来的木讷，慢慢有了情绪波动。

视频中，顾城骁一行人来到中缅边境的一个小村庄，摇晃的镜头对着一幢低矮的、破旧不堪的小房屋。

“哪？这是哪？”黑爷瞪大眼睛问出声来，他不敢相信那是自己的老家，“顾城骁，你害我老娘，我做鬼也不会放过你。”

黑爷的情绪很激动，骤然起身扑向屏幕，又拍又喊：“顾城骁，你出来，我一人做事，一人当，不关我老娘的事。她什么都不知道……顾城骁，我做鬼也不会放过你，你滚出来……”

这时，视频里的矮木门开了，出现的那张苍老慈祥的面孔，让黑爷瘫倒在地：“妈……”

顷刻间，他痛哭流涕。

那是他年迈的母亲，几乎是第一时间，他跪在地上连连磕头，就好像真的在母亲面前磕头一样。

“婶，他们是贫困帮扶队，来慰问一下您。”说话的是当地的村支书，一口当地口音，“还给您送来了不少好东西。瞧瞧，都给您放进屋里啊。”

“哎哟，谢谢，谢谢，来，都进来……家里小，没地儿坐，让你们笑话了……”

熟悉的乡音钻进黑爷的耳朵，让他一下子安静下来。他屏住呼吸，眼睛一眨不眨地盯着视频。

虽然镜头很晃，但画面很清楚，顾城骁带着好几个属下去了他老家，不但给他家送钱送物，还给他家修房子、整理院子，他都看蒙了。

最后，是他老母亲的一段视频，高清镜头下的母亲满头银丝，那张脸就像老树皮一样，道道皱纹都像刀刻上去的一般，浑浊的眼睛满是沧桑。

母亲坐在院子里，对着镜头，就像对着自己的儿子，她说：“阿勇，妈知道你在外地工作很忙，你要是太累太苦，就回来吧，家里有低保，有政府的帮助，生活没问题。

“你总说要赚大钱娶媳妇回来，这些年，我看你也没啥钱，你都老大不小了，妈也没几年好活了，妈对你没啥要求，就希望你能早早回来。

“阿勇，妈心里有数，你是不是在外面干了啥不好的事？你要是真的犯了法，就好好接受改造，妈不求大富大贵，只求你平平安安。

“阿勇，家里就妈一个人，你早点回来吧。”

许是当着一群小伙子的面难为情吧，老人家全程都是笑着说的，说到最后一句的时候伸手抹了一下眼睛，但脸上依然挂着朴实的笑容。

此时的黑爷已经泪流满面，跪在地上久久不愿起身。

顾城骁他们全程都在另一个房间看着，一个人即使再冷血，家人也永远都是他的软肋。

中间的屏幕缓缓上移，通过透明的玻璃墙，他们能互相看到对方。

顾城骁正襟危坐，凌厉的眼神死死地盯着跪在地上的男人，语气也十分冰冷，他缓缓说道：“你是该哭，是该对你妈磕头，正是你的心狠手辣造成了你母亲今日的孤苦无依。不过，你母亲还是幸福的，至少她生活安稳，你想没想过那些被你们毒害的家庭？那些人的母亲，失去了孩子，失去了希望，余生都要在痛苦煎熬中度过，直至死亡。你到底想没想过他们？”

黑爷跪在地上，举着双手求他：“你别再说了，别再说了……我已经遭到了报应，求求你放过我吧。”

“放过你？呵，你想得美。放过你，老天都不答应。你要是还有一点良知，就好好配合我们，就当是给你妈积点德。”

黑爷脑子里全都是刚才视频里的画面，这个顾城骁看似冷血，但就冲他带队去慰问老母亲这一点，黑爷知道他并非真的冷血无情。

说到冷血无情，他们自己这伙人才是真正的冷血无情，杀人放火、奸淫掳掠，还贩毒，无恶不作，顾城骁只是在做惩奸除恶的事情罢了。

想到这里，黑爷悔悟过来，跪在地上哭得有些悲壮，这也是他得知染了艾滋病以后，第一次在情绪上有这么大的波动。

“好，我说，只要是我知道的，我都说。”

……

这次审讯比较顺利，黑爷将金三角还余留着的几个窝点以及坤哥新建立的几个窝点，交代得非常清楚。

但是，他毕竟只是坤哥身边的人，对四叔那边的情况并不清楚，更不认识范杨木。

三日之后，野狼战队联合当地警方，把黑爷交代的全部窝点秘密清除，缴获了大量枪支弹药以及各类毒品。

其动作之准、力度之强、速度之快，让业界同行咂舌，同时也让金三角复燃的火苗再一次被掐灭。

虽然还是找不到四叔的下落，但这对金三角的剩余势力，无疑是一次颠覆性的摧毁。

狼王的实力，果然名不虚传。

各项检查表明，林浅的身体已无大碍，只是肺泡还没有完全长好，所以还需要住几天院。

林渝到医院探望林浅，见顾城骁不在，便揶揄道：“你那个二十四孝好老公呢？”

“他也要上班的啊。”

“上班？他的眼里不是只有他的亲亲老婆吗？”

林浅笑得合不拢嘴：“哪有，他也是很敬业的好不好！”

“唉，你呢，这次多亏了顾城骁，他真是豁出命去救的你。”

林浅甜甜地一笑，这几天每次想到那天的场景，她都很感动。

林渝又兴致勃勃地说：“告诉你一件事，顾东君问我要电话号码，我没给。”

“哟，哟，哟，长志气了哈。”

“那是，他当初不也没给我吗，我这叫以牙还牙。”

“快、快、快，说来听听。”

于是，林渝就跟林浅分享了这段时间里与顾东君之间发生的种种，包括出院那天遇到杨柳儿和潘可韵的事。

“以前对他们的事情不清楚，总以为前女友就是他心里的朱砂痣，现在网上对他们的事扒得一清二楚，我反而很淡定了。”

“怎么说？”

“既然杨柳儿想要复合，那我现在去插一脚也不好，等他把这件事解决好了再说吧。”

“你就不怕他们真复合了？”

“那也是他们的缘分，咱都是经历过生死的人了，很多事都看开了。”

林渝那一副老神在在的样子，看得林浅嗤之以鼻，她说：“嘁，少来，如果他们真的复合了，到时候你别找我哭。”

正说着，林浅的手机忽然震了一下，她一看，惊呼出声：“我的天哪，顾东君问我要你的联系方式。”

顾东君这些天也一直在军医院住着。现在网上铺天盖地都是他和杨柳儿的新闻，他很担心本就心存怀疑的林渝会更加误会他。

他也不确定自己这样患得患失是不是真的喜欢上林渝了，以前从来没有过这种感觉。他只知道，与她失联的日子实在太难熬。

想来想去，他还是硬着头皮问了林浅。

消息一发出去，他就不由自主地紧张起来，拿着手机，眼睛紧紧地盯着屏幕，希望林浅快点回复。

“大哥，你要林渝的电话号码干吗？”

林浅回复了，顾东君一阵激动，连悬挂着的双腿都晃动了起来。

顾东君捧着手机，手指快速地打着字，视线一刻都没有离开手机屏幕，他回：“有点关于教学方面的问题想找她聊聊。”

“大哥，你不老实，我不告诉你。”

“算我欠你一个人情，快告诉我吧，我急用。”

等了一会儿，林浅终于把林渝的电话号码给他了，他赶紧保存起来，嘴角止不住地上扬着。

谁知，下一秒，林浅又发来一条微信："大哥，林渝就在我身边。"

顾东君一下愣了神，又糗，又羞，转而又笑了起来。

在林浅的病房里，林渝警告道："别告诉他，听到没有？"

林浅一边发微信，一边说："好的，好的，我一定会守口如瓶的。"

"那你还在跟他说什么？"

"我在跟他说，没有你的允许，我就不告诉他。"

"……"我晕，林浅，你什么时候这么听话了，"嗯，你绝对不能告诉他，不然，我跟你绝交。"

"好、好、好，我不告诉他。"

林渝急躁得不行，心里一个劲地骂她蠢货："欸，你怎么还在跟他说？"

林浅放下手机，甜甜地一笑："不说啦，他以后肯定不会再找你了，你放心吧。"

"……什么，你跟他说什么了？"

"我说，林渝在家思春了，要我介绍兵哥哥认识认识。"

"……"林渝简直抓狂了，大叫道，"啊林浅，你怎么可以造谣，我什么时候让你介绍兵哥哥认识了？"

林浅暗笑，憋得不行了："你不是想冷落冷落他吗，我这样说，省得他再叨扰你啊。"

"……真是要被你气死了！"林渝拿起包包，头也不回地往门口跑去，她一定要跟顾东君去解释清楚。

"喂，姐姐，你才来，怎么就要走了？"

"滚！"

门一开，又一关，林浅终于忍不住大笑起来，笑得有点肺疼。

电梯口，林渝咬着手指，心急得不行。

林浅这个蠢货，脑子都被压坏了，明知道我喜欢顾东君，不帮忙就算了，还添乱，气死我了。

叮的一下，电梯门开了，她迈开腿就往里面冲。

"呀，你……"是顾东君，是顾东君，是顾东君，林浅激动得不知道说什么才好。

顾东君一如往常般儒雅地笑着，问：“你要走啦？”

没有，我是要去找你啊……可是，林渝不敢说。

这个时候，医院里人不多，电梯里就他们两人。

她微微低头，两人的视线就这么撞在了一起。她的那颗心啊，远不如表面这么淡定。

“啊？嗯……我来看林浅，看看就走……”

顾东君点点头，抬手想按键：“你开车了吗？”

“嗯。”她随口答道。

顾东君按下了负一楼的按钮，电梯门一关，狭小的空间里瞬间变得安静无比。

两人都面向电梯门，没人说话，却都偷偷地转头看对方。视线撞在一起了，两人又都傻傻地笑笑。

“林浅没事了吧？”

“嗯，她好得很，壮得跟牛似的。”

“呵呵，你们姐妹俩的感情真好，互相拆台毫不客气，可是都不会影响感情。”

“是啊，我和我亲姐姐都没有和她感情好。”林渝偷偷看他，“你……怎么一个人出来了？”

“住院很无聊的，你又不来陪我。”

“……”什么意思啊你，说这些，我会乱想的好不好，请保持你的高冷行不，“呵呵，顾老师，你可真会开玩笑。”

负一楼很快就到了，门开了，外面是昏暗的地下车库。

可是，林渝没有迈出去。

顾东君提醒一句：“到了，我腿脚不便，就不送你了，你开车小心点。”

这时，林渝才后知后觉地醒悟过来，说道：“我没开车来啊，我打车来的。”好尴尬，我是谁，我在哪？

顾东君笑笑：“来都来了，林浅也看过了，能推我逛逛吗，林老师？”

林渝的那个脸啊，跟猴屁股差不多了。

“还是说，你有事做，赶时间？”

“不、不、不，我有空，走。”

顾东君嘴角不自觉地上扬起来，果然一见到她就很欢乐啊。

第4章

不是天灾而是人祸

林浅终于出院了。

为了庆祝林家搬回了原来的别墅，为了庆祝林旭回归，也为了庆祝林渝和林浅平安无恙，林家在酒店里办了一场高调的酒会，除了邀请亲戚之外，还邀请了许多政商名流。

那些因为林氏企业破产而与林家断绝来往的亲朋好友，又厚着脸皮纷纷与林家结交。

朱曼玉带着林潇四处招呼着宾客，为了这场酒会，她筹备了一个多月，确实办得体体面面的。

角落里，林培独自一人坐着，安安静静的样子略显孤单，他这心里，有说不出来的憋屈。

“爸，原来你在这儿啊。”林渝走了过来，“爸，你一个人在这里喝闷酒吗？”

林培勉强挤出一个笑脸来，否认道：“哪有，别乱说，咱家还能有今天的盛景，爸开心着。”

林渝撇撇嘴坐在他的旁边，说：“得了吧，爸，我是您女儿，在我面前您就不用伪装了，我知道你心里有落差，这都是很正常的。”

林培笑得苦涩，拍拍女儿的手，问道：“小渝，爸爸是不是很没用？”

“才不是呢，您别听妈乱说，在我心里，您永远都是最伟大的爸爸。”

林培甚是欣慰，笑容终于有了一丝轻松愉悦。

“爸，您别着急，就当是休假好了，这么多年来，您都没有好好休息过，等暑假了我陪您出国玩玩怎么样？”

“好啊。”

这时，一个熟悉的面孔忽然出现在父女二人的面前："林老弟，别来无恙啊。"

"华哥？"林培一阵惊喜，连忙从沙发上站起身来，恭维地用双手握住他的手，"华哥，真是好久不见您了，您……瘦了很多啊。"

华天明点点头，感慨着说："是啊，因为金融风暴，我在美帝的项目出了问题，资金全都被套牢了，愁得要命。"

林渝因为知道了林浅的事，对这个华天明也没什么好感，只是礼貌地打了个招呼就闪人了。

林培很激动，拉着华天明坐下，问道："那现在怎么样？"

"现在总算渡过了难关，唉，林氏的事，我也听说了，当时很想不顾一切地飞回来救急，钱我都筹齐了，可林氏突然就破产了，太快了。后来我也不好意思找你。前几天收到你们的请帖，我立刻就订了机票，怎么着也得回国看看你的近况。"

"谢谢华哥，您有心了。"

华天明看了看在正厅里被人前呼后拥的林旭，说道："现在有你亲弟弟在，我想你也不需要我帮忙了。你这个弟弟不错的，你们兄弟齐心，他日一定能东山再起，到时候可要照顾照顾我啊。"

林培一脸苦笑，扬扬手，说："他是他，我是我，他精明着呢。"

"怎么？"

"丰越地产是他的事业，怎么可能平白无故分我一杯羹。本来想合作，后来他攀上了顾家，就跟顾家合作了。唉，我也明白，水往低处流，人往高处走，有了顾家的照拂，他选择单干也是正常的。"

华天明满脸的愤愤不平，语气也有些冲："他那女婿就是顾城骁对不？既然有顾家照拂，更应该拉一把哥哥才对，他就自己发大财，也不管亲哥哥？"

林培小声劝着："华哥，不说这些了，叫别人听到，还以为我对这个弟弟有意见。唉，再看吧，我也不是非得靠他。"

"对，既然这样，那你跟我干，说实话，国外的经济特别不稳定，我准备把重心转回到国内来。你是我第一合作人选，怎么样？有兴趣吗？"

林培简直欣喜若狂："有，当然有，太好了，不过……华哥，我还是想把林氏企业搞起来，那可是我们家几代人的心血。"

华天明爽快地说："没问题，我出钱，你出力，名字还叫林氏企业。我的业务太广，也没有更多的精力来打理，还是得靠你来经营。"

"华哥，太谢谢你了，你几次救我于危难之中，你简直就是我的再生父母。"

"再生父母不敢当，但是，好兄弟有福同享、有难同当，以后，咱就是一条船上的亲兄弟了。"

"好。"

林培热泪盈眶，握住华天明的手，久久不放。

大厅里，林旭无疑成了当晚的焦点。

现在的丰越地产风头正盛，林旭身为丰越地产的当家人，自然受到了多方的关注，再加上，他是顾城骁的岳父，想攀交他的人更是络绎不绝。

这时，顾城骁带着大病初愈的林浅抵达了会场，原本嘈杂的大厅里忽然间安静了下来，宾客们无一不转头看向门口。

顾城骁依旧是黑西装和白衬衫的搭配，再简单低调的装扮都掩盖不了他周身散发出来的光芒，这套平平无奇的西装穿在挺拔有型的他身上，得到了最完美的体现。

而林浅，小鸟依人地挽着顾城骁的手臂，一袭西柚红的拖地长裙将她衬得肤白胜雪。

整个宴会厅，林浅几乎是毫无悬念地艳压群芳。

所有人都在赞叹，林家这个不起眼的，甚至曾是众人眼中的笑柄的小女儿，竟然摇身一变，变成了今日的顾太太，实在是世事难料。

林旭带着女儿女婿四处介绍，那脸上的骄傲表情一览无余。

宾客们有许多是冲着顾城骁来的，自然不会放过这么难得的机会，这让林旭更加觉得面上有光。

"今天多谢大家的捧场，我林旭刚刚回国，许多事情不太懂，未来希望有更多的机会能与在场的各位探讨合作，谢谢大家，太谢谢了。今天希望大家在这里，能喝得尽兴，聊得尽兴，玩得尽兴。"

晚上，城邸。

林浅洗完澡就回床上躺着了，看了一下林家的新闻，只觉得不可思议。

关于她的身体状况，医生专门交代过，她的肺泡还有一处没有完全愈合，这需要静养，急不来。

她自己是完全感觉不到的，深呼吸也不会痛。她觉得自己的身体已经没什么大碍了。

所以，耳边听着浴室里哗哗的水声，她就不自觉地幻想着顾城骁在里面洗澡的情景，心猿意马。

顾城骁冲完澡出来，没见床上有人，便叫道："林浅，你又不乖乖躺着，去哪了？"

这时，啪的一声，灯熄灭了，整个房间忽然变暗。

搞什么鬼？顾城骁心里纳闷。

林浅悄悄地走近他。

他一听到声音就回转身来。

谁知，他刚一转身，她就猛地扑上他的胸口。

她的脸贴在他的胸口上，双手紧紧地抱着他的腰，用整个人的力量将他直接推到了床上。

或者说，她这是在生扑。

待眼睛适应了房间的光线之后，她姣好的面容展现在他的眼前，他深深地叹了一口气，说："干吗呢这是，饿狼扑羊？"

林浅整个人都压在他的身上，也不管他身上还未擦净的水珠。她噘着嘴，面带潮红，不好意思地说："老公，你想不想我？"

"……"顾城骁深吸一口气，谁说不想呢？他的每一个毛孔都在渴望拥有她，可他再想，也不能不顾及她的身体。

他强压着内心的欲望，坚决不让这朵火苗旺盛起来，他推开她的肩膀，说："乖乖的，先把身体养好再说。"

"好了啊，我身体没问题了。"林浅积极地说，她渴望着他能分分钟把自己吃干抹净。

"医生说你肺上的伤口还没完全愈合。"

"那就像针眼一般大小，没有关系的。"我的需求比较重要，懂吗？！

"还是慎重一点比较好，我能忍。"

林浅愤然地抬起头，借着不亮的光线，她看着他的眼睛，用力地说道："我不能忍！"

"不能忍也要忍，伤好了再说，来日方长。"

"我不，我现在就要，立刻就要。"

"你真是女流氓。"

"对、对，我就是女流氓，我就是女色狼，随便你怎么说我，反正我就想要。"

"……"哪里有这么生猛的女子？！

林浅和顾城骁两个人滚在床上，一个是真进攻，一个是假防守，两相较量之下，竟让林浅占了上风。

"就一个字，做不做？"

"两个字，不做。"

女上男下，她钳住他的双手手腕，直接压到了头顶，她再问他："做，还是不做？"

顾城骁被逗得不行，但还是坚持："再养一段时间，以防万一，你也不想再进医院是不是？等养好了身子，你求饶，我都不会放过你。"

林浅的气焰灭了一半，松开他，翻了身，平躺在他的旁边："哼！"

顾城骁摸摸她的脑袋，无比宠溺："乖啦！"

翌日，野狼战队办公室，顾城骁才坐下，就接到了姜萧何的电话。

姜萧何是大青山救援的总指挥，还留在那里处理着善后工作。

"老大，有发现。"

"说。"

"在山体滑坡的前几天，林渝跑到后山失踪，我们连夜寻找，后来是顾市长找到了她，当时他们掉到了一个深坑里。

"那个深坑里面有隐隐的火药味，只是，那里湿气太重，火药味不太明显，而且当时也没有想到。

"后来，山体就滑坡了，滑下来的全都是整块整块的大石头，坚硬无比，按理说，这并不符合滑坡的自然条件，这个时候，我也还没有想到。

"就在刚才，搜救犬在后山上发现了异常，我带队查看，你猜发现了什么，大量的炸药？

"以前孩子们告诉过我，后山上时常有雷鸣声，很像爆炸声，林渝失踪那天，她也清楚地听到了爆炸声，还伴有小幅度的地震。

"这一系列证据表明，是有人在后山专门爆破，目的是什么，我暂时还不知道，但是，并不排除此次山体滑坡是这些非法的爆破行为所致。

“也就是说，大青山的这场灾难，并非天灾，而是人祸。

“老大，情况就是这样，请指示！”

顾城骁问道：“你是怀疑有人在搞非法爆破？是沙坤？”

“现在深坑也被埋了，没有证据。”

“如果是人为，必定会留下线索，这么大的灾难，想嫁祸给老天爷？休想！”顾城骁思忖片刻，沉着冷静地说，“我马上过去，你继续查。”

“是！”

顾城骁给林浅发了一条信息就关机了，立刻召集了兄弟们，准备出发前往大青山。

不过，在去大青山之前，他先去了一趟蝴蝶谷。

又是一段时间不见，沙坤比以前更加瘦了，整个人面黄肌瘦，皮包骨头，形象已经丝毫不能跟毒枭沾上边。

当然，他的精神状态也不如以前了。

一听说今天顾城骁要亲自审问，沙坤迷茫的眼睛露出了恐惧之色，久久不肯张开的金口，竟然破天荒地说道：“我说，我说，我全都说。”

大青山山体滑坡的消息，是审讯人员透露给沙坤的，当时沙坤就傻了眼。

可他没想到，顾城骁这么快就找来了。

“沙坤，”顾城骁凛冽的声音在前方响起，宛若阎王的召唤，“这条线，我们已经跟了很久。在万乐城出事之前，你就以谢忠的身份数次前往大青山，你们在大青山到底有什么阴谋？”

沙坤止不住地哆嗦着，抖得轮椅都嘎吱嘎吱连连作响。

“我们已经在大青山发现了藏匿的大量炸药，这次山体滑坡，就是爆炸引起的，你还想继续替你爸瞒下去吗！

“你爸他……管过你的死活吗？你在这里受尽折磨，他管过你吗？他根本不认你这个儿子，你还维护他做什么！

“我告诉你，沙坤，你就是你爸送给我的废棋子！”

顾城骁一改以往讳莫如深的沉稳风格，突然变成了咆哮的追魂者，一声比一声响亮，把沙坤吓得浑身发抖。

这大概就是压垮骆驼的最后一根稻草吧，沙坤已经再也承受不住了。

他哆哆嗦嗦地说：“四……四叔在大青山，建造秘密基……基地，由范……范杨木负责。”

此话一出，震惊全场。

几个审讯员面面相觑，互相打量之余，都在默默地关注着老大的反应。

顾城骁拍案而起，质问道：“还有呢？一次性说清楚，不然，你今天别想活着出去！”

沙坤吓得大小便失禁，审讯室里立刻弥漫着一股恶臭。

沙坤对顾城骁的恐惧，是潜意识里的恐惧，是他不能克服的心魔。

顾城骁这一吼，他的所有防御全部崩溃：“我说，我说，我全都说……范杨木和一个当地人，叫何健雄的，负责帮老头建这个秘密基地，因为那里够隐蔽。”

“什么时候开始的？”

“大概有两年了。”

“多少人？”

“没多少，十来个吧。”

“你能联系到他们吗？”

沙坤摇摇头，丝毫没有狡辩或者撒谎的念头，甚至因为自己的不知情而感到深深的恐惧：“这我真的不知道，他们跟老头联系，不跟我直接联系。”

“四叔在不在大青山？”

“我不知道。”

“不知道？”

顾城骁怒瞪着沙坤，沙坤连大气都不敢喘，他哭着求饶道：“我是真的不知道老头在哪，或许在，或许不在。我只知道老头要在那里建一个比云川基地还要大的秘密基地，我知道的全都说了，求你放过我吧。”

顾城骁对他的苦情坦白丝毫没有动容，而是恐吓着吼道：“大青山山体滑坡，什么都埋了，什么都毁了，你现在才说，不就是马后炮吗！你之前怎么不说？不用一点非常手段就不说，我看你就是活腻了！”

沙坤本能地举高双手，人哆嗦得直接从轮椅上滑了下来，他跪地求饶道：“我想，我想，我再想一想……”

看得出来，沙坤也很痛苦，不说不行，说错了不行，胡编乱造更不行，他终于尝透了什么叫生不如死的滋味。

顾城骁深吸一口气，将怒火压下来，转而拿出三张人脸绘图。

这些绘图都是根据被绑架的少女描述的四叔的外貌特征所绘制出来的，最初只有一个轮廓，后又经过调查和推测，描绘出三张脸来。

“其他事，你想不起来，你爸长什么样子总没忘吧？”

沙坤一愣，呆呆地看向审讯员拿来的三张画。

“看仔细了，哪张是四叔的脸？”顾城骁质问道。

沙坤的手颤巍巍地接过来，一张一张仔细地看：“这三张都像，可又都不像，轮廓都像，这张眼睛比较像，这张鼻子比较像，这张的眉毛和嘴唇比较像。”

顾城骁和身旁的高纪钦对视一眼，高纪钦牢牢地记着沙坤指出的相像点。

四叔这个人很神秘，什么资料都没有，若非背后有高人指点，一般人很难做到不留痕迹。

而他背后的这位高人，是范杨木吗？

顾城骁一想到这个可能，就倍感心痛，范杨木是他的良师益友，曾是野狼战队的精英，更是国家的栋梁。他身负血海深仇，却成了罪犯的走狗，为什么？

四叔是灭他家门的罪魁祸首，他为什么要助纣为虐，为什么？

为什么？

他想不明白，更加不能理解。

高纪钦立刻打开电脑，根据沙坤所指的相像点，将五官重新组合。

“老大。”

顾城骁转头看去，只见电脑屏幕上出现了一张更为立体、更为逼真的人面画像。

将它打印出来，顾城骁亲自拿到沙坤的跟前，问道：“这张呢？”

沙坤怯怯地抬起头来，看到画像的刹那，愣了一下。

“这张呢？”顾城骁大声地问道，不给他一点喘气的机会。

“像，像，他就是长这样的。”

顾城骁舒了一口气，转身离去：“走，出发。”

沙坤吓得不敢吱声，偷偷地抬起头，只见顾城骁一行人急匆匆地走了。

他瘫软在地，神情麻木，眼神空洞，犹如被抽去灵魂的躯壳。

大青山受灾点。

整个受灾点如今成了一座孤岛，唯一的通道被掩埋之后，进出只能靠直升机。

野狼战队的直升机停在一处空旷平整的地方。

这里就是原来的学校，如今已经成了一块平地，地势比原来高了许多。

救援的大部队已经撤出，一时间，这里空空荡荡的，寸草不生。

在临时搭建的帐篷里，姜萧何向各位报告了搜查的结果。

他一边指着地图，一边说："这是大青山的主峰，这是我们现在所在的位置，这是后山。

"这是一条贯穿整个后山的隧道，这个深坑是开口。但现在因为山体滑坡和塌方，深坑已经被堵住了，隧道还在不在，也不清楚。

"隧道深不可测，能确定的是隧道应该没打通，因为，再过去就是大青山的主峰，不可能打通。

"也就是说，这个深坑就是唯一的出口，出口被堵，里面的人都活不成。"

顾城骁问："生命探测仪能探测到吗？"

姜萧何摇摇头："试了，探测不到，可能隧道太深，无法探测，可能里面已经没有活口。"

宋景瑜："确定里面有人？"

姜萧何："不确定，就算他们不在隧道里，也出不去，唯一的路被堵了。"

魏男："所以，他们要么就死在隧道里了，要么还在这深山老林里躲着。"

姜萧何点头："对。"

顾城骁将新鲜出炉的四叔的画像贴了出来，说："这是沙坤指认的四叔的大致模样，大家都看清楚了，活要见人，死要见尸！"

众人异口同声道："是！"

"大青山山体滑坡是人为造成的"这个消息立刻引起了全国轰动。

林浅不停地搜索着相关的新闻，她有一种预感，顾城骁一定是去了大青山。

就在她担忧之际，手机忽然响了起来，那是一个陌生的电话号码打来的。

“喂？哪位？”

电话那头传来郑紫琪阴沉的声音：“是我，郑紫琪。”

林浅一愣：“你……你找我有事？”

“我被顾城骁开除了。”

“……”

“就因为没有救你，我被他开除了。”

林浅觉得不对劲，郑紫琪的语气充满了暴戾和怨怼，她听着有些发怵：“你想怎么样？”

“我想怎么样？哈哈，我想怎么样？林浅，你觉得我还能怎么样？”

郑紫琪又哭又笑，情绪非常不稳定：“你知道我花了多少精力才跟上他的脚步吗？你知道我吃了多少苦头，才能坐上今天这个位置吗？顾城骁一句话就把我开除了，他一句话，我这些年所做的努力全都白费了。林浅，你告诉我，如果你是我，你会怎么样？”

林浅答不出来，这个消息对她而言挺突然的，但是，她相信顾城骁这么做，肯定有他的理由，他绝对不会因为一己之私而开除她：“我觉得你还是找上级领导解释比较好，跟我说，没用。”

郑紫琪根本不听：“没用是吗，呵，我落得今天这个地步，到底是因为谁，你心里没点数吗！”

“我不懂你的意思，我要挂电话了。”

“林浅！”郑紫琪突然大声叫她，“你听好了，我不会放过顾城骁的，我得不到的东西，你也别想得到。”

本想挂断电话的林浅一听这话，不免担心起来：“你敢！”

“呵，宁为玉碎，不为瓦全，我光脚的，还怕他穿鞋的吗！”

“你别乱来。”

“林浅，我要你尝尝失去最爱的人的滋味，我要把我的痛苦加倍地还给你。”

“你……”电话被挂断了，林浅只听到嘟嘟的声音。

她本来就担心着顾城骁，被郑紫琪那些疯言疯语一威胁，心脏更是止不住地乱跳着。

她立刻把电话打给了李不言。

李不言听完她的叙述之后，说：“小嫂子，请放心，我一定把这个消息转告给大队长。”

“郑紫琪在大青山吗？”

“是的，她之前以心理辅导的名义跟医疗队一起去了大青山，现在应该还在那里。”

“顾城骁这次出差，是不是也去了大青山？”

“……”李不言一愣，支支吾吾地说道，“这……大队长的行程是队内的机密。”

林浅知道他们的工作职责，她也不想为难李不言，应了一声就挂了电话。

她想，郑紫琪也没什么厉害的，在公海的游轮上，还不是被吊打吗，顾城骁那才叫厉害，一个人冲锋陷阵，几十个雇佣兵都不是他的对手，郑紫琪没那个能力伤害到顾城骁。

这么想着，她才不至于冲动地找去大青山。

过了几天，林浅去医院复查，复查的结果显示她受伤的肺部已经痊愈了，身体的其他部位也没有问题。

难得出来，她想约林渝逛街，可是，她先后打了两次电话，林渝的手机都是关机。

“怎么回事这人！”

刚把手机收起，手机铃声却在这个时候响起，她一阵小兴奋，看都没看清楚就接了起来：“打你两次电话都关机，你在搞什么鬼？”

“什么？”

是一个男人的声音。

林浅一看手机显示，糟了，不是林渝来电，而是一个陌生号码。

“咯咯，不好意思，我以为是我朋友，请问您是哪位？”

电话那头的男人有些郁闷，才多久啊，连他的声音都认不出来了，他闷闷不乐地说道：“是我，楚墨枫。”

“咯……”林浅咳出一口老血，“怎么是你啊？”

“你把我电话号码拉进了黑名单，我只有另外办张卡打给你了。”

“……”至于吗，我可以再拉到黑名单的。

“再把我拉进黑名单试试，以后亲戚都没得做。”

“……”林浅挺无语，忍不住怼他，“是啊，我们是亲戚，那你怎么不叫我一声二表婶？”

电话那头有了三秒钟的停顿，良久，对方才说正事：“听说你今天复查，结果如何？”

“谢谢关心，你二表婶我福大命大，已经完全好了。”

楚墨枫那个气啊，隔着手机都能感受到他的抓心挠肝。

“大侄子，你有事啊？”

“林叔叔说你复查完了要去他家里，我特意过来接你。”

“啊？”林浅有些纳闷，他口中的林叔叔是指她爸爸？他们认识？

“你在哪？我已经到医院了。”

同一时间，林浅看到一辆白色的超级跑车在医院门口停下，那拉风的超级跑车立刻引来了路人的围观。

林浅想拒绝也来不及了，楚墨枫已经下了车，径直朝她走来。

上一次见面是过年的时候，顾家家庭聚会，他回来了几天，马上又走了，这一走就是半年。

又是半年不见，楚墨枫的变化更加大了。

他染了一头金毛，戴着墨镜，一副酷跩狂炸天的样子，好像什么都不放在眼里，又好像什么都放在眼里。

要不是他穿着跟以前差不多的干净的白衬衫，林浅肯定认不出他。

当年那个如风一样的男子，如今就像一阵飓风，高调张扬地出现在了林浅的面前。

“怎么是见鬼了的表情？不认识我了？”

“喀喀，认识，我大侄子啊。”

楚墨枫没好气地瞪了她一眼，当然是隔着墨镜的，他一歪头，道：“上车。”

“欸，等等，”林浅好奇地问，“你怎么知道我要去我爸家？”

“林叔叔告诉我的。”

“你们怎么认识的？”

楚墨枫微微低头，从墨镜和眉头的缝隙中看着她，说了一句让人哭笑不得的话，他说："你放心，我择偶观正常，对你爸没有兴趣。"

"……"

楚墨枫转身走向超级跑车，走出几步，见林浅没跟来，只好又折回来，说："你不信，问你爸啊。"

他就是这么一说，可是，林浅果然没有让他失望，还真拿起手机拨给了林旭求证。

他气得狠狠咬牙，好歹同学这么多年呢，连这点小小的信任感都没有？！

林浅连打电话的时候都回避着他，这让他更是气得抓心挠肝，怒火攻心。

"哦，原来是这样……好的，好的，我知道了。"

林浅打完电话过来，抢先质问道："原来是林唯一回来了，楚墨枫，好歹咱们也是多年的同学，我现在又是你的二表婶，你怎么连她回来这么大的事都不提前告诉我？"

"我……"还是我的错了？

"我们虽然是姐妹，但连我爸都担心我们相处不好，你怎么这么没眼力见，不知道提前知会一声吗？我也好有心理准备，你是不是存心想让我们闹矛盾？"

"……"楚墨枫都无语了，一头金毛好似燃起了隐形的熊熊烈火。

"走吧，走吧，还杵在这里干吗，晒死我了。"

楚墨枫抡起拳头自捶胸口，他抬头望一望太阳，暗骂一句，没事，那么大火干吗？不知道很热吗？不知道会上火吗！

车里，林浅想着素未谋面却早已如雷贯耳的林唯一，难免有些紧张。

她小心翼翼地问道："我爸说你跟林唯一是在美帝留学的同学？"

"嗯。"

"她人怎么样？"

"很好。"

"具体点呗。"

"性格好，脾气好，人品好，学习好，相貌好，身材好。"

"哇，这可是万里挑一的好人啊。"

"那是，人家是真正的公主，而你，只有公主病。"

“……”林浅不满地斜瞪着他，“喂，扯到我身上来干吗？再说了，我哪里有公主病了？过分！”

“是、是、是，你没有，我就是做一对比。”

“那你更过分，凭什么用贬低我的方式来抬高她？”

“……”楚墨枫轻叹一口气，“我说不过你总行了吧？！”

林浅白了他一眼：“说不过我，也不能强词夺理，不要出个国留个学就自以为了不起。老子不吃这套。”

楚墨枫心里的委屈翻江倒海的，脱口而出：“你以为我愿意出国？！还不是因为……算了，不说了！”他重重地拍了一下方向盘，这一切都是他自讨苦吃。

林浅吓了一跳，偷偷地转过头，看着他的侧脸。

从她这个角度看过去，可以看到他发红的眼睛。

她沉默着不再与他争辩，有些事情是他们永远都不敢也不会去触及的。

不一会儿，林公馆到了。

其实，林浅对林公馆有些排斥，比去顾家老宅还要不愿意，要不是顾及林旭的感受，她是不想过来的。

因为当年拆散她父母的那个小三，林旭如今的正室，也是澳洲华人界出了名的容家大小姐容子衿，也随林旭搬到这里来了。

他们刚下车，里面一个俏丽的年轻女孩就跑了出来，不用问，她就是林唯一。

林浅看到她，浑身有一种发怵的感觉，就像看到了另外一个自己一样。

林唯一的脸跟林浅的脸有七八分的相似。而且，无论是身高，还是胖瘦，都差不多，就连穿衣风格也是如出一辙。如果把她们两人放在一起，说是双胞胎姐妹都不为过。

“枫，热不热？”

楚墨枫有些别扭，给两人互相介绍道：“林浅，林唯一，你俩……认识认识。”

林浅大大方方地伸出手：“你好。”

可是，林唯一主动挽住了楚墨枫的手臂，根本没有理会林浅：“这大热天的，真是辛苦你了，进去吧。我吩咐厨房做了冰镇木瓜雪蛤，专门为你准备的。”

楚墨枫被林唯一拉着走，他回头看了一眼林浅，什么都没说。

林浅识趣地收回了手，无所谓了，反正早就有心理准备了，容子衿和林唯一肯定是不待见她的，就像她不待见她们一样。

不过，看着林唯一和楚墨枫亲亲密密的样子，她才恍然大悟，原来他们不只是同学关系。

“大小姐，楚少爷，林浅小姐。”里面出来的用人依次向他们问好。

林浅走在他们的后面，林唯一站在楚墨枫的边上可真是小鸟依人，而且她看得出来，林唯一很喜欢楚墨枫。

林唯一：“枫，吃了饭，我们去看电影好不好？”

楚墨枫：“我下午还有事，明天吧。”

林唯一：“好，那就明天，我还没好好逛过B市呢，B市的名胜古迹可都是举世闻名的，我都想去看看。”

楚墨枫：“你不嫌天热吗？”

林唯一：“是哦，太阳太大了，那等天凉一点，你再带我出去玩玩。”

楚墨枫：“好。”

大厅里，林旭和容子衿都在，楼梯旁边还放着好几个大行李箱。有一个箱子打开着，里面全是从美帝带回来的东西。

看样子，林唯一和楚墨枫才到B市，而且他们应该是打算在国内住一段时间。

他们的关系已经好到这个地步了？

那她与楚墨枫岂不是又多了一层亲戚关系，以后见了面，是要叫大侄子，还是叫妹夫呢？

容子衿笑容满面地看着楚墨枫，真是越看越喜欢。

“小枫啊，今天这么不凑巧，司机请假了，不然，也不用辛苦你跑一趟。”

“没关系的，阿姨，B市我熟，路也不远，而且我跟林浅也认识的。”

“哦？”容子衿看向林浅的眼神变得戒备起来，“你们怎么认识？”

“我们是……”

“我们是亲戚，”林浅直接打断了楚墨枫的话，抢先一步说，“他是我老公的侄子，我是他的二表婶。”

楚墨枫的脸色有些僵硬，带着怒意瞪了她一眼：“二表婶，你说得可真清楚。”

“必须啊，说清楚点好，免得阿姨误会。”

容子衿生性多疑，可能自己是过来人的缘故吧，对这方面的警惕性特别高。

她一听林浅介绍的关系，紧张的神色立马舒展开来，既然是这层关系，那就不怕林浅会使坏。

她笑着说：“哦，原来你们是亲戚，那以后若是小枫和唯一结婚，我们也算亲上加亲。”

林唯一娇羞地笑了起来，佯装生气道：“妈，瞧你说的，谁要嫁给他了？”

容子衿笑着摇摇头，说：“你啊，能找到小枫这么好的男朋友，就偷着乐吧。”

“妈，你……”林唯一羞得满脸通红，扭身跺一下脚，躲到楚墨枫的身后去了。

她半个身子都靠在楚墨枫的后背上，倚着他，脸贴着他的背。

容子衿和林旭相视而笑，当父母的最了解爱女的心思，唯一这是在害羞。

他们的女儿一定很喜欢这个男孩子，所以才会这么害羞。

楚墨枫也很不好意思，在对方家长面前，特别是在林浅的面前，他真的不想和林唯一表现得太过亲密。

事实上，他们也才刚开始交往而已，私底下只是简单地牵过一次手。

“阿姨，您……您说得有点远了。”他紧张地说。

容子衿笑着打趣道：“瞧你们两个，我不过是打个比方，就把你俩都说得脸红了，这一点你们还真像。”

楚墨枫笑笑，更加难为情了。

林唯一直接躲在他的后面，头都不探出来。

“小枫，虽然我们是第一次见面，但阿姨对你可是早有耳闻，我们家唯一常常跟我提起你，说你这个厉害，那个厉害。我心里想说，哪有这么好的男孩子，都是情人眼里出西施罢了。可是，今天我一见你啊，我就觉得你真的很优秀。”

楚墨枫礼貌地笑了一下，说："谢谢阿姨的夸奖，其实我很普通。"

"不，我看人看得多了，不会看错，你是个好孩子。阿姨希望你和唯一步调一致，她任性、闹脾气的时候，你多多包容她。阿姨希望不久的将来，我们能成为一家人。"

楚墨枫尴尬地笑了笑，第一次见面而已，他也应允不了什么。

林旭着急了，连忙将妻子拉回来，说道："哎呀，让他们小年轻自己谈嘛，你这样只会给小枫压力，别把他吓傻了。"

"行、行、行，年轻人的事情，我不掺和，唯一啊，别太任性了啊！"

林唯一这才从楚墨枫的背后探出头来，脸上有着两抹红晕，轻声而又短促地说："知道啦。"

他们在笑，一旁的林浅也只能陪着干笑。

林旭走到林浅的跟前，上下打量着她："都好了？"

"嗯，没事了，复查的结果都挺好的。"

"那就好，一听说你在大青山出事，爸的心都差点跳出来。"

林浅露出一个甜甜的笑容，说："那现在可以放心啦。"

林旭点点头，感叹道："嗯，你们在外面都平平安安的，爸在家里才能舒舒坦坦的。"

本来林浅心里挺郁闷的，因为容子衿和林唯一根本不待见她，甚至都不把她放在眼里，不过，爸爸的这句话让她心头的不爽全都烟消云散。

无所谓了，反正她只要爸爸开心就好。

午饭过后，林浅就准备走了："爸，阿姨，那我就先走了。"

楚墨枫说："我也走，我顺路送你吧。"

"你，方便？"

"有什么不方便的，我要回去倒时差啊，你以为我是铁打的？"

"那麻烦你了。"她好像没有拒绝的理由啊。

林唯一很舍不得楚墨枫，恨不得一秒钟都不要跟他分开，可是他总是要回去的，她也不能制止。

门口，她拉着他的手，依依不舍地说："到家给我打电话。"

楚墨枫把手抽了出来，退开几步，应付了一声："好。"

他是真的很不习惯这种亲密，特别是在人前。

林浅识趣地说："我先上车。"

林唯一见林浅上了车，她就小碎步走到楚墨枫的跟前：“你过来，过来，”她招招手说，“哎呀，再过来一点嘛。”

楚墨枫不明所以，有些迟疑地上前一步。

林唯一忽然拉下他的脖子，踮起脚尖，在他的脸颊上吻了一下，蜻蜓点水般的一下。

楚墨枫：“……”

坐车里不小心看到这一幕的林浅：“……”唉，到底是小年轻啊，分开一刻都不行，太矫情了。

林唯一害羞地叮嘱道：“开车一定要小心啊，到家后，给我打电话。”

“你不睡觉？”

“我等到你打电话过来之后，再睡觉。”

“哦，行，那我走了。”

“好，明天见。”

“明天见。”

楚墨枫赶紧开门上车，真害怕这种你一句我一句的寒暄。

超级跑车终于开出了林公馆的大门，驶在熟悉的大马路上，楚墨枫这才有了如释重负的感觉。

林浅不经意间看了他一眼，余光瞥到了他脸颊上的口红印，于是又转过头来拿正眼看了一下。

“看什么看？”楚墨枫问道，语气有些不悦。

林浅指了指他的脸，逗趣道：“爱的唇印。”

“……”他抽了一张纸，用力地擦了一下，问道，“还有吗？”

“还有一点。”

他继续擦，几乎是搓，皮肤都红了。

“行了，行了，”林浅提醒道，“已经没了……怎么，怕被你爸妈看到？你也不小了，你爸妈不会不允许你找对象吧？而且，我这个妹妹来头不小，你爸妈应该很高兴才对。”

楚墨枫本就不悦的脸色变得更加臭：“多事！”

“……好、好，我闭嘴。”林浅决定不管，反正也不关她的事。

车里安静了好一会儿，还是楚墨枫忍不住说：“没不让你说话啊。”

“我说什么？”

“你想说什么，就说什么。”

“我没有什么想说的啊。”林浅一脸坦然，还特真诚。

楚墨枫重重地叹了一口气，像是在控诉，又像是在解释，他说：“我跟林唯一才开始交往，什么事都没有，结婚更是天方夜谭。谈得来就谈，谈不来就分，不一定非要在一起。”

林浅啧啧地摇了摇头，说：“一切不以结婚为目的的恋爱都是耍流氓。”

看到楚大少的怒色，她赶紧补充：“这话可不是我说的，是英国大文豪莎士比亚说的，毛主席也引用过。”

“结婚对我而言太遥远了，我就不能谈个恋爱吗？”

“也行啊，但要注意分寸，不该做的事，千万别做。”

“什么是不该做的事？”

跟他谈论这个话题，太超提纲了吧，林浅说：“你懂的，不用我明说。”

楚墨枫傲娇地说：“我还小，我不懂你这个已婚少妇在说什么。”

“……”林浅愤怒地转过头瞪着他。

楚墨枫却故意说：“还请二表姊明示。”

林浅气得牙痒痒，明知道他是故意的，还不知道怎么怼他，感觉怎么怼他，最后还是会被他反怼。

因为谈论这种事情，女人总是比男人吃亏。

更何况，她的厚脸皮只对顾城骁，有些太直白的话也只敢在顾城骁的面前说说。

“没事，那你就当我没说过。”

楚墨枫看到她生气的样子，他心底的怒气反而消了，还贱贱地笑了起来：“我谈个恋爱，你都这么有意见，是吃醋了？”

“吃你个大头鬼！”林浅当场否认。

“那你就不要管我该做什么、不该做什么，情侣之间的事讲究个你情我愿，你是过来人，难道不懂？”

林浅吃了个闷亏，内心怒吼道：“好你个楚墨枫，什么时候变得这么贱了！”

“问你话呢，怎么不回？”

“是，你们爱干吗干吗，都是成年人了，再说，人家父母巴不得你把林唯一收了，嗯，你们就甩开膀子，加油干吧。”

楚墨枫一抿嘴，收起了那副吊儿郎当的样子，脸上又有了阴郁之色。

他不再说话，只是把车速提高了一些。

林浅真的不知道他又哪里不高兴了，事实上，她从来都不曾了解他到底是一个什么样的人。

以前她只知道他学习好、形象好、家世好，是她这种生活在底层的平民无法高攀的贵公子。

后来，他被迫出国留学，回来之后性情大变，她就更加不了解他了。

又沉默了一段路，楚墨枫一直在平复心情。

良久，他缓缓地开口道："我们暑假回来，大概能待半个月，过不了多久又要去了。"

"哦。"

此后再无话语。

幸好林公馆到城邸很近，林浅也就熬了几分钟的尴尬。

下了车，林浅客气地说："谢谢，要不要进去喝杯茶？"

"好啊。"

"……我就是跟你客气客气，你还当真？"

"看把你吓成什么样了，我不也就是跟你客气客气吗。"

"……"林浅郁闷得不行。

"走了，再见。"楚墨枫朝着窗外挥挥手，然后一踩油门，扬长而去。

林浅重重地舒了一口气，心想自己终于告别了这尊大佛。

大青山，整个野狼战队都在夜以继日地工作。

他们已经没日没夜地搜寻了十天，还有当地一支部队的配合，大家轮班上阵，从没停过。

有两个小战士窃窃私语："挖了这么多天，什么都没有，他们到底在找什么？"

"不知道，不过，后山这里平白无故多了这么长一条隧道，确实不正常。"

"也是，没听说有人来开山采石啊。"

"咱们不管，反正上级指示我们做什么，就做什么呗。"

漆黑的隧道里，弥漫着一股令人作呕的气味，他们带着搜救犬一步一步往前。

“老大，”魏男粗犷浑厚的声音在山洞里响起，“仔仔一直在扒碎石，异常兴奋，我敢肯定，离我们要找的东西不远了。”

仔仔是一只优秀的搜救犬，在以往的工作中表现十分突出，从来没有失手过。

所有人集中到魏男所在的这条路上，合力将碎石挖开。

山洞中的恶臭越发明显，有几个小战士已经忍不住作呕了。

“把后边最亮的灯移过来。”顾城骁命令道。

雪亮的探照灯被高高挂起，碎石也被挖开了一部分，那些东西也渐渐地露出了本来的面目。

正如他们所预料的那样，这一堆碎石的后面，是一具具已经腐烂的尸体。

“我的天哪，是人，这都是死人啊。”

首先发现的小战士失声大叫，声音特别惊恐，在狭长的隧道里还带着回声。

要不是几十号人都在，他说不定就要被吓死。

山洞里阴暗潮湿，尸体腐烂的速度特别快，有的已经能看见白骨，场面特别惊悚。

“呕！”走得近的几位小战士直接吐了，那是一种不受控制的反胃。

顾城骁看了一下时间，立刻下令：“高纪钦，马上通知防疫站明天一早赶过来；宋景瑜，立刻上报；魏男，安排大家撤退，洞口派人站岗看守，谁都不许进入；姜萧何，你给那几个小兄弟做做心理辅导。”

“是！”四人异口同声地喊道。

隧道被看守起来，在里面发现无数具尸体的消息也被封锁起来。

顾城骁他们几个坐在临时搭建的军用帐篷里开起了小会。

魏男：“老大，范杨木和何健雄会不会已经遇难了？”

顾城骁：“不排除这个可能。老姜，那片区域，你之前发现过什么？”

姜萧何：“要不是林渝误闯，很难发现那里，那里真是个藏匿的绝佳地点。滑坡之前，我在深坑的石头缝里发现了一支注射用的针筒，所以，我很肯定那里一定有问题，本想继续查，不想发生了滑坡，毁了一切。”

顾城骁：“有时候尸体比活人更诚实，这几天大家都累了，今晚好好休息，明天一早继续奋战，我希望能有大丰收。”

全体：“是！”

翌日。

原来的隧道很深很长，但因为山体滑坡，隧道的绝大部分都滑下去毁了，只剩下底部这一截。

藏在最深处的罪恶，就这样暴露在离阳光很近的地方。

隧道里，防疫站的工作人员对里面进行了深度消毒。

他们穿上防疫服，全副武装，一队对现场进行运石和清理，一队带着担架和装尸袋将发现的尸体抬出去。

运送尸体的车辆在山下，他们需要将尸体一具一具地抬下去。

尽管隔着厚实的装尸袋，尽管戴着防护面罩，依然能闻到尸体腐烂的恶臭。

再加上山路难行，他们费了好大的劲才将所有尸体抬下山。

原本山清水秀的大青山，如今是满目疮痍，更让人心寒的是，这不是天灾，而是人祸。

总要有人，为这一切负责。

顾城骁坐镇指挥部，一边盯着现场，一边整理着这些天收集起来的蛛丝马迹。

魏男抱了两捆麻袋，大声说：“老大，快来看，这帮家伙果然在那里制毒藏毒。”

顾城骁将麻袋展开一看，里面是一包包袋装的粉末状物品，一想就知道是什么。

“这一袋是成品，这一袋是半成品，这样的麻袋堆满了整个洞。”

“挖到底了？”

“应该是到底了，探测器显示麻袋后面是岩石。”

“这样的东西大概有多少？”

“无法估计，得按吨算。”

“几具尸体？”

“八具，都是男性。”

顾城骁思忖片刻，说：“联系法医，做鉴定，我要在天黑之前知道这些尸体的身份。”

魏男面色凝重，实在不愿意接受这件事：“老大，杨木他……”

“快去联系，天黑之前，我要看到结果。”

“是！”魏男领命。

范杨木的DNA，在样本资料库里就有。

至于四叔的DNA，之前在云川悬崖上发现的血迹，当时他们怀疑是四叔留下的，后经过与沙坤的亲子鉴定，证实了该样本与沙坤存在血缘关系。也就是说，只要四叔的确是沙坤的亲爹，那么，云川悬崖上的NDA样本，就是四叔的无疑。

如此，只要一对比，就能知道这些尸体里面有没有四叔和范杨木。

顾城骁皱起了眉头，杨木，我真的不希望有你，我要听你亲口解释这一切。

稍晚，在大青山发现八具尸体，并同时发现大量藏毒的事情，上了头条，轰动全国。

第5章

初生牛犊不怕虎

那日，林浅买了一个大西瓜去了顾家老宅。

因为支教活动和受伤养伤，她已经有一段时间没有去看望公婆了。虽然她与公婆有些不和睦，但是，公婆毕竟是顾城骁的父母，他们是和她一样希望顾城骁能够平安回家的人。

而且，年管家告诉她，公婆在她受伤昏迷期间，也去医院看过她。现在她的伤已经好了，去看看公婆也是应该的。

“少奶奶来啦，”老宅的用人特别欢迎她，还竖起大拇指夸她，“少奶奶，您可真英勇，不过，下回要是再遇上这种事，您还是要保护自己为重啊。”

林浅笑着与他聊天：“谁运气那么背，一辈子遇上两次大灾难？我可不想再遇到了。”

“是、是、是，少奶奶大难不死，必有后福，以后的人生都是顺顺利利的了。”

“哈哈，借你吉言。”

用人将她手里的水果拎去厨房，还说了一句：“哟，这大西瓜真沉，肯定很甜，老爷最爱吃西瓜。”

“嗯，因为爸喜欢，所以我特意买的。”

叶倩如看着这主仆二人说说笑笑的，心有不满，一板一眼地说道：“老陈啊，西瓜糖分高，老爷不能吃。”

老陈捧着大西瓜呆立在原地：“这……”

谁知，顾源清了两下嗓子，说：“大夏天的，吃一次没关系。林浅，你有心了，谢谢。”

叶倩如：“……”

林浅实在是受宠若惊：“不客气，呵呵。”

老陈机敏地说：“那我少切点，大家一起吃。”

这气氛，还是有点诡异。

林浅默默走到沙发边上，低头叫道：“爸，妈。”

顾源挥手示意她坐下，语气平和地问道：“身体都好了？”

“复查过了，已经没事了。”

“那就好，”顾源很是欣慰，迟疑了一下，又说，“之前只知道你被困受伤，城骁也没告诉我们实情，现在才知道，你是为了救孩子们才受的伤，你做得很好。”

林浅一阵激动，都忘了说话。

能得到公公的肯定，对她来说是莫大的鼓舞。

她抿着嘴唇，不让自己笑得太夸张，看看公公，又怯怯地看看婆婆。

叶倩如还是严肃脸，说：“亲戚们都要去城邸探望你，我都给回绝了，来了就要送一堆礼，还影响你休息。奶奶也说要去看你，老人家现在在老家，这大热天的，来来回回赶的话，太累，所以，我也没让她来。”

她在解释，可是她并不想林浅听出来她在解释。

她到底是放不下面子。

“城骁那边有消息没？他什么时候回来？”叶倩如赶紧转移了话题。

林浅摇摇头：“他没有联系过我。”

叶倩如心头闪过一丝暗喜，既没联系我，也没联系她，公平的。

不过，这丝暗喜立刻就被担心取代了，她说：“在大青山发现了尸体，这背后指不定藏着什么大秘密，城骁这回没有隐藏身份，倘若被歹徒盯上……”

叶倩如这一提醒，林浅也焦虑起来：“那怎么办？要不，让他别再干了？”

这话一出，叶倩如简直肝胆俱颤，一副“这话可万万不能说”的表情。

她做梦都想让儿子不再干了，可每次看到老爷子那不怒自威的样子，她就没敢开口提。

到底是“初生牛犊不怕虎”，这话让林浅说了出来。

唉，小姑娘不怕死，更不怕送死啊。

叶倩如深深地替林浅感到惋惜，哀怨地瞅着她。

林浅纳闷极了：“我……我说错什么了吗？”

“国家培养了他这么多年，他正值壮年，正是为国家效力的最好年纪，哪能说不干就不干？！”顾源语重心长地说。

林浅似懂非懂：“可是，这份工作太危险了，他不是已经离开部队了吗，能不能让他转到安全一点的部门去？”

“再危险的工作，也总要有人去做啊。其他人没有他能力强，他不做，谁来做？”

“可是，可是……”

“这些我们就不需要操心了，城骁有分寸的。”

林浅挠挠头，说不过公公，只能低低地说了一句：“哦。”

这和谐的画面让叶倩如看呆了，以她对老爷子的了解，听到这种话，他一定会大发雷霆的，怎么对林浅，他就循循善诱起来了？还这么和蔼可亲？不公平！

叶倩如又面带不悦了。

林浅不知道自己又哪里惹婆婆不高兴了，眼睛都不敢乱瞟，手更不敢乱放，就端正地放在膝盖上。

顾源看着林浅这般拘束，把目光放到了老婆的身上，他用眼神叮嘱一句：“你差不多得了，跟她赌什么气？！”

叶倩如更气了，回瞪一眼，恐吓道：“你别看我！”

林浅看着对面的公婆在打眼神仗，都着急死了，也不知道他们在交流什么。

老陈端着切好的西瓜适时地出现了，不敢多切，只切了四分之一的西瓜。

老陈笑呵呵地打着圆场，说：“这西瓜一切下去就开了，熟透了，肯定甜，老爷尝尝。”

顾源吃了一块，点头，又吃了一块。

这下可好，叶倩如更不高兴了，心里的阴郁全挂在脸上：“吃、吃、吃，小心得糖尿病！”

顾源：“……”

林浅：“……”婆婆，你这么作妖真的好吗？别让我猜中你是在吃醋！

正在这种万分尴尬的时刻，外面的人忽然兴冲冲进来禀报："老爷，夫人，少爷回来了。"

"啊？"众人都不敢相信。

说话间，顾城骁的霸气越野车已经驶进了庭院，在阳光的直射下，军绿色的越野车就跟新车一样，锃光瓦亮的。

林浅一个箭步冲出门去，越野车刚好停下。

顾城骁走下车，帅气地往那儿一站，他戴着墨镜，身上还穿着作战服，脚上踩着军靴，军靴的边缘处还都是泥巴。

他是一下直升机就赶回来的，连衣服都没来得及换。

他拿下墨镜，站在阳光底下露出了灿烂的笑容，双手自然地张开着。

林浅站在离他一米远的位置，他晒得黑不溜秋的，显得两排牙齿特别白，他的作战服都湿透了，额头和脸颊都挂着汗珠。

"你回来，怎么也不告诉我？"

"你还说，手机是摆设吗？打了你多少电话，你都不接。"

林浅这才想起来："呀，我忘记带手机了。"

"问了年叔，才知道你在这里。"顾城骁双手一摊，说，"来吧，抱抱。"

林浅笑着摇摇头："不要，你身上都是汗。"

"不要？你胆子够肥啊，再说一句不要试试？"

"就不要，你浑身臭汗，谁要你抱！"林浅说完就跑。

可没跑几步，就被顾城骁捞住了，他从背后箍住她的腰，只用一条胳膊就将她整个人高举上肩。

"啊！"林浅失声尖叫，"不要玩了，放我下来，快点。"

你爸妈都在看着啊，喂！

顾城骁挺拔的身形落下一片阴影，扛林浅的姿势又帅又霸气，浑身都散发着阳刚之气，荷尔蒙爆棚。

果然，叶倩如不悦地站在门口喊道："这大热天的，一直待在外面干烤，有意思？还不赶紧进来？"

林浅都紧张死了，拍拍他的肩膀说："快放我下来啊。"

顾城骁依言将她放下，但没有直接将她放下来，而是松开了手，让她自己滑下来。

这种方式可以让两人的身体紧紧地贴住，互相摩擦，顾城骁现在也是越来越不正经了。

叶倩如移开视线，根本没眼看啊。

林浅瞪他一眼，赶紧拉着他进屋。

“有西瓜啊，”顾城骁眼睛直勾勾地盯着那盘西瓜，“谁都别跟我抢，都是我的。”

跟顾源一样，他也很爱吃西瓜，但是母亲嫌西瓜糖分高，又嫌吃西瓜容易影响肠胃，所以家里从来没有西瓜这种东西。

顾城骁一下将一大块西瓜放进嘴里，边吃，边说：“妈，你这西瓜买得真好，哪家买的？我一会回去捎带几个，太好吃了。”

叶倩如：“……”

顾源：“……”臭小子，一回家就气你妈。

林浅：“……”她深深地感到事情不妙。

顾城骁从一个凉快的山区骤然回到这烤炉似的B市，热得大汗淋漓，脸颊上的汗水都在不断地往下淌。

这种时候，西瓜是最好的解暑食品。

在自己家里，他也没顾及形象，一边吃，一边问：“还有吗？这一点还不够我塞牙缝的。”

老陈也挺尴尬的：“有，我再去切。”

“爸，吃，一起吃，晚了可就没了啊。”

顾源挺直了背脊，问道：“还顺利吗？”

“顺利，有我出马，必须顺利。”

“油嘴滑舌！”

顾城骁笑笑说：“爸，您啊，别老这么严肃，笑一笑，十年少，多笑几次，都能回幼儿园去了。”

顾源嘴角一抿，强忍住笑，故意板起脸说：“我小时候可没那个福气上幼儿园。”

“哈哈，我说我，您要回到了小时候，那我上哪儿待着去？”

顾源再也忍不住了，嘴角一咧，就这么笑了出来。

这太阳真是打西边出来了，叶倩如都不敢相信自己的眼睛。

顾城骁笑也就算了，这食古不化的老爷子竟然也笑了，父子两个还一起吃西瓜吃得这么开心。

这西瓜，是那个小妮子买来的。

叶倩如心里又酸又涩，自从有了林浅，她就不再是儿子最亲近的人了，儿子心目中最重要的人也不再是她。本来老伴跟她站在同一战线上的，现在连老伴也倒戈了。

叶倩如越想越吃味，越想越生气，这个家里，她都快没地位了。

正当叶倩如即将爆发的时候，顾城骁忽然说："对了，陈叔，我副驾驶位上有个包忘拿了，你帮我拿进来。"

"好的，少爷。"

老陈接过车钥匙就出去拿了。

叶倩如一忍再忍，终于忍不住抱怨道："儿子，你身上一身臭汗，熏死人了。"

顾城骁也挺恶趣味，听到这话，他倏地凑近母亲，直接举高了手。

林浅："……"真恶俗！

叶倩如被他吓了一跳，又好气又好笑："走开。"

"妈，您还嫌自个儿的儿子臭，我到底是不是你亲生的？"

"不是，我没你这么没良心的儿子。"说这话的时候，叶倩如瞥了林浅一眼，有了媳妇忘了娘，白养你了。

老陈从外面拿了包进来，顾城骁拉开拉链，从里面拿出一个小盒子。

"喏，这是您这个没良心的儿子孝敬您的。"

"什么东西？"叶倩如眼睛一亮，情绪猛然好转了。

"打开看看呗，包你喜欢。"

叶倩如嘴角有掩不住的高兴，打开一看，一对晶莹剔透的白兔子展现在她的眼前，小兔子犹如婴儿的拳头般大小，通体莹润，栩栩如生。

到了叶倩如这个年纪，没有其他特别的爱好，就是喜欢玉器。无论是玉的首饰，还是摆件，她都收藏了不少。

这对小兔子一看就知道是上等货，她拿起来，用手掌掂了掂分量。

"水头足，无瑕疵，颜色正，雕工也是一流，难得的好东西啊。"

"不好的东西能给你吗？！"顾城骁指了指，说，"你仔细看眼睛。"

叶倩如细细一看，惊讶道："呀，这眼睛不是点上去的？"

她不可置信地用指腹搓了又搓，还拿了老爷子的放大镜细细查看："这真是天然的啊。"

这对兔子的点睛之笔就在眼睛上，通体莹白的兔子，眼睛的位置是一点血红。

“儿子，你哪儿弄来的这么好的小东西？”

“朋友发的照片，我看不错，就入手了。前一阵就拿到了，但我忘在了车里，今天才想起来。”

叶倩如的脸色一下子从乌云密布变成了阳光明媚，每只手攥着一只玉兔子，开心得不得了。

林浅暗暗琢磨，道：这女人啊，不管多大年纪，心里永远住着一个小少女。

吃完西瓜，顾城骁就上楼洗澡了，林浅也被硬拉了上去。

房门一关，他就将她按在墙上狠狠地吻。

她想推开他，却不想被他一下扣住了手腕。

他只用一只手就禁锢住了她一双手，扣在后背，然后另一只手伸到她的颈后，控制住她乱晃的脑袋。

“嗯……干吗呀……一回来就这样……”

顾城骁喘着粗气，嘴唇从未离开她的肌肤，他直接说道：“我能怎么办，一见你就想要你，分分钟都想吃了你。”

“……”这种情话，他说起来都不结巴了，果然是老司机，“你越来越油了。”

“不喜欢吗？”他咬着她的耳朵问道。

林浅浑身一个激灵，耳朵是她的软肋，他说话的热气扑打在她的耳朵上，他湿软的舌尖撩拨着她的耳垂，叫她怎么好好说话？！

“嗯？回答我。”

啊，好好听的低音炮啊，耳朵都要怀孕了。

“快回答我！”顾城骁有些不耐烦，呼吸更加急促了，唇瓣也渐渐往下移。

林浅像是被控制住了一样，身体渐渐开始配合他。

她鄙视自己这样毫无原则，可又觉得新奇和刺激。

“不喜欢，不喜欢你这个油腻小生，啊……你咬我？！”

“你不乖，你不诚实。”

“……”

“浅浅，我只对你这样，我只是想让你知道，我心里的真实想法。不要不喜欢，好吗？”

林浅整个人都酥了，她哪里不喜欢，只是故意那么说而已，其实她喜欢得不要不要的。

她说话带喘，学他那样轻轻咬着他的耳垂，低声说：“我……很喜欢……”

顾城骁像是受到了鼓励一样，迅猛地褪去了身上湿透的衣服，与她坦诚相见。

在白天，在顾家的老宅，林浅其实是很放不开的，可是，他那壮硕结实的肌肉每一块都在吸引着她。

因为出汗，他身上亮亮的，麦色的肌肤每一寸仿佛都带着钩，专门勾她的魂。

顾城骁知道她紧张，他抓着她的手放在自己的胸膛上，柔声说道：“别紧张，全家人都知道我们在干吗，不会有人那么不识时务地来敲门的。”

林浅眼睛一瞪，抡起粉拳直捶他：“你怎么这么讨厌啊？！”

“哈哈……”顾城骁低头堵上她的小嘴，一阵疯狂的袭击。

林浅完全不能自已，他口腔里带着淡淡的西瓜清香，特别特别好闻。

顾城骁掌控着整个过程，他带着她转入了洗手间。

关键之时，他忽然一顿，说：“呀，回来得太着急，忘记买‘小雨衣’了。”

林浅不作声，用眼神示意他该怎么做。

顾城骁那个丧气啊，恨不得将她融进骨子里。他窝在她的胸口，不停地撒娇，像一个明知道不能吃，却还要讨糖吃的小孩子。

林浅抿嘴一笑，轻声说道：“其实……安全期也不是不可以……”

顾城骁倏地一下睁开眼，顿时双眼放光，他笑着咬她：“小东西，你比我还坏，看我怎么收拾你！”

……

在华天明的帮助下，林氏企业异军突起，借壳上市成了林氏集团，林培在经历过破产的黑暗时期之后，再一次荣耀回归，以胜利者的姿态重新回到了大众视野。

如今的林培，身价倍涨。

而林潇也终于觅得良婿，与蓝城国际董事长宋永年独子宋亭威订了婚。

正所谓“人怕出名猪怕壮”，膨胀的林培爆出了包养女明星的丑闻，还被拍到了照片。

林培出轨，最恼火的肯定是朱曼玉，朱曼玉立刻转移了财产，并且当街暴打女明星。这些丑闻引起了全民关注，林氏集团一下子股价大跌。

本来就是借壳上市，这一下，林氏才风光没多久就又陷入了危机。

华天明却在这个时候失联了。

无独有偶，林培的准女婿宋亭威也不是个善茬，与林潇订婚没多久就有了外遇。应该说，他与那些女人根本就没有断过关系。

那天，顾城骁载着林浅出去看电影，林浅忽然接到了林渝的电话。

“小浅，刚接到我妈的电话，说我姐出事了。”

“什么？”

林渝在电话里又慌又乱，焦急地说：“宋亭威又出轨，被林潇姐捉奸在床，宋亭威不但不承认自己的错，还要退婚。我姐受了刺激，精神异常，在家又疯又闹又要跳楼，我妈没有办法，所以报了警。现在她被强制送去了医院。”

“你别急，我马上过去。”

顾城骁从电话里听到了地点，二话不说，打转了方向盘，朝医院开去。

林浅自言自语道：“我一直都觉得林潇姐思想偏激，可从来没有往这方面想过，原来她是生了病。”

顾城骁紧握着方向盘专心开车，一直在提速。

“林潇姐从小就是一个骄傲的公主，现在被宋家退婚，她肯定深受打击。还有我大伯那些丑闻，唉……”

顾城骁抓住她的手，安慰一句：“别太紧张，或许事情没这么糟糕。”

林浅和林渝几乎同时到的医院，让人意外的是，顾东君是陪着林渝一起来的，他脚上还打着石膏，一定不是凑巧遇到。

顾城骁好奇地看着他：“你……跟林渝？”

顾东君没有否认，只说：“先进去看看吧。”

病房外的走廊里，只有朱曼玉坐在椅子上等着，短短几日，她如同老了十岁，两鬓也花白了。

那一刻，林浅对大妈只有同情和心疼。

林渝更甚："妈……"她一开口就哽咽了，飞快地扑过去抱住朱曼玉，"妈，怎么会这样？"

这时，病房里传来一阵令人惊悚的呼喊声，不是什么话语，就是纯粹的尖叫，充斥着整个走廊。

朱曼玉听得心都要痛死了，她紧紧地捂着胸口，哭着说道："为什么不是我，老天爷要罚就罚我吧，不要这么对待我的女儿啊。"

"妈，妈妈……"林渝跪在母亲的面前紧紧抱着她。

过了好一会儿，林潇的喊声渐渐变得小了，最后不再响起。

主治医生出来了，面色沉重地说："患者病情有些复杂，现在还有自残的现象，千万不能让她受任何刺激。现在给她注射了镇静剂，让她好好睡一觉，再看看情况如何。我与我院的专家团队还要开会讨论一下。"

医生又安慰了朱曼玉几句，就急匆匆离开了。

朱曼玉又伤心又无助，先是失去了忠诚的丈夫，现在又失去了一个健康的女儿，她真的不知道以后的路该怎么走。

这时，走廊里又传来一串凌乱的脚步声，是林培赶来了。

"潇潇呢？我女儿呢？曼玉，我们的女儿怎么样了？"

朱曼玉二话不说，上去就是一个耳光，啪的一声，又响又清脆。

"你还有脸问潇潇，你这个没良心的东西，还知道回来吗？还知道家里有妻有女吗！"

林培痛哭流涕，没有任何反驳，只是一味地说着："是我错了，我错了……"

林培被曝出轨之后，朱曼玉就转移了财产，女明星见势不妙，终于露出了贪财的本性，立刻把林培给她的豪宅、豪车变卖折现，逃得无影无踪了。

林培悔悟过来，已经来不及了，想回家又拉不下脸，他已经在公司睡了好几天。

林潇被看护起来，连家人都不能靠近。

在大家的劝说之下，朱曼玉终于肯先回家，林渝陪着她，林培也回家了。

顾城骁帮着办理了后续的事情，林家现在如同一盘散沙，他能帮就帮一点。

回家的时候，天色渐暗。

顾东君坐在车子的后座上，轮椅被折叠起来放在了后备厢里。

顾城骁慢慢开着车，问道：“石膏什么时候能拆？”

“下星期复查拍片，到时候再定。”

“你跟林渝在一起了？什么时候的事？”

“嗯，刚谈的。”

“案子取得了阶段性胜利，不日就会发出公告，还你清白。”

“阶段性胜利？”顾东君皱起了眉头，“怎么不是全胜？”

顾城骁也很无奈啊：“沙坤和黑爷交代了一切，涉事的赵明和郭品川都与金三角有所勾结，沙坤能以谢忠的身份在 B 市逍遥法外，正是赵明和郭品川帮的忙。

“如今，黑爷染上了艾滋病，交代了所有他能交代的，沙坤是废人一个，该吐的秘密也都吐了。我们在大青山发现了大量成品和半成品的毒品，这跟沙坤交代的一致，那里正是金三角的秘密基地。

“这一部分，是我们胜，这案子拖得太久乱民心，所以上级决定尽快结案。”

顾东君好奇地问：“还有呢？”

“八具尸体中没有我们要找的人，他们还在逃亡。上级的意思是，如果不能抓他们归案，那就先赶出国界，不能让他们在我国境内扎根。”

“不抓？这种罪大恶极的人不抓？”

“你别激动，这也是权宜之计，罗马不是一天建成的。”

“你们是不是另外有行动？”

顾城骁一笑：“那就不能告诉你了，总之，马上会还你清白的，等好消息吧。”

“好。”顾东君不再追问，心里总是记挂着林渝。

不久，顾东君到家了。

“早点休息，别想太多。”顾城骁轻轻拍他的肩膀安慰。

“嗯，回去注意安全。”

“好。”

此时，天已经全黑了，顾城骁和林浅看电影的计划泡汤了，晚饭都还没吃。

“好了，咱们二人世界了，想去哪吃饭？”顾城骁坐进车里问道。

林浅想了又想，说：“林潇姐发生了这样的事，我没胃口。”

“那也得吃啊，不然，回家让厨房做？”

“算了，算了，这个点就不要麻烦厨房了，人家都下班了。”

“那……想吃我的清水煮挂面？”

林浅不假思索地直摇头：“No！那我宁愿去喝酒吃肉。”

“成，出发。”

不一会儿，顾城骁把车开到了一家烤肉酒吧门口。

“真喝酒啊？你不是还要开车吗？”

“有代驾啊。”

“可是……”

“别可是了，林潇已经得病了，你不吃不喝也没用，倒是你老公我，吃了半个月的压缩饼干，现在很想吃一顿好的。”

“好吧，小可怜。”

两人牵着手走进了烤肉酒吧，现在正是这里热闹的时候，大多是年轻人相聚，现场的乐队唱得激情四射，燃爆了整个餐厅。

这样的活跃气氛，才让林浅勉强放松一些。

顾城骁一边烤肉，一边劝她：“敞开了吃，吃饱了，才有力气想解决的办法。”

“还有什么办法啊？林潇姐这么年轻，得了这种病，以后怎么办呢？”

“别着急，也不是什么绝症，总能治好的。来，趁热吃，快吃。”

盛情难却，林浅拿起筷子开始吃。

正吃着，顾城骁的手机响了起来，他拿出来一看，是宁致远的回电。

“看，办法来了，喂。”顾城骁说道。

林浅专注地看着他，她知道医疗队的宁致远是非常厉害的军医，精通多个领域，外科手术更是一绝，还能治很多疑难杂症，他就是华佗转世。

“老大，病历资料我看了，不严重，刚巧这一下爆发出来了，不爆发出来，问题会更加严重。根据我的判断，这种情况，出去散散心也许就能痊愈，放心吧。”

“当真？你可别诓我，医院的专家可是说得很严重的。”

“那专家，还不如我助理呢。听我的没错，带她换个地方散散心，我保证她不药而愈。”

“好，我信你。”

挂了电话，顾城骁随手将手机放在了桌上，并把宁致远的话原封不动地转述给了林浅。

“这就可以了？”

“不可以，你就去打他。”

林浅半信半疑，如果真是这样，那就好办了。

这时，顾城骁的手机自动锁屏，一张素描画像跳了出来，林浅眼尖，拿过手机问道：“屏保搞得这么有个性？也不是你的自画像啊，这人是谁？”

顾城骁灼灼的目光定在手机屏保上，语气变得沉重起来，说道：“一个重大逃犯，根据与他接触过的人的口述绘制出来的。”

他暗暗发誓，一天不把这条毒蛇揪出来，他一天不换屏保。

林浅拿着手机看了又看，屏幕黑了，她就让顾城骁点出来，再仔细看。

“怎么，你认识？”顾城骁不经意地调侃一句。

林浅越看越眼熟，一直在想，一直在想：“别、别，你先别打扰我。”

她拿着手机，一会儿放远，一会儿放得近一点，仔细研究着。

顾城骁也不抱什么希望，她爱看，就随她看吧。

“我想起来了。”林浅突然大叫一声，带着一丝小兴奋，“华天明！”

“华天明？”顾城骁真是意外，她竟然还真能说出名字来。

“对，华天明！”林浅越看越像，“我就觉得这张画像眼熟得很，画的不就是华天明那个老色鬼吗！”

一想到华天明，林浅就愤愤不平：“这个老色鬼，不知道害过多少少女，专挑少女下手。我大伯竟然还跟他合作，现在尝到苦头了吧。林氏危机，正需要他，他却玩起了失踪。”

林浅的话对顾城骁来说简直就是醍醐灌顶，在他们毫无头绪的时候，忽然来了一个神转折。

他听说过华天明的名字，却从来都没有见过华天明本人。

按照林浅的叙述，华天明长得和四叔的画像很像，又跟四叔一样喜欢少女，最最重要的是，华天明现在失踪了。

如果只有一项相同，还能说是巧合，但三项一样，那就不是巧合了。

顾城骁立刻一通电话打给了沈自安：“马上调查一个人，林氏集团林培的合伙人华天明。”

被晾在一边的林浅不解地眨眨眼：“什么情况？”

顾城骁有一种莫名的激动，他的第六感告诉他，这次肯定会有所发现。

他潜藏在血液里的那种对案情的敏锐感，深深地刺激着他的神经。

“浅浅，这次要是抓到要犯，你就是功臣。”

“啊？”

顾城骁卖起了关子，说：“吃完，回家再跟你说。”

林浅纳闷地问：“大队长，您是想跟我聊聊您那些秘密的工作？”不等顾城骁开口，她立刻摆手，“别、别、别，求您饶了我，我还想多活几年。”

顾城骁：“……”

缉毒大队与金三角贩毒集团博弈多年，始终都没能抓到幕后老大四叔。野狼战队接手之后，也几次与四叔擦肩而过。四叔就像他们的心魔一样，他们知道他存在着，却偏偏看不见、摸不着。

这次大青山滑坡，把金三角的秘密基地给捣毁了，却也把有关四叔的线索再一次砍断。

他正思索着，林浅的问话打断了他，她好奇地问道：“是不是我的配合可以帮助你破案？”

顾城骁不假思索地点点头。

林浅叹了一口气，说：“那行吧，我不入地狱，谁入地狱，配合你一下呗。”

顾城骁被她逗笑了，伸手擦掉她嘴角的黑胡椒酱：“嗯，乖了。”

吃完回家，一到家，顾城骁就带着林浅进了书房。

他打开电脑，连线总部，很快，那几个英姿挺拔的小伙子就出现在了屏幕上。

这是一次视频会议。

“嫂子好。”视频的那一头，宋景瑜、魏男他们几个七嘴八舌地抢着跟她打招呼。

林浅不自觉地坐直了身子，对他们挥手微笑："你们好啊。"

魏男凑过来，问道："嫂子，身体都好了吗？"

"好了，好了，谢谢你们救了我，一直没机会亲自向你们道谢。"

"嫂子，别客气，救你的人是老大。"

"他也要谢的，你们也要谢的，大家有空了，来城邸吃饭啊。"

林浅听小玲说起过，以前顾城骁还是单身汉的时候，他的部下经常来城邸聚餐，后来可能是顾及她，就不来了。

她不想因为自己而影响到他们之间的情谊，他们这些人，真的是一起出生入死的好兄弟。

林浅望向顾城骁，像是在求证一样："请大家来城邸吃饭好不好，热闹热闹。"

顾城骁搬了凳子坐在旁边："好……明天放大假，没事的都过来吧。"

"好！"那边的战士们欢呼雀跃的。

言归正传，这次紧急召开视频会议，可不是约吃饭这么简单。

顾城骁："子俊，你那边做好时间线，林浅，你回忆一下，你分别在什么时候、在哪里见过华天明。"

林浅心里没来由地紧张，转头看着他。

"别紧张，慢慢想，把能想到的都说一下。"

林浅点点头，开始回忆。

"华天明是我大伯生意场上的朋友，我都是从大伯大妈口中了解到这个人的。第一次见到他，是我在念高一的时候。他来家里吃饭，具体的，我记不清了，我就记得他的样子特别猥琐，总是色眯眯的，我就特别讨厌他。

"后面几次也都是在家里，大伯大妈很亲切地叫他'华哥'，我就记得大伯每次在生意上遇到困难，总是'华哥''华哥'的，他跟我大伯大妈关系很近。"

"去年十月份有听到过一次，印象很深。"林浅看了一眼顾城骁，说，"算是他约了我吧，但他没有出现……"

顾城骁从中打断："这段我知道，你说后面的。"

"哦……再后来就是我第一次被绑架那天。我记得特别清楚，那天我去大伯家就碰到了他，听说他刚从美帝回国，在美帝谈成了一笔金额达七亿的大生意，那天的我运气实在是背，从大伯家出来就被绑架了。

“再后来就是我爷爷生日那天，我看到他和我大伯说着什么，不过，后来就没见到他人，可能提前走了。

“之后就没见过他了，只知道他入股了林氏，还帮助林氏上市，反正他在我大伯的眼里就是大善人的人设。

“不过，这次林氏陷入危机，他就一直没有出现。我知道的就这么多了。如果你们想知道更详细的，还得问我大伯大妈。”

林浅说完了，顾城骁给她比了一个“OK”的手势。

“沈自安，你查到什么了没？”

沈自安说：“老大，这个华天明绝对绝对有问题，我竟然查不到有关他的任何资料。”

顾城骁：“是没有，还是资料被加密了？”

沈自安：“你猜得没错，就是被加密了，而且用的是跟我队同等级别的加密程序。如果没有特定的密钥，根本解不开。”

顾城骁：“锁定华天明，同时锁定林氏集团。”

沈自安：“是！嫂子，你能不能根据那幅画像，再具体说一下华天明的长相？”

顾城骁在电脑上点开素描画像，让她看得更加清晰。

林浅看着电脑屏幕上与实际人像差不多大小的画像，细细回忆，说道：“脸型差不多，鼻子两边再大一点，双下巴再明显一点。他很胖，脸也宽，满脸横肉。至于眼睛……再稍微大一点，不，不是眼睛大，是上眼皮很宽，类似三角眼。”

林浅一边说，那边负责绘画的同事一边修，修改后的画像实时地传到顾城骁的电脑里。

就这样，华天明的画像和本人越来越像，越来越逼真。

“大概就是这样了，这已经很像他了，因为我特别讨厌他，觉得他长得奇丑，所以，对他的长相印象很深刻。”

魏男嬉笑着说了一句：“嫂子，跟我老大比起来，华天明确实是奇丑，哈哈。”

对面那些人都哈哈大笑起来，林浅一下子涨红了脸。

顾城骁摸摸她的头发，轻声说：“你先去洗澡，我再跟他们交代一下。”

“哦。”林浅巴不得赶紧走，招呼都不打了，直接遁走。

经过林浅的叙述，很多事情都可以解释了。

华天明在林家遇见林浅，得知她是顾城骁的妻子之后，立刻安排尼莫、虎子他们绑架了她。这一点太过吻合，同时也合理地解释了为什么尼莫会说她是四叔指定要的人。

所以，想要查到四叔的下落，如今唯一的线索就是林氏集团。

第6章
大运流年遇桃花

天色大亮，一大早就烈日炎炎，树上的蝉鸣叫得十分欢快，一刻都不肯停歇。这大概是最后一阵酷热了，持续了两个多月的酷暑，终将伴随着暑假的过去而消散。

林浅还在昏睡之中，被顾城骁折腾了一整夜，她累得想骂街。

忽然，扰人的手机铃声响了起来，她皱眉，埋头就往被窝里钻。可是，那魔性的铃声还是不停地吵着她的耳朵。

她愤愤地接起来，浓重的起床气宣告着自己的不满："喂？！"

"浅爷，我到城邸门口了。"

是饭饭的声音，她揉揉眼睛，这才想起来，昨天回房之后给饭饭发了微信，让她今天过来看帅哥的。

"哦，你到了啊，这么早。"

"不早了，大姐，日上三竿了，我都快晒成人干了。"

"那你进来好啦，站在外面干吗？"

"我第一次来，脸皮薄，一到城邸的大门口就腿软。"

"出息！"林浅坐起来，依稀听到一楼的喧哗声，说，"五分钟，我马上出来。"

"好，快点啊。"

房间里只有她一人，也不知道顾城骁什么时候起床的。昨天晚上那么折腾，他竟然还能比她先起床。他这体能，她也是佩服的。她也不管什么了，光着身子就跑向洗手间。

今天家里人多，她身为女主人，不下去招呼也太失礼了。虽然双腿有些微颤，但她还是以最快的速度洗漱穿衣。

一楼娱乐区，大家伙儿都在，这是他们难得的放松时光。

顾城骁坐在沙发上喝茶。

宋景瑜和魏男在比飞镖，他们不但比谁射得准，还比靶上谁的飞镖多。

宋景瑜看准了红心，咻地一下出手，飞镖准确无误地击落了魏男的飞镖，牢牢地占据红心位置。

“哈哈，我赢了。”

魏男有些不服：“好长时间不玩了，手生，以前你哪次比得过我。你小子在哪儿偷偷练习了吧？！”

宋景瑜谦虚地说：“我运气好，运气好。”

魏男：“再来！”

而郑子俊、沈自安、高纪钦和宁致远，刚好组成了一桌麻将，将麻将牌搓得啪啪响。

“碰！”高纪钦今天手气不错，从几位哥哥手里赢了不少。

沈自安：“又碰，你今天碰几回了？”

高纪钦嘻嘻笑着：“运气好了，挡也挡不住……和了，哈哈，哥哥们，老大，对不住了。”

郑子俊：“看你小子春风满面的，快出去溜达一圈，说不定让你撞上一个大姑娘。”

宁致远：“就是，我看你天庭饱满、地阁方圆，这是大富大贵之相，你今年又正好是二十五岁，大运，大运流年遇桃花啊。”

高纪钦：“宁军医，你什么时候改行当看相的了？”

宁致远：“我就不能有除了医术之外的小爱好？”

高纪钦：“行、行，那就借你吉言了。”

这时，林浅急急忙忙从正厅跑过来：“大家好啊，怠慢了，你们自己玩哈。”匆匆与大家打了一个招呼，她又掉头要走。

顾城骁叫住了她，问道：“你去哪？”

“饭饭在门口不好意思进来，我出去接她。”

一听饭饭来了，大家开始起哄了，宁致远说：“看我说什么来着，大运流年遇桃花，一说一个准。”

郑子俊也打趣道：“小高，你的桃花来了，还不赶紧去迎接一下？”

沈自安：“狼多肉少，小伙子要把握机会，不好好把握的话，肉就被你身边那群狼给抢走了。”

高纪钦被兄弟们说得不好意思极了：“我走了，你们三缺一。”

“我上！”顾城骁起身走过来。

林浅急急地问道：“那还走不走啊？外面很热，别让饭饭久等了。”

高纪钦红着脸让座，别别扭扭地抓着头发：“我去好吗？”

魏男吼了一声：“哪那么磨叽，你不去，我去！”

“我去，我去！”高纪钦赶紧跑向林浅，“嫂子，我跟你一起去啊。”

城邸门外，饭饭撑着一把淡青色的太阳伞，热得满头大汗，圆乎乎的小脸白里透红，跟个熟透了的水蜜桃一样。

“饭饭，你傻不傻，这大热天在外面等，快进来。”

饭饭撑着伞跑向林浅，发现她身后还跟着高纪钦，她张狂的表情瞬间变得羞涩，娇滴滴地说：“还好啦，今天有风。”

“……你有病？”

饭饭的表情僵了一下，随即颔首微笑着说：“嗯，我是快中暑了。”

趁着被伞挡着的机会，饭饭挑眉给林浅暗示，你才有病！

林浅鸡皮疙瘩都掉了一地，自顾自地转身往里走：“走吧，走吧。”

林浅在前面快跑着往里赶，饭饭和高纪钦在后面慢慢地走。

饭饭穿了一条纯白色的连衣裙，高高的腰线遮住了她的水桶腰，更凸显了她饱满的上围。饭饭虽然比较圆润，但是她的五官是很漂亮的，这样一穿，“夏日小可爱”的名号非她莫属。

高纪钦人比较高，想跟她说说话吧，老是被伞戳到。于是，他干脆说：“你这么矮，还是我帮你撑伞吧。”

“……”饭饭心里都不知道是喜还是哀。

高纪钦从饭饭手里拿过伞，以最正常的姿势撑伞，伞却成功地避开了饭饭。

“你伞举得太高了，我全让太阳晒到了。”

“多晒太阳好啊，有助于长高。”

“……”这就是传说中的聊天终结者吗？

前面的林浅扑哧一下笑了出来，不行，不能让她一个人乐，要让大家一起乐乐。

高纪钦把伞放低了些，他的背也相应地向下弓了一些。

“还是我自己撑吧。”饭饭把伞拿了回来。

高纪钦抓抓头发，为了不被伞戳到，他不得已走开了一段距离。

两人一走进偏厅的娱乐区，就看到里面的人正在捧腹大笑。

沈自安：“这绝对是钢铁直男，连个弯都不会转，哈哈。”

魏男：“鲜花想插在牛粪上，牛粪太硬插不进去。”

众人爆笑。

高纪钦不好意思极了，幸好皮肤被晒得黝黑黝黑的，不然肯定被大家伙儿发现他脸红。

“什么钢铁直男，我不是。”他一着急，就说。

“什么，你不是直的？”

众人又一阵爆笑。

炎炎夏日，泳池清凉，男人们一个个都按捺不住要下水。

他们都是特种兵出身，身材是不用说的，一眼望去，全都是肌肉，一丝赘肉都没有。

健康的小麦色肌肤，矫健的身姿，在游泳池中来回穿梭，活脱脱的泳池健将。

林浅和饭饭看得目瞪口呆，实在是挪不开眼睛啊。

忽然，顾城骁出现在林浅的身后，大掌直接蒙住了她的眼睛，不满地说道：“看什么看得这么出神，连我叫你都听不见？”

林浅拉下他的手，问道：“啊？你找我什么事？”

顾城骁在她的额头上轻轻敲了一下，说：“刚才林渝和顾东君来了，宁致远跟他们一起去医院看林潇。”

“哦、哦、哦，那就好啦，有宁军医出马，林潇姐肯定没事。”

说完，林浅又偷偷摸摸地瞄向泳池，原来帅哥戏水也这么赏心悦目啊，哈哈。

顾城骁大大的手掌罩在她的头顶，用手动的方式将她的脑袋扳正：“我还没说完话。”

“啊？你说啊。”

“我觉得你不够真诚。”

“我……我很真诚。”偷瞄泳池的眼神出卖了她的内心。

顾城骁见状，捉着她的双肩，跟拎小鸡一样把她从躺椅上拎起来。

“欸欸，去哪？大哥……大叔……大爷……祖宗……您有话好好说嘛，君子动口，不动手啊，喂……”

在众目睽睽之下，林浅被活捉到了角落里，远离了活色生香的泳池区。

“干吗呀你？”

“还看？！”顾城骁小声吼道。

“看看怎么了？”

“不准看！”

林浅终于察觉出来他是真的在生气，仰起头问道：“为什么？”

“看看你那是什么眼神，你以为你还是小女生吗？你都结婚了，是已婚妇女，别见到男人就犯花痴。”

林浅噘着嘴皱着眉，不满地回击：“看看怎么了？他们晃到我眼前来，还不准我看了？那你还看饭饭、看林渝了呢，顾城骁，你怎么这么小气？！”

“……”顾城骁竟然无语凝噎。

“再说了，人家都是客人，难得到我们家来，我不出来看看，有礼貌吗？那我眼睛又不瞎，当然就要看看了。”

“那你至于那样一直盯着吗？”

“那你还那样盯着我呢，你这叫‘只准州官放火，不准百姓点灯’，你咋不上天呢，顾城骁？”

“……我说一句，你哪这么多话呢？”

“有理走遍天下，无理寸步难行！”

“……”论斗嘴，顾城骁甘拜下风，“那你看着他们，我吃醋行不行？”

林浅没来由地一笑，跳起来手臂一勾，勾着他的脖子，在他的脸颊上亲了一下：“原来你是吃醋了呀……这不是大家都在吗，我就看看而已。等晚上，我就只看你一个了呗。”

她一撅屁股撞了他一下，又是眨眼，又是撒娇的，说道：“别这么小气嘛，我觉得他们没有一个比得过你，你最棒。”

这一招果然奏效，顾城骁的脸瞬间由阴转晴。

顾城骁故作严肃地警告道：“看归看，但请端正你的态度。”

“是、是、是。”

“要时刻谨记你是已婚妇女。”

“……”林浅斜了他一眼，“说少妇不就行了吗？”

“妇！女！”

林浅一扭头：“不理你了，哼。”

顾城骁长臂一捞，将她一把捞了过来，顺势压在了墙上。

“你讨不讨厌，嗯……”

顾城骁没给她继续碎碎念的机会，以嘴封唇。

回国数日，楚墨枫一直找不到合适的机会去城邸。

他正发呆，林唯一的电话打了进来，他淡淡地瞄了一眼，有些不耐烦。

林唯一非常执着，电话铃声固执地响着，一遍结束，第二遍紧接着响起，无奈，他只能接起来：“喂？”

他才刚开口，林唯一雀跃的声音就从手机那头响起：“枫，我今天都准备好了，你带我去爬城墙好不好？”

“今天这么晒，爬什么城墙啊？”

“是啊，我也这么觉得，所以我们还是去别处吧。”

“……”楚墨枫心想，看来今天是非见面不可了，“我找人陪你，你想去哪就去哪，好吗？”

“不好。”

虽然没有面对面，但楚墨枫听着声音也能想象到她噘嘴撒娇的表情，他没来由地起了一身鸡皮疙瘩。

林唯一又说：“你才是我的男朋友，男朋友陪女朋友不是天经地义的事吗？更何况，我在这边没有一个朋友，我是因为你才来这边的，你怎么可以丢下我不管？”

这些撒娇的话让楚墨枫如遭当头一棒，瞬间清醒，林浅是从来都不会用这种语气跟他说话的。

想到林浅，楚墨枫的内心深处就会对林唯一燃起一阵淡淡的愧疚。

不可否认的是，他之所以答应与林唯一交往，正是因为她长得跟林浅很像。

“好、好、好，我马上去你家接你，行不？”

“好啊，你不想去故宫的话，我们就约个地方吃饭、看电影。”

“好。”

刚出国的时候，第一次见到林唯一，他也吓了一跳，这世上竟然还有长得这么相像的人。相处下来，林唯一确实也不错，虽然是上流社会的富家千金，但没有一点公主病，性格好，脾气也好。

曾经有很长一段时间，他麻痹自己，欺骗着自己，或许老天爷是用另外一种方式成全他和林浅。可是后来，越相处，他就越清楚，林唯一是林唯一，林浅是林浅，每个人都是独一无二的，没有谁能代替林浅。

楚墨枫接了林唯一，看到她盛装打扮的样子，他的内疚感更甚。

开着车，他忽然说："唯一，我想了很久，还是觉得自己有些冲动。我们要不要重新考虑交往的问题？"

"什么？"

面对林唯一质问的语气，楚墨枫紧张到咽口水，他想起，在机场里，她告白时对他说的话："枫，从第一次见面，我就喜欢上你了。"

他终是有些不忍，改口道："没什么，呵呵，想吃什么？"

林唯一也就假装没听到，开开心心地说："烤鸭吧，爸爸说，B 市当地的烤鸭特别好吃，非常正宗。"

"好，那就带你去吃烤鸭。"

走进一家餐厅，他们这对俊男靓女的组合立刻引来了旁人羡慕的目光。

"楚墨枫！"有人叫他。

他回头一看，是大学同学亮子："亮子，这么巧。"

亮子跟友人打了个招呼就往这边走来，一直在打量着林唯一，走近了，他调侃道："没想到在这里遇见你，这是你女朋友？"

楚墨枫点点头。

亮子又说："我就说怎么这么像……"他及时刹住车，"恭喜啊，找了个这么漂亮的女朋友。"

林唯一大大方方地点头微笑，说道："你好，我叫林唯一，你刚才说我像谁？"

"没，没有，你听错了。"亮子有些尴尬，连忙转移话题，"我是他的同学，郑亮，我可以向你打包票，他出国之前绝对是纯洁的处男一个，哈哈。"

楚墨枫脸上有些挂不住，他跟亮子也没有那么熟，事实上，他与以前的同学都没有那么熟。

郑亮确实尴尬，说：“不打扰你们了，我还有朋友在等我，慢吃啊。”

他迅速遁走了，只留下一脸怒意的楚墨枫和一脸茫然的林唯一。

女人天生就是敏感的，林唯一深深地记住了郑亮那句及时刹车的话，回到家之后，她就开始了一连串的搜索。

网络是个好东西，它能告诉你，你想知道的一切。她只是输入了“楚墨枫和林浅”，就跳出来许许多多的信息。在B大的校园论坛上，有着他们无数的小道消息。原来，楚墨枫和林浅除了是表亲的关系之外，还是高中和大学的同班同学。

一番搜寻之后，林唯一得出了这样的结论——楚墨枫之所以念书念了一半出国留学，就是因为被顾城骁发现了他与林浅的“不正当关系”。

她自言自语道：“难怪学期中途你才进来上课，难怪那时候的你那么颓废，一副感情受挫的样子，难怪一听爸爸说林浅要来，你就这么积极地要去接她，连口水都顾不上喝。什么你对B市熟，都是借口，急着见她才是真的。”

林唯一越想越伤心，转身看着梳妆台镜子里的自己。她从来都不觉得自己与林浅哪里长得像，但她们是同父异母的姐妹，或许在外人看来，她们就是相像的。

林唯一当了二十年众星捧月的公主，现在第一次交往到心仪的男生，发现自己竟然是别人的替身，她怎么都咽不下这口气啊！

同一时间，城邸，站在小阳台上赏月的林浅突然打了个喷嚏。

顾城骁放下手里的工作，拿了一件外套出去：“夜里凉，别站太久了。”

他给她披上衣服，又从后面将她抱住，抬起头，顺着她的视线往上看去：“看什么啊？比你老公还要好看吗？”

林浅抿嘴一笑说：“新闻里说，今天有流星雨，只要天气晴朗，全国各地都能看到。”

“哦？那有吗？”

“没有啊，我仰得脖子都快断了，都没看到。”

“那想不想躺着看？”

“嗯？”

顾城骁傲娇地一挑眉毛，说：“亲我一下，我就告诉你。”

林浅踮起脚尖，扭着脖子在他的喉结上轻咬一口。

顾城骁一阵激灵，没想到她这么大胆：“又玩火？”

林浅嘻嘻一笑，噘起小嘴说：“反正我玩不玩火，最后都会被你拉着灭火，那现在玩一下又何妨？”

顾城骁双臂一收，将她箍得更加紧了，然后低头将她浅笑的小嘴堵住。

凉风习习，夜色迷人，林浅都快窒息了，他才将她放开。

“走，我带你去一个地方。”顾城骁说完，就拉着她的手，直接往电梯的方向跑。

电梯上行，两秒钟就到了，这里是城邸主楼的顶楼露台。

来城邸快一年了，林浅还是第一次来楼顶。

在这里，目光所及的尽头就是笔直的大马路，从东面一直延伸到西面，看不到头，也看不到尾。

这闹中取静之处，到了晚上，能听到外面汽车的声音。

夜幕之上，繁星闪烁。

“过来，”顾城骁拉着她走到一排躺椅跟前，“躺在这里看，就不会脖子酸了。”

林浅讶异极了，原来这楼顶还有这种布置，她是真的没想到啊。

她挑了其中一张躺椅，弯腰一摸：“干净的？”

“每天有人打扫，怎么会不干净。现在这天太热，等秋高气爽的时候，若是刚好碰到大家有空，就会来这里烧烤聚餐。”顾城骁说，“在外面顾及形象，他们不敢喝太多酒，到了这里，尽情畅饮。”

她舒舒服服地往上面一躺，伸一个懒腰，感慨地说：“唉，贫穷限制了我的想象力。”

顾城骁往她旁边的躺椅上一坐，说：“恭喜你嫁了一个有钱人。”

“哈哈，托您的福啊。”林浅嘻嘻笑着，她优哉游哉地躺在那里，双手交叠枕在脑后，眼睛望天，只感叹世间万物与这浩瀚宇宙比起来，实在是太过渺小了。

她跷着二郎腿，一只脚还不安分地搭着顾城骁的肩膀，脚尖一下一下地戳着他。

那样子，跩得跟大爷似的。

顾城骁也躺下来，她的玉足顺势落在了他的腹部，他也不恼，就这么双手捧着捏着，好像把玩着心爱的宝贝一样。

“小枫回国了。”他忽然说。

“我知道啊，上回我去医院复查，还是他送我去的林公馆，他跟林唯一在交往。”

“真的？”

“千真万确。”

顾城骁紧盯着她，她被他看得发慌：“怎么？”

顾城骁语带酸味地问道：“怎么，他找女朋友了，你很失落？”

“啊？怎么会？”林浅觉得莫名其妙，“他找不找女朋友关我什么事，他找女朋友，我失落，那王俊凯找女朋友，我岂不是要哭死？”

“王俊凯是谁？”顾城骁又陷入了另一个醋坛子。

林浅抿嘴浅笑：“一个小鲜肉啊，长得特别帅。”

顾城骁板着脸问道：“有我帅？林浅，你是不是就嫌我老？！”

林浅一看情况不对，赶紧顺毛，她故意用脚尖踢踢他，语气柔软地说：“没有，没有，绝对没有你帅，而且你比他 Man 多了。”

顾城骁依旧板着脸，眼睛还是睨着她的，阴郁地说：“我完全感受不到你的诚意。”

“……”糟了，可不能惹大老板生气啊。

林浅没有多想，就一骨碌爬了过去。

“啊！”躺椅中间有空隙，她的膝盖差点滑下去，幸好顾城骁眼明手快抱住了她。

此刻，她直接骑在了他的身上，四目相对，姿势暧昧。

林浅向来胆大，特别是享受了鱼水之欢之后，在他面前就更加肆无忌惮了。

她知道，他最受不了这招。

“干吗呀，干吗呀，那就是一个偶像明星，离我远着呢，你才是我亲近的人。”

顾城骁傲娇地转开头，眼睛一直望着天。

林浅像一条蛇一样缠着他，双手更是抱着他的脑袋，硬是让他看着自己，“难道你就没有喜欢的女明星吗？”

“没有。”顾城骁的回答简单而又干脆。

“……”

“在我眼里，女人分两类，你和别的女人。”

“……”林浅一阵心动，哇，原来你这么会撩妹子啊，“哎呀，老公，你嘴好甜哟，怎么变得这么甜了呢，让我尝尝。”

林浅扳正他的脸，小嘴凑过去要吻他。

顾城骁也是坏，每次她都快吻到了，他稍稍一抬头，她就又够不到了。

他以绝对的身高优势欺负她。

林浅郁闷得很，只好正面回答他的问题，说道：“楚墨枫都已经跟林唯一在交往了，那次去林公馆，我爸和阿姨都很喜欢他。特别是阿姨，我就没见过有这么喜欢女儿的男朋友的妈妈。如果他们交往顺利，大概毕业之后就要结婚了吧，到时候他就是我妹夫。你还要怀疑我们什么呢？”

“不是怀疑，就是不爽。”

“……”好任性的大爷啊。

“好啦，我不是怀疑你们，我当然知道我不可能被挖墙脚了，我这么强壮。”说话的同时，他还挺起腰，似乎是在向她展示他的无上威严。

林浅翻翻白眼，说：“顾城骁，你幼不幼稚？！”

“那你喜不喜欢？”

“我咬你信不信？”

“哈，说得好像你能咬到我似的。”

“……”

就在这个时候，夜空中忽然滑过一道长长的弧线。

“快看，流星！”顾城骁仰着头说。

林浅即刻转头，可是，流星稍纵即逝，她哪里还看得到：“哪里，在哪？”

“过去了，就一颗。”

“……真的假的？”

“当然是真的，我可不骗你，又一颗！”

林浅转头看去，这一次，她也看见了，那浩瀚无垠的夜空里，有隐约的长线滑过，起先是两三条，然后是四五条，再然后，数不清看不尽的流星滑过夜空，安静的夜空一下子沸腾起来。

林浅都看呆了，这是她看到的最壮观的流星雨。

这时，顾城骁忽然以十指相扣的方式握住她的手，亲吻着她的脸颊，在她的耳边轻声呢喃："以天地为证，以日月为鉴，执子之手，与子偕老。"

他大提琴般低沉微哑的声音，狠狠地温暖了林浅的心。

……

开学了，顾城骁送林浅去学校注册报到。

林浅报到后走出校门的时候，被突然出现的容子衿拦住了。

"阿姨？你怎么会在这里？"她不是一点点诧异。

容子衿明显是有备而来，开门见山地说："林浅，你和小枫到底有什么不可告人的关系？"

这个问题让林浅莫名其妙的，答与不答都间接承认了她与楚墨枫有关系，于是，她坚定地说："我和楚墨枫除了亲戚关系，没有其他任何关系。"

"你们不是同班同学？"

"是，那又怎么样，跟我同班过的同学多了去了，又不仅仅他一个。"

"那为什么见面的时候你不说？"

"亲戚关系总比同学关系来得亲近，我当然挑亲近的说了。"

此时林浅已经有了防备，论斗嘴，她可从来都没有输过。只是，在她眼中这种不值一提的关系，在容子衿的眼里，却是扎眼的细沙子。她越是说得云淡风轻，容子衿越是觉得她是故意避重就轻。

"林浅，我警告你，"容子衿压低了声音警告道，"你心里在打什么如意算盘，我看得一清二楚，别在我面前耍这些小聪明、小把戏，你爸看不穿，我火眼金睛，看得透透的。"

这种带着敌意的挑衅让林浅很不爽，她是看在爸爸的面子上才不与容子衿计较的，不料，她越不计较，对方反而越是得寸进尺。

"阿姨，我真的不明白您这话的意思。"

"不明白？哼，少在这里给我装蒜，在我面前，你就别演了。林浅，你恨我破坏了你爸妈的家庭，你恨我抢走了你爸爸，你是想找机会报复我，对吧？"

林浅不屑地笑笑，她觉得容子衿有被害妄想症："阿姨，我从没想过要报复谁，是您自己想多了。”

“我就怕我想少了，你会不觊觎你爸的家产？你会不觊觎林家大小姐的位置？”

林浅真的是百口莫辩，辩解了，人家不信，不辩解，人家当你默认。

马路对面的顾城骁见状，已经走下车来。

林浅远远地朝他招了招手，向他发出求救信号。

这时，楚墨枫也从顾城骁的车子后座走了下来，更比顾城骁快一步冲向对面。

楚墨枫今天是专程来学校探望老师的，遇到了二表叔就上车去跟他闲聊几句，正巧撞见了这一幕。

容子衿大声咒骂：“林浅，我警告你，你要是敢勾搭小枫，做出伤害唯一的事情，我绝对饶不了你。你爸能有今天，全靠我容家，你也别想从你爸那里得到任何东西。林旭的所有东西将来都是唯一的，你想都别想！”

楚墨枫一个箭步冲到两人中间，他喘着粗气，沉沉地说：“阿姨，您好啊。”

容子衿：“……”

林浅：“……”

后一步赶过来的顾城骁：“……”臭小子，跑得还真快啊，我老婆需要你来救？！

容子衿诧异不已，赶紧收起了刚才的嚣张气焰，疑惑地问道：“小枫？你……”

“阿姨，”楚墨枫抢过话茬，说，“你凭什么在这里指责我二表婶？我二表婶勾搭我，我怎么不知道？”

林浅拉了拉楚墨枫，想制止，但无济于事。她干脆跑到顾城骁的面前，无辜地看着他，想解释些什么。

顾城骁一把拉住了她的手，顺势将她拉进自己的怀里，用实际行动捍卫着她的尊严。

顾城骁低沉的声音尤为严肃，他看着楚墨枫，说：“小枫，对长辈不要这么没礼貌。”

容子衿猛然回头，只见半搂着林浅的那个男子，无论是身高，还是气势，都足够压迫人。

她还从来没见过气场如此强大的男人，那是一种与生俱来的王者之气，举手投足间都充满了高贵与尊荣。

而这样一个男人，正抱着林浅。

“阿姨，您好，我是顾城骁。”

短短几个字，容子衿再一次震惊。

她没有见过顾城骁本人，但听说过，她以为顾城骁起码也得是一个四十多岁的成熟男人。

没想到，他这么年轻。

输人不输阵，容子衿不想在气势上输下去，她挺直了腰板，下巴微抬，眼神也十分傲慢：“你好。”

顾城骁将林浅护在身边，更以严厉的眼神瞪着楚墨枫，还当着容子衿的面训斥道：“没大没小，快给阿姨道歉。”

“二表叔……”

“快！”

楚墨枫深吸一口气，不情不愿地低头说：“阿姨，对不起。”

容子衿的心脏在抖，但身体竭力保持着镇定。

而后，顾城骁看向容子衿，毕恭毕敬地问道：“不知道阿姨您对内人有什么意见，不妨告诉我。”

炎炎烈日下，容子衿竟然生生被逼出了一身冷汗。

她本来就对B市的闷热天气不适应，等林浅等了好长一段时间，现在又被这一冷一热两股气流双重夹击，顿时觉得双腿发软。

容子衿看看林浅，看看楚墨枫，再看看顾城骁，说：“你不知道他俩是同学？”

顾城骁冷冷一笑：“我当然知道，他们是同学，不犯法吧？”

容子衿自以为很善意地提醒道：“你难道没有看到网上关于他们两个的传言？”

顾城骁淡淡地说道：“阿姨，您刚来B市，接收到的消息有些延迟。再说了，网上的八卦能相信？”

容子衿脸色煞白，一来是太过尴尬，二来是，她真的觉得身体有些异样。

“你……你们……”话没说完，她眼前一黑，一头栽倒下去。

“阿姨……”

医院。

林唯一赶过来的时候，顾城骁正在走廊尽头接一个紧急电话，楚墨枫缴费去了，只有林浅在病房门口守着。

“林浅！”林唯一怒吼一声，扬起手就往她的脸上抽去。

林浅早已听到了身后的高跟鞋声音，正要回头，却不想差点被人甩耳光。她手疾眼快，一把抓住林唯一高高举起的手臂。

“放手，你放手！”林唯一用力抽回手，恶狠狠地瞪着林浅，质问道，“你对我妈做了什么？”

“阿姨是中暑了，我还没厉害到让谁中暑、谁就中暑的地步。”如果说，她对容子衿的忍让只是碍于自己是晚辈的关系，那么，她对林唯一可不用讲究那么多了。

林唯一穿着高跟鞋，两人站在一起，足足比林浅高了小半个头，她趾高气扬地问道：“我妈现在怎么样？”

“就是中暑了，没多大的事儿。”

林唯一松了一口气，可一想起楚墨枫，她又气不打一处来：“林浅，我问你，你到底跟楚墨枫什么关系？”

她的语气根本不是在询问，而是在质问，就跟她妈妈一样一样的。林浅觉得好笑，这对母女真是奇怪了。

林浅双臂环抱，背倚着墙，像是在看好戏一样看着她：“来、来、来，快说说，你们以为我们是什么关系？是不是在你的眼里，楚墨枫就是天上有、人间无、每个女人见了都要争抢的香饽饽？我告诉你林唯一，我林浅这辈子都不会给我老公戴绿帽，其他男人在我眼里全都是渣渣，包括你的楚墨枫。”

林唯一咄咄逼人：“那你不是还追求他，因为他而打架了吗？”

“第一，我从来没有追求过他，我们就是普普通通的同学关系；第二，是他们因为楚墨枫来打我，我只是正当防卫；第三，所有事情，从头到尾，我老公都是知情人。你要查，就查清楚再来质问我，不要无中生有，无事生非，像今天这样的闹剧，只会让人看笑话。”

林唯一哑口无言，“我无中生有？我无事生非？我们让人看笑话？呵，林浅，你竟敢这么对我说话？！从来没人敢这么对我说话！”

就在这时，她们忽然听到后面有护士在说：“容子衿，容子衿的家属，你的发票掉了。”

然后是楚墨枫那熟悉的声音响起：“谢谢。”

仅仅两个字，让林唯一一下子由公鸡中的战斗机变成了海绵宝宝。

林唯一背对着楚墨枫的表情格外丰富，悉数落入了林浅的眼睛。

林浅微微摇头，浅笑着说：“人啊，为什么要这么虚伪？”

“你说谁呢？！”林唯一低声质问。

“谁回答就说谁。”

“你……”林唯一咬住嘴唇，竭力控制着内心的洪荒之力。

楚墨枫面色坦然地走过来，坐在林浅旁边的位子上，也不说什么，只是简单地看了一眼林唯一。

林唯一捋了一下头发，笑得有些尴尬：“枫，你怎么也在？”

楚墨枫淡淡地回答道：“我陪二表叔去接二表婶，刚巧碰到阿姨。”

简简单单一句话，却包含着巨大的信息量，林唯一一下子六神无主，不知道该如何应对。

林浅看看这两人，他们哪里像热恋期的男女朋友。

“医生说，阿姨没大碍，醒了就能走。”楚墨枫说着，字里行间满是疏离感。

林唯一也察觉到了，主动坐到他的身边，挽着他的胳膊说：“好，你一会儿送我们回去吗？”

楚墨枫不耐烦地拨开了她的手指，不愿意被她挽着，说：“阿姨带了司机。”

林唯一不知道楚墨枫是什么时候来的，看到了什么，听到了什么，又知道了什么，她只知道他对她的态度跟之前完全不一样了。

如果说之前还有一些勉强的热络，那么现在，他连表面的客套都没有了，不想再敷衍了。

“枫，你怎么了？”

“枫，你别不理我啊。”

“枫，妈妈怎么会去学校？我不知道啊。”

楚墨枫终于转头看着她，问道：“我又没说是学校，你怎么知道？”

“……”

楚墨枫嘴角一扯，冷笑了一下。

林唯一内心不安极了，她不愿意当着林浅的面放低自己的身段，可是，她也不愿意失去楚墨枫。她不知道是继续装不知道为好，还是及早承认错误为好。

正僵持着，病房的门开了，小护士出来通报说：“病人醒了，回家之后还是要注意多休息。”

林唯一着急地冲进病房里，看着面色苍白的母亲，她跑过去，趴在床头：“妈，妈，你感觉怎么样？你吓死我了。”

容子衿看着女儿，露出了欣慰的笑容：“我没事，就是突然就晕倒了。”

她还看到了后面进来的楚墨枫，多么尴尬，多么难堪，全都不言而喻。

楚墨枫镇定地走到病床前，冷漠而又严肃地说：“阿姨，我不知道您是从哪里听到这种谬论的，您没有经过证实就到学校责问我二表婶，这是非常愚蠢且自私的行为。我希望您为您的言行，向我二表婶道歉。”

容子衿：“……”

林唯一：“……”

以及站在门口的林浅：“……”妈呀，顾城骁你倒是快回来啊，接个电话都这么久，干啥吃的？！

林唯一：“枫，你这是干什么，我妈才醒。”

“你也一样，”楚墨枫将视线瞄准了林唯一，“你们不分青红皂白就辱骂我二表婶，难道不该向她说一句道歉的话吗？”

林唯一心急又心塞：“妈……”

容子衿拍拍女儿的手背以示安慰，转而对楚墨枫说：“好，我们道歉。”

“？”林唯一诧异地瞪大了双眼，很难相信自己听到的。

容子衿用力地捏着女儿的手，暗示她要配合好。

林浅叹了一口气，说：“楚墨枫，差不多得了，你还上纲上线了？”

楚墨枫刚想说什么，林浅又怼他道：“非要喊你二表叔过来？没大没小，成何体统？”

“……”我不要面子的啊，二表婶？！

林浅走到病床前面，看着容子衿母女，说：“阿姨，别听他的，你好好休息吧。至于今天的事，我只当没有发生过。”

容子衿紧紧咬着后槽牙，挤出一抹微笑：“好。”

林唯一毕竟年轻一些，经历少一些，忍耐力也有限，她闷声不悦地说：“怎么好像搞得全是我们错一样，我妈身体好好的，怎么会晕倒？！我都没说追究，你倒先原谅起来了，呵，可笑。”

楚墨枫想再开口，却被林浅制止，她说：“现在追究谁对谁错没有意义，重要的是以后别再无事生非。”

“谁无事生非了？林浅，你别血口喷人，你……”

容子衿紧紧拉住林唯一的手，挤眉弄眼地暗示她不要吵。

林唯一也意识到了自己的失态，看了一眼冷漠的楚墨枫，她颓然地坐在了床沿上，狠狠咬着嘴唇。

林浅看容子衿已经醒来，便说：“你送她们回去吧，我们先走了。”

楚墨枫听话地点点头。

林唯一心里越发难受，楚墨枫在她面前和在林浅面前，完完全全是两个人。

终于，她忍不住了，没法再忍，她伸手指着林浅，看着楚墨枫，质问道：“你是不是还忘不了她？就算她嫁了人，嫁给了你的二表叔，你也还是喜欢她？”

林浅一愣，第一反应就是看看顾城骁有没有来，可不能被他听到。

楚墨枫本就生气，既然林唯一敢问，那他就敢答，“是，我是喜欢她，我从很久之前就喜欢她，包括现在还喜欢她，但是，她就是我的二表婶，我们之间清清白白。我喜欢她是我的事，我从来没有去破坏她的家庭，我从来没想过伤害她或者我二表叔。你呢，林唯一，虚伪做作，敢做不敢认，反而伤害了你身边最亲的人，你这样做，只会让我觉得你很可怕。”

“……”林唯一不可置信地跌坐下来，心痛到难以呼吸，她第一次喜欢上一个男孩，可这个男孩却喜欢着她最讨厌的人。

容子衿连声叹气，想为女儿出口气，可无奈身体不行。

林浅也是一脸错愕，特别是在看到门口的顾城骁以后：“你来啦，阿姨没事了，可以出院了。”老天保佑他什么都没有听到。

楚墨枫看到顾城骁，立刻收住情绪。

“小枫，送她们回去。”顾城骁叮嘱道。

“哦……”

林浅以为，话都说到这份上了，林唯一肯定会拒绝。

谁知，林唯一居然点头了：“谢谢。”

林浅简直要吐血了——林唯一竟然是这种受虐体质？

从医院出来，顾城骁一直板着脸，一个人急匆匆地走在前面。

林浅紧跟着他，偷偷瞄他一眼，他直接回瞪她一眼，仿佛在说“看我回家怎么收拾你！”

林浅不自觉地打了一个冷战。

因为楚墨枫，他已经吃醋好几次了，可是，这也不是她的错啊。

“你都听到了？”她试着打破僵局。

“听到什么？”他故意反问。

“……”真是受不了一个醋坛子阴阳怪气地说话，“就是楚墨枫说还喜欢我的事，都听到了？”

“你还好意思说。”

“我有什么不好意思的，他喜欢我，怪我喽？”

顾城骁突然停步，一转头就瞪她。

林浅知道自己的口不择言又触动了他的逆鳞，毕竟那个人是他的侄子，关系密切。她小声地抱怨道：“楚墨枫都出国了，你还胡思乱想什么，他这不是难得回来一趟嘛，你能把他送出国，还能阻止他心里怎么想？”

顾城骁立刻辩解道：“不是我送他出国的，是他爸。”

“好好好，总之他过几天又要出国了，他总要找对象的，不是林唯一也会有别人，但绝对绝对不可能是我。”

顾城骁心里窝着一股无名火，他也知道这件事跟林浅无关，他是太在乎这两个人了才会这样失去理智。

其实站在旁观者的角度想想，楚墨枫也挺委屈，喜欢的人被自己捷足先登，他们还要时时在他面前秀恩爱、撒狗粮，他身为晚辈只能受着，他心里应该也不好受。

这么一想，顾城骁自己就把这份醋意给消化了，只不过，看着林浅身边有一个默默关注她的人，他心里总是不痛快的。

过道上人来人往，总有好奇的路人往他们这边瞄，林浅一不做二不休，突然拉起他的手转进了楼梯间，一下将他按在墙角里。

顾城骁都看愣了，只见她双手都撑着墙，他想笑，但是忍住了。

林浅将他禁锢在墙角，仰着头，盯着他的双眼，严肃地说道："顾城骁先生，你不应该怀疑天天睡在你身边的妻子对你有二心，因为她胆小如鼠，做不了一心二用的事。"

顾城骁上下打量了一下她的姿势，调侃一句："胆小如鼠没看出来，胆大包天倒是看出来了，你……你想干吗？"

靠，他还咬唇！

那画面，顾城骁假意缩在墙角，咬着嘴唇，双眼一个劲地释放出"求放过"的眼神，而林浅则是气势汹汹地将他包围住，颇有一种要生吞活剥的架势。

"还吃醋不？"

"不敢……"

"还生气不？"

"不敢……"

"那给爷笑一个！"

顾城骁说变脸就变脸，突然急吼一句："谁是爷？"

林浅虎躯一震立刻破功，她眼珠子咕噜一转，赶紧服软："您是，您是，爷，小的给您捏捏肩膀。"

她一边给按肩，一边捏着嗓子娇滴滴地说道："爷，不要生气啦，奴家真的只爱你一个嘛，么么哒。"

还别说，这一招对顾城骁特别管用，没几下，他的逆鳞就被捋顺了："可以了，回家吧。"

"哦，嘻嘻。"

从医院回来的路上，他们接到了管家的电话，说是老太太来了。

一走进家门，林浅就大声喊道："奶奶，奶奶，我想死你了。"

老太太正坐在沙发上一边看电视，一边嗑瓜子，一见林浅，赶紧放下瓜子，两手一拍一搓，张开手臂配合着小丫头的热情。

林浅跑上前，一把将奶奶抱了起来："奶奶，你什么时候来的啊？"

奶奶双脚离地，头都要晕了：“哎哟，快放我下来，干啥呢，不知道老太婆我还没学会飞吗？”

“哈哈，奶奶，您还是这么搞笑。奶奶，你这次来了就多住些日子，我陪您唠嗑、看电视啊。”

“小丫头真贴心，奶奶没有白疼你。”奶奶捏了一把她的脸蛋，那个Q弹、水润啊，忍不住再捏一把。

“身体都好了吗？”

“好了，好了，我壮如牛。”

奶奶不但摸了她的脸，还要摸她的胳膊、摸她的腰、摸她的腿：“你看你，还是这么瘦，身上都没有肉啊。”

“有啊，肉在这儿啊。”林浅挺起胸膛示意，“要不要来感受一下？”

奶奶被逗得哈哈大笑，还不服气地说：“哼，等你生了孩子喂了奶，看还能不能这么挺。”

这时，顾城骁轻咳两声，慢慢走进来：“奶奶……爸，妈。”

爸？妈？哪来的爸妈？

林浅诧异地看着顾城骁，又顺着顾城骁的眼神往后看去，妈呀，她的公公婆婆竟然也在。

林浅的脑袋瞬间死机，无法运行，嗯，我是谁，我在哪？

顾源和叶倩如正坐在茶桌前饮茶，顾源依旧不动声色，叶倩如又是叹气又是摇头的，唉，老的不正经，小的也不正经，这老不正经的和小不正经的凑到一起，能做出正经事来吗！

“呵呵，爸妈也来啦……”林浅狗腿地跟在顾城骁的身后走过去，“今天是有什么事吗？怎么都跟约好了似的一起过来？”

能不能提前知会一声？能不能不要搞这种突击？！一点都不惊喜好吗！

叶倩如没好气地说：“我们没事，就不能过来看看儿子？”

“能，当然能了，啊哈哈……”越笑越假，越笑越尴尬，她抓抓头皮，笑着笑着就没声了。

老太太站出来说：“老二媳妇，你这话说得不对，哦，你光看你儿子，也不看看你儿媳？你将来的孙子还得靠你儿媳，你不多看看她？”

叶倩如：“……”

顾源：“……”女人之间的战争，男人还是少参与为妙。

顾城骁：“……”事不关己，高高挂起。

林浅：“……”完了，又是催生来的。

老太太拉着林浅，手掌一下拍在林浅的屁股上，说：“小是小了点，但这肉结实得很，不像老王家的孙媳妇，那是虚胖，所以，这么多年都怀不了孕，生不了孩子。”

老太太一捏一捏的，点头道：“嗯，至少咱们家的丫头，这肉不虚，而且一直在喝汤调理身子，肯定能怀上。盆骨小，难生产的话，到时候可以剖宫产。现在医学发达，王大夫医术又好，肯定没问题。”

林浅越听越不对，皱着眉头疑惑地望向顾城骁。

顾城骁只能表示爱莫能助。

叶倩如抱怨着说：“妈，您孙子说了，要等您孙媳妇毕了业，才给我们生孙子。”

顾城骁幽怨地看着母亲，叶倩如傲娇地一抬下巴，仿佛在说：“我治不了你，那就让奶奶治你。”

老太太望向孙子：“当真？”

顾城骁：“小浅还是学生，大个肚子去上课，像什么样子。奶奶，她大三了，大四下个学期主要是工作、实习，最多再等一年半。奶奶，小浅上一回就是因为身子弱，才没能留住那个孩子。你看看她，现在还是这么瘦，又刚刚经历过一场大灾难，现在不适合怀孕。”

林浅暗想，这种谎话也亏你说得出口！

老太太：“我刚刚问过年管家，厨房每天都给小浅炖滋补调理的药膳，按理说，这药膳吃一阵就可以把身体调理好了。这方面我经验比你多，没问题的。”

生活中的顾城骁其实话很少，也就在奶奶面前，他才会耐心地辩解几句。他怨恨地瞅了一眼叶倩如，叶倩如干脆转过身去，一副“我什么都不知道”的表情。他只能试图说服顾源：“爸，小浅还在上学，我这阵子工作也忙，无法顾及家里，让她一个人又要上课又要怀孕又要操持家务，太辛苦了，再缓两年。”

顾源优哉游哉地抿了一口茶，不急不缓地说了一句：“家里有年管家，也不需要她操什么心，大学也没有规定不能生孩子啊，你们不都登记了吗？！”

被反将一军，顾城骁表示极其愁苦。

叶倩如好像看到了一丝希望，推波助澜地说：“你们只管生，生了，我来带。现在开始备孕，说不定明年暑假刚好能生，还不耽误学习。”

老太太拍手叫好，婆媳俩终于站在一条战线上去了：“对，就这么说定了，小浅，奶奶就在城邸住下了，等着我的小曾孙降临。”

顾城骁：“……”

林浅：“……”

这时，送容子衿母女回完家的楚墨枫从外面走进来：“太姥姥。”

老太太目光一转：“欸，我的乖乖小枫，哎哟，在国外受苦了吧？让太姥姥好好瞧瞧。”

老太太又和楚墨枫打成一片去了，嘘寒问暖的。

顾城骁看向叶倩如，悄然质问道：“妈，是不是你怂恿奶奶过来的？”

仗着有婆婆和丈夫撑腰，叶倩如这回语气硬了，说：“我既然改变不了她是我孙子的妈这个事实，那我总能让我孙子早点出来吧？你就不想早点当爹？还有，既然要办婚礼，那就是要正式公开你们的关系了。消息一公开，大家都盯着她的肚子，等不了两年！”

顾城骁后知后觉地反应过来，他们是被父母和奶奶给套路了，长辈们肯定事先商量好了对策，无论他怎么说，他们都有词接。

事情来得太快，就像龙卷风，把林浅的脑子都搅得混混沌沌的。

她捏捏自己手臂上的肉，低声对顾城骁说：“请你用浅显的词语告诉我，虚胖是一种什么感觉？”

顾城骁眉头一皱，嘴巴一撇，双手还做了一个擦眼泪的动作，他学着她在床上求饶的样子，低声说：“臣妾做不到啊。”

“去你的！”她哭笑不得，悄悄地用力推了他一把。

两人的小动作全都落在顾源和叶倩如的眼睛里，二老不好意思盯着小两口瞧，于是就默契地看向对方。

叶倩如一个劲给丈夫使眼色，于是，顾源轻咳两下，说：“办婚礼的事情，我没有意见，一切随你们喜欢，要邀请的亲戚的名单，我过几天拟好了给你，但是，生孩子这事也得提上日程了。”

这大概是顾源最好说话的时候了，不是命令的口吻，而是真的在与他人商量。

顾城骁只能说："好，我们尽量。"

林浅暗想，尽量你个大头鬼，谁要大着肚子去上课！

顾城骁默默地捏了捏她的手，用眼神示意道："一切有我。"

说说笑笑间，到了晚餐时间，六个人围成一桌吃饭。

楚墨枫后天就要启程去美帝了，今天也是专门来看老太太的。

一听说他们要办婚礼，他便问："什么时候？我看我能不能赶回来参加。"

顾城骁立刻来了一句："我们结婚关你什么事，用不着你参加，你以学业为重。"

楚墨枫一阵郁闷："二表叔，你要不要这样啊？我又不会去抢亲。"

林浅正在喝汤，直接被呛到了，连咳了好几声。

"怎么这么不小心？"顾城骁关切地问，顺手给她递了纸巾。

随即，顾城骁又说："你假期少，还是留着过年回来吧，我们的婚礼不需要你。等过年回来，你二表婶给你封红包。"

这霸气又适当的言辞让楚墨枫接不上话。

老太太只当是顾城骁在心疼楚墨枫来回奔波太累，也跟着劝他："就是啊，小枫，我们知道你跟你二表叔亲，但是，他们结婚你回来，过年你又要回来，来来回回太赶了，没必要。"

楚墨枫只好不再强求："那我就先在这里祝二表叔和二表婶新婚快乐，早生贵子。"

顾城骁扬起胜利的眉毛，很明显地一笑："乖，谢谢。"

老太太开心得不得了："好，早生贵子好啊。小枫他们这一代人年龄差距是越来越大了，小枫都二十一岁了，还没有弟弟或妹妹。唉，东君也不知道在干什么，都三十好几了，也不抓紧时间找对象，还是城骁好，逮住一个直接闪婚，多有气魄。"

叶倩如："婚姻大事，一定要慎重，城骁的速度是太快了。"

老太太："就是要这么快，反正关了灯都一样。"

叶倩如憋屈得很，打嘴仗，她可打不过老太太："妈，小辈都在，您说话注意点分寸。"

老太太不以为然，说："你的思想可真是迂腐，现在的年轻人啥啥都敢说、敢做，你们说是不是？”

三个小年轻连连点头，应和道：“是，是。”

叶倩如闷闷不乐地闭了嘴。

晚餐结束，楚墨枫回家了，顾源和叶倩如也回家了，奶奶留在了城邸。

二楼小厅，奶奶还在看真人秀的综艺节目，她肩负着等待顾家长孙诞生的重任，所以要在城邸住上一段时间。

顾城骁和林浅两人默默地待在房间里，大眼瞪小眼。

“我是想把爸妈找来商量一下办婚宴的事情，本来想给你个惊喜的，结果成了这样。”

林浅揪揪他的耳朵说：“我还是很开心啊，没想过还能办婚礼。”

“要办的，一生就这一次，你和婚庆公司沟通好，一切按照你的喜好来办。”

“谢谢。”

“傻。”

两人互相依偎在一起，想到奶奶催生孩子，林浅不安地问道：“那生孩子的事怎么办？”

“谋事在人，成事在天，生孩子哪里是想生就能生的？！拖上一年半载的就行了。”

“能拖？”

“一切有我，你瞎操什么心。”

说着说着，两人就滚到床上去了，在千钧一发之际，顾城骁伸手去拿床头柜里的“雨衣”。

咦，雨衣呢？

“怎么了？”见他迟迟不动作，林浅忍不住问道。

“咱们的房间被人翻过。”

“啊？！”

下床，开灯，顾城骁检查了一下床头柜，里面的三盒“雨衣”全没了，其他东西倒是一样不少。

“一定是奶奶拿走的。”他郁闷地说。

林浅真是哭笑不得，老太太那么大年纪了，为了早日抱到曾孙子竟然连孙子的床头柜都要翻，简直太任性了。

“那怎么办？”

顾城骁用幽怨的小眼神楚楚可怜地看着她，反问道：“你说怎么办？”

“凉拌，关灯睡觉。”

顾城骁怎么可能放过她，关了灯，爬上了床，扣着她的小腰说：“凉拌是怎么个拌法？来、来、来，教教我，现场示范。”

“哎呀，你别闹了，就不能好好地盖上被子纯睡觉吗？”

“不能！”

……

第7章
是他的灭族仇人

林氏集团突然又翻身了，奇迹一般的事情。

新闻通稿中说，林氏集团有了一百四十亿的巨资注入，七十亿资金填补缺口，七十亿资金投入重启。这种谷底反弹式的成功，令所有人咂舌。

华天明的突然出现挽救了林氏集团，他好像有用不尽的财富一样，随手一挥就是好几亿。

林培更加崇拜和依赖华天明了，简直奉他为神。

同时，林氏的崛起，华天明的出现，也受到了野狼战队的高度重视。

总部会议室里，灯光关闭，沈自安在墙上的大屏幕上展示着自己的调查结果。

“林氏集团最近风光无限，它之所以能起死回生，是因为有一笔海外巨款弥补了它的资金缺口。这笔巨款高达一百四十个亿，并且是直接从瑞士银行流出的。

“林氏集团的前身是破产了的林氏企业，最大的股东叫华天明，执行董事是林培，但林培的执行和管理常有疏漏，要不是华天明时常填补资金，林氏集团走不到今天。

“从林氏集团重组之初到现在，陆陆续续转入的资金高达百亿，且均来自瑞士银行。

“我们有理由怀疑，华天明是想利用林氏集团洗钱，把他那些用毒品所赚到的、见不得光的巨款洗白。

“老大，你怎么看？下一步，我们该怎么做？”

顾城骁眯起了眼睛，大屏幕上的分析流程十分清晰，如果华天明落网，那么，助纣为虐的林培也逃不了干系，哪怕林培什么都不知道，一个不慎，或许连他的岳父林旭也会受到牵连。

毕竟他们亲兄弟之间也有许多业务往来，不是简单的一个“不知情”就可以解释清楚的。

顾城骁思忖片刻，说：“大青山滑坡让四叔元气大伤，他这是想洗白那些黑钱，好用于续命。看来，他是心急了，一下子投入这么大的资金也不怕露出马脚。少安毋躁，继续跟。”

沈自安：“是。”

顾城骁看向姜萧何：“你那边呢，有什么新发现？”

姜萧何一直在大青山搜查，希望有更多的新线索，在会议之前的半小时，他才坐战机归队。

此时，他分外严谨，回禀道：“在一家地处偏远山区的小诊所，有疑似金三角余孽出没，三男二女，无论年龄还是外形特征都与四叔、何健雄夫妇，还有老范相似。”

提到范杨木，大家都一阵揪心，越来越多的证据表明，范杨木就跟这帮人混在一起，还是他们的幕后军师。

姜萧何继续说：“根据群众反映，老范身受重伤，他们在小诊所停留数日才离开，而且……”

他的视线瞄向了郑子俊，有些迟疑。

顾城骁看出了一丝异样，问道：“三男二女？还有一名女性是什么身份？”

姜萧何更为慎重地说道：“以下只是我的一个大胆推测，我很希望我推测错误。”

顾城骁：“别废话，说。”

姜萧何：“还有一名女性的身份，很可能是郑紫琪。”

在座的人错愕不已，特别是郑子俊。

姜萧何补充说道：“还有一件事，老大，您还记得嫂子资助的那户人家，何小翠姐弟，还有何大爷吗？”

顾城骁点点头，他亲自帮他们安排了住所和学校，岂会不知。

姜萧何：“何健雄夫妇，正是何大爷的儿子和媳妇。”

这倒真是一个突破性的进展，顾城骁立即下令：“悄悄的，派人监视何大爷一家，包括小翠。”

……

自从姜萧何在大青山找到疑似四叔的团伙出现在小诊所之后，无论他们如何搜查，都再找不到任何蛛丝马迹。这伙人，又跟凭空消失了一般。

范杨木和郑紫琪都曾是野狼战队的成员，深谙野狼战队的作战方式，更知道国家的不少机密。

总部，郑子俊和姜萧何一前一后、风风火火地走进了办公室。

“老大，没有四叔的下落，也没有郑紫琪的消息。”郑子俊说，“我爸已经决定报案，如果紫琪真的加入敌营，我们全家都赞同以最严格的刑罚来惩治她。”

郑子俊说话的时候，脸上的表情近乎冷血，那是他的亲妹妹，如果她真的加入了敌营，他发誓会亲自了结她。

顾城骁沉稳地看着他们，问道：“去了这么久，没有一点线索？”

郑子俊和姜萧何纷纷摇头。

顾城骁：“那就只能从林家入手了，子俊，需要休息一段时间吗？”

郑子俊挺直腰杆，声音嘹亮地说：“不需要。”

顾城骁抬手在他的肩膀上拍了一下：“那就加油干。”

“是，老大！”

郑子俊喊得有些悲壮，因为目前能找到的证据，全都指向对郑紫琪不利的一面，他骗不了自己。

这时，顾城骁的私人手机忽然响了起来，他看一眼来电显示，竟然是何大爷的来电。

之所以有何大爷的电话号码，是之前在医院的时候，他们互相留的，此刻，他是既意外，又惊喜。

“喂，何大爷。”顾城骁接起电话的同时，情报科的监控台上也同步跟踪着。

何大爷的声音紧张而又急促，说：“大队长，我有个情况想跟你说，但是……但是……”

“何大爷，您别急，什么事，您慢慢说。”

“大队长，我一直没有告诉你，我儿子就是何健雄。没错，就是那个被警察通缉了好几年的通缉犯何健雄。”

这层关系，其实顾城骁已经知道了。

“大队长，我看新闻上说，大青山的滑坡不是天灾，而是人为的，我当时就想到了我这个不孝子。这些年，他和他老婆虽然没回家，但大概也知道家里揭不开锅，偶尔门口会有米、面、肉放着，我想一定是他们放的，他们就躲在山里。我巴不得老天收了这两个没良心的浑蛋，但没有，他们今天竟然找上门了。”

“什么时候？”顾城骁瞳孔一缩，这可是一个重大的突破啊。

与此同时，他火速下令，让在外的高纪钦即刻赶去何大爷所在的公寓中。

何大爷：“就在刚刚，他去接小翠了，陈娜在收拾小宝的东西，我在厕所里给你打电话，他们要带两个孩子走，千万不能让这两个伤天害理的畜生逍遥法外啊。”

顾城骁钦佩何大爷的大义凛然，一个深山里的老农能做到如此，实属不易：“好的，何大爷，你尽量拖延时间。”

“好。”

何大爷话音刚落，电话那头就传来砰的一声，然后是一个女人的声音:“爸，你在干什么？”

看样子，应该是何大爷被他儿媳妇陈娜发现了。

紧接着，是一阵乱七八糟的抢夺声和骂声，再然后，电话被切断了。

这通电话让野狼战队的所有人都兴奋无比，更让目前这个困局出现了转机。

顾城骁立刻联络上了高纪钦：“你最快多久能抵达何大爷的公寓？”

高纪钦：“还有五分钟就到。”

顾城骁：“好，何大爷那边已经暴露，你破门进去，立刻捉拿陈娜，救下何健雄手里的人质，放他走。”

高纪钦：“明白。”

顾城骁带队立刻赶过去。

约莫五分钟之后，高纪钦打来电话：“老大，陈娜带着小宝不知去向，何大爷头部被袭，危在旦夕。”

顾城骁眉头一蹙：“你先照看何大爷，沈自安，马上查看公寓附近的天眼，找出陈娜的去向，我们追。”

一分钟之后，沈自安就查到了："老大，陈娜带着一个孩子与何健雄会合，一家四口开车去了机场方向。"

顾城骁："追！"

魏男已经磨刀霍霍了，调侃道："何健雄真是异想天开，还准备从机场离开吗！"

宋景瑜："何健雄这个时候突然带走孩子，一家四口跑路，莫不是他们起了内讧？不然，他们何必冒这个险？"

顾城骁灼热的目光直直地盯着前方，说："捉到了就知道了，李不言，开快点！"

"是。"

机场路。

秋高气爽的天气，B 市的天空蔚蓝而又澄净，机场路上畅通无比，视野也十分开阔。

远远地，顾城骁他们就锁定了何健雄的车辆位置。

那是一辆普普通通的黑色轿车，通过后面的挡风玻璃，可以看到陈娜抱着小宝，和小翠一起，都坐在后座上。

黑色轿车开得极快，已经远远超过了机场路的限制速度。

分岔路口，轿车并没有走通往 B 市国际机场的路，而是开上了通往私人机场的路。

像他们这种被通缉的亡命徒，连安检都过不去，更别提登上飞机了。

魏男："老大，万一我们猜测错误，他们并没有起内讧，我们要不要放长线钓大鱼？"

宋景瑜立刻说："陈娜打伤了何大爷，他们的计划已经败露，就算他们没有内讧，四叔肯定早就有所防备，不会再与他们接头了，或者四叔早就逃跑了。所以，这两人，必须抓。"

魏男是个糙汉子，做事比说话积极，一听宋景瑜的分析，说干就干："好，老大，我从小路开过去，咱们前后包抄，让他们插翅难飞。"

顾城骁正有此意："好，你注意安全。"

说着，魏男的车在一个岔路口与大部队分开了。

顾城骁："全员注意，歹徒手里有两个孩子，务必确保孩子的安全。"

众人异口同声地答道："是。"

前面的轿车里，小宝一直在哭，对他而言，爸爸妈妈就是陌生人。小翠虽然知道这两位是自己的父母，但情况太突然了，她有点不知所措。

何健雄以最快的车速疾驰着，开着开着，他预感到情况不妙——路上的车越来越少了。

陈娜抱着一双儿女，在过去无数个夜里，她因为思念孩子而彻夜未能眠，她哽咽着说：“小翠，我是妈妈，小宝，我是妈妈啊。”

小宝咿咿呀呀地叫着妈妈，可小手还是不停地掰着她的大手，他要爬到姐姐那里去。

小翠从妈妈手里接过弟弟，她安慰弟弟说：“小宝，别怕，姐姐在。”

小小年纪的小翠，需要比同龄人承担更多，她眼中的冷静和沉稳，也远远超出了她这个年纪该有的。

虽然心里害怕，但她还是从容不迫地抱着弟弟，也冷静地问着爸爸和妈妈：“你们要带我们去哪？”

陈娜：“小翠，爸爸妈妈带你们离开这里，我们去另外一个地方，以后我们一家人就能生活在一起了，再也不分开。”

小翠眨着眼睛看着妈妈，这正是她的梦想啊，可是，她还是冷静地问道：“那爷爷呢？”

陈娜的眼神有些闪躲，心虚地哄着孩子：“爷爷还要处理一些事情，爸爸妈妈先带你们过去，等我们在那里安顿好了，再把爷爷接过去。”

这时，小宝嘴巴里含混不清地说：“爷爷，爷爷摔倒了，摔倒了。”

小翠是被爸爸直接从学校接走的，所以，她并不知道爷爷在家里发生了什么事情，一听小宝这样说，她焦急地问：“爷爷在家摔倒了吗？我要回去看爷爷。”

陈娜：“怎么会，小宝乱说的，爷爷在家好好的，还嘱托我们照顾好你们。”

开车的何健雄也回过头来说：“是啊，小翠，爸爸妈妈不会骗你的。这次爸爸赚了大钱，以后你们就和爸爸妈妈一起过好日子。”

这一回头，何健雄看到后面跟着好几辆车：“娜娜，后面有车跟着我们。”

陈娜心里咯噔一下，这么快？

她回头看了又看，说：“健雄，我看我们逃不掉了，等一下如果有机会，你就跑。”

何健雄踩紧了油门，他早该意识到，这条路虽然比较畅通，但车少得太离奇了：“抱紧孩子，前面的关卡，我们冲过去。”

小宝在姐姐的怀里安静下来，可小翠更加害怕了，“爸爸，我不走，我要回去找爷爷。”

“闭嘴！”何健雄烦躁地大吼一句，更加专注于开车。

这一吼，直接把小宝吓哭了，小翠也眼泪汪汪，吓得不轻。

轿车直接冲过了路障，飞速疾驰，车身的碰撞和震荡让小翠和小宝吓得哇哇大哭。

远远地，何健雄看到前面黑压压的三辆车横着堵在路中央，车子与车子中间还站着人，那一排人和车把去路直接封锁了。

“我晕，想拦我？没门！娜娜，抱紧孩子，坐好了。”

轿车像飞一样冲了出去，面对前面的障碍，丝毫没有减速。

陈娜也很害怕，一边抱着孩子，一边说：“不行，过不去的，会撞上的，过不去的，健雄。”

砰的一声巨响，随着一个急刹，黑色轿车停住了。

后面顾城骁等人的车也停在路中间，把后路给封锁了。

前后夹击，何健雄和陈娜犹如瓮中之鳖，再无逃路。

“下车！”何健雄一马当先，下了车后，又打开后座的车门，将小翠从车里拖了出来。

小翠吓得直哭：“爸爸，爸爸，你想干什么呀？”

陈娜抱着小宝下车，这是在一座大桥上，下面是湍急的江水，桥上面风很大，在耳边呼啸着吹过。

顾城骁等人将他们团团包围：“何健雄，陈娜，你们已经跑不掉了，识趣的话就放下孩子，束手就擒。”

何健雄与陈娜并肩站在一起，何健雄低声说道：“娜娜，逃也是死，不逃也是死，不如我们一起跳下去，一家人要死就死在一起。”

陈娜抱着儿子，看看女儿，终是不忍心：“不行，孩子们是无辜的。健雄，走在刀尖上的日子，我已经过够了，今天无论是一个什么样的结果，我都认了，但是小翠和小宝是无辜的，我们不能带走他们。”

何健雄：“那行，我们放下孩子，一起跳。”

这时，小翠哭着说："爸爸妈妈，你们自首吧，无论你们犯了什么罪，要坐多久的牢，我和弟弟都会在家里等你们回来的。

爸爸妈妈，我不想再被同学嘲笑了，我不想我的爸爸妈妈是逃犯，我会照顾好爷爷和弟弟，也会很努力地学习，等你们以后回来了，我还能照顾你们。

顾大队长是好人，他们救了我和弟弟，他还帮爷爷治病，还把我们接到了这里，有地方住，有饭吃，有衣服穿，还有学校上，他一定也能救你们的。"

小翠颤巍巍地去拉爸爸的手，说："爸爸，爸爸，今天你来接我，我好意外，好开心，真的。"

女儿小小的、暖暖的手拉着他，温暖了他的手，也温暖了他的心。

何健雄内心深处被女儿的一席话深深触动了，他向女儿忏悔道："小翠啊，爸爸对不起你，爸爸不该回来，不该打扰你们平静的生活。"

小翠一个劲地摇头，说："不，爸爸，妈妈，我真的很想念你们，做梦都想看到你们，可是，你们总不回来，我都快忘记你们长什么样子了。"

陈娜已经泣不成声了："小翠，好孩子，你真懂事，以后爸爸妈妈不在了，相信你一定能把自己和弟弟都照顾好。爸爸妈妈，对不起你们。"

何健雄和陈娜互相一看，点点头，然后背靠着背慢慢地往路边移动。

顾城骁一下就看穿了他们的意图，赶紧吩咐道："鲸鱼，联系最近的快艇队，子俊，准备好索降装备，老姜，随时准备救人。"

随即，他对着何健雄大声喊道："赶快放下孩子，虎毒不食子，那可是你们的亲骨肉。"

何健雄和陈娜抱着两个孩子走到了路边，跨越了栏杆，走到了危险的边缘。

桥上的风更加大了，吹得人摇摇欲坠。

何健雄和陈娜已经站在了栏杆的外围，两个孩子站在内侧，一家人紧紧地拉着手。

这一刻，顾城骁明白他们想干什么了，他们并不会伤害孩子，但他们很有可能以跳江这种方式来结束自己的生命。

绝对不能让他们死！

顾城骁大喊道："何健雄，刚才医院打来电话，你的父亲病危，随时可能离开人世。老爷子最大的愿望就是你能改邪归正，你身为他的儿子，难道还要继续错下去吗！”

何健雄颤动着嘴角，说：“我们已经没有赎罪的机会了，横竖都是死，还不如来个痛快。”

顾城骁：“不，你们可以转为污点证人，检举揭发，只要对破案有功，就能争取宽大处理，减刑或者缓刑。何健雄，回头是岸，想想你的父亲，想想你的一双子女。”

何健雄望一眼脚下的滔滔江水，这个高度让他双腿发软。

顾城骁又喊道：“陈娜，我想你一定很舍不得你的儿子和女儿吧？他们还这么小，你的女儿这么懂事，你的儿子也会慢慢懂事，难道你就不想看看他们将来长大之后是什么样子的吗？陈娜，你是孩子们的妈妈，你想过你的孩子最需要的是什么吗？他们最需要的，就是你啊。

“坐几年牢算什么，你们还年轻，表现好了可以减刑，等你们出来的时候，孩子们都长大了，你们完全可以光明正大地在一起生活。未来，你们还有很长一段时间可以走，你一双儿女的人生才刚刚开始，你们以后完全可以在他们的陪伴下慢慢变老。”

顾城骁说得无比动容，他知道，孩子是他们的软肋，他就一个劲地往孩子身上说。

“小翠，你劝劝你爸爸妈妈，劝他们自首吧。”

小翠点点头，说：“爸爸妈妈，顾大队长是林老师的丈夫，林老师就是在废墟下面保护我和弟弟的人。如果没有林老师，我和弟弟早就已经死在滑坡中了，如果没有这些叔叔，我和弟弟也不可能从废墟下面出来，所以，我和弟弟的命就是他们救的。

“妈妈，我做梦都想吃你做的蛋炒饭，我觉得我比弟弟幸福，因为我还有关于你们的记忆，而弟弟，他从来都不知道自己还有爸爸和妈妈。

“我们跟着爷爷，日子再苦，都不觉得苦，再累，都不觉得累，因为我们在一起。爸爸妈妈，你们认罪吧，我会带着弟弟去看你们的。等你们出来，我在家做好饭等你们来吃，我做的饭可好吃了，妈妈，我也会做蛋炒饭了。”

陈娜哭得快崩溃了，想想这些年自己做的那些事，想想这些年自己过的日子，真的是后悔莫及。

何健雄也深受感动，正因为不想连累家人，所以他们才好几年没有联系过他们，想着干一票大的，多赚点钱，再带家人远走高飞。

可是，他走着走着才发现，那就是一条不归路。

“健雄，我们停止抵抗吧，我不想死。”

何健雄抱着妻子，重重地点头。

得到丈夫的认同之后，陈娜一边流眼泪，一边笑了。她摸着两个孩子的脸蛋，说：“小翠，小宝，爸爸妈妈认罪，你们能原谅爸爸妈妈吗？”

小翠拉着妈妈的手，哭着说：“妈妈，知错能改，善莫大焉。”

小宝学着姐姐的话，说：“大雁，大雁飞过来了。”

陈娜笑了出来，越发觉得，她的女儿好懂事，儿子也好可爱。

小宝不是说说的，他胖胖的小手指着天上，咿咿呀呀地说：“有大雁，大雁飞过来了，大雁……”

小翠抬头看去，只见一架直升机在蓝天下飞过来，越来越近，好像是向他们这边飞过来的。

顾城骁也看到了，他拿出望远镜一看，他看到了什么？范杨木？

范杨木！

是范杨木！

虽然心里早就已经有了准备，也慢慢接受了这个事实，但亲眼所见，还是很难让人接受，顾城骁怒目瞪着直升机，看得清清楚楚，开飞机的那个人，正是范杨木。

“全员警备，”他当即发号施令，“把直升机打下来！”

桥面的风很大，宋景瑜一跃，跳上越野车，在最高点架起了狙击步枪。

“目标太远，风速太大，我没有把握。”

宋景瑜专注地瞄准直升机，风太快，桥在晃，车在晃，人在晃，枪在晃，可这都不算什么，让他头痛的是，天上那架直升机走的竟是躲避狙击的线路，让他很难瞄准。

这只有经过特训的专业人员，才能做到。

顾城骁二话不说，扛枪上阵，定位，瞄准，开枪，子弹咻地一下飞了出去。

这一枪，击中了直升机的机舱门，蓝天之下迸发出耀眼的火光。

但是，直升机只是微颤一下，稍稍改变航线，继续前行。

顾城骁看出了直升机的意图，朝着何健雄大喊："别站在那里，快回来！"

话音刚落，咻咻两声闷响，一颗子弹打在了铁栏杆上，另一颗子弹，准确地击中了何健雄的背部。

"老公……"陈娜失声痛哭。

何健雄的背部中枪，紧握女儿的手渐渐失去了抓握的力量："小翠，乖乖的。"他失足跌了下去，"爸爸……来生再做你的爸爸……"

"爸爸，爸爸……"小翠蹲坐在桥面上，一只手抱着弟弟，一只手伸向外面，她想要抓住她的爸爸。

何健雄失足掉了下去，陈娜也一心赴死，她纵身一跃，跟随丈夫一起跳下了大桥。

与此同时，直升机升高提速，急速往南飞去。

顾城骁和宋景瑜连开几枪，都没能打中直升机，距离已经超出了狙击步枪的射程范围。

范杨木几乎是在狙击步枪最远射程的地方开的枪，与顾城骁一样，都只命中一枪。

许多年以前，顾城骁还是学员的时候，范杨木就是主狙击手了。

后来，范杨木从百人团中挑中了顾城骁，这才让顾城骁也走上了狙击手之路。

他们两人一主一副，从来没有失过手。

对顾城骁来说，范杨木不单单是他的战友，还是他的恩师。

多年之后的今天，双方成了敌对的关系，简短的交火让双方认清了彼此的实力，顾城骁虽然减少了一线上的工作，但射击依然精准，而范杨木也没有荒废这项技能。

望着逐渐缩小的直升机，顾城骁感到一阵后怕，倘若范杨木丢下一颗炸弹，那后果将会不堪设想。

"沈自安，立刻追踪直升机的去向，其他人都下去救人，活要见人，死要见尸。"

"是！"

何健雄和陈娜已经有了悔意，可是范杨木要杀人灭口。

很明显，这是一起策划周密的预谋杀人。

快艇还在比较远的区域，魏男直接从桥上跳了下去。

他是一个行动派，任何行动都一马当先，从这么高的地方跳下去，他连眼睛都不眨一下，一点犹豫都没有。

……

野狼战队医务大楼，被救起的陈娜被关在一间严密的病房里。

对于她来说，这里是最安全的地方。

陈娜半坐在病床上，呆呆地看着前方，眼神空洞无物，嘴唇紧抿，一言不发。

周围很安静，所以，当顾城骁一行人往病房走来的时候，她是能听到他们的脚步声的，她的神情慢慢地变得慌张起来。

“不要打我……不要……不要打我……不要过来……不要……”

陈娜尖叫着抱住自己的脑袋，疯了一样。

顾城骁等人骤然听到尖叫声，连忙破门而入。

陈娜更是疯癫，慌慌张张地爬下床，一个不慎跌倒在地，然后索性直接钻到了床底下。

她整个人蜷缩着抱着膝盖，全身都在发抖，嘴里也絮絮叨叨地说着：“不要过来……不要打我……不要……不要……”

顾城骁跨近一步，直言不讳：“不要以为你装作精神有问题，就可以逃避法律的制裁。在我这里，就算你真的是个精神病，我也有办法让你没病。我劝你配合一点，否则，现在会是你最舒服的时候。”

顾城骁的声音极其平静，甚至可以说是淡漠，犹如地狱的审判者，没有一丝温暖。

大概是被他这股阎王气质震慑到了，陈娜瞬间就安静下来了，只是心里更加惶恐不安。

她慢慢地从床底下爬出来，又顺势坐在了床边。

站在门口的这一排小伙子，是与毒窝里面那些瘾君子截然不同的男人，陈娜深深感受到了什么叫一身正气。

她曾经也被何健雄身上的那股子“正气”吸引。

顾城骁开门见山地说道：“说说吧，你们的计划，以及，你和何健雄为什么要跑路，为什么他们要杀人灭口。”

陈娜低着头，想起懂事的小翠，再想起生死不明的丈夫，潸然泪下：

“毒品害人啊，要是知道会落得今天的下场，当初我们打死都不会碰的。”

这是陈娜说的第一句话，也是她经历半生才醒悟的道理。

“大青山的滑坡是你们搞的鬼？”

“是，是我和健雄想要脱离组织故意制造的爆炸事件，但是，我们没有想到会造成整个后山的滑坡，也没有想到会害了学校的孩子们，更没有想到会害死了那么多同胞兄弟，却独独没有弄死四叔。”

“为什么？”

“四叔就像个吸血鬼一样，我们为他卖命，他却只把我们当成牲口。他用毒品控制着我们，根本没有把我们当成人看待。我和健雄都受够了那样的日子，所以和大家一起谋划了那场爆炸。我们是想把那些害人的毒品和四叔一起炸毁的，可没想到……

“我每天都做噩梦，刚哥、小李、老孙……过去的几年，我们每天朝夕相处，大家都是为了能多赚点钱，为了能够早日回家过上正常人的生活。可是，他们，全都死在了里面……”

安静的病房里，陈娜的哭声特别无助和无奈，她非常配合，把自己知道的事情全都坦白了。

“我和健雄的计划大家都知道，老孙说，其实他们也早就有了这个计划，所以，我们齐心协力共同策划了那次大爆炸。

“那个地方是四叔的秘密基地，一点一点炸开，开了一条很深的隧道，里面暗无天日，放的全是害人的毒品。

“四叔有一个专门制毒的团队，三个人，他们每个月在里面待上半个月左右，另外还有一支运毒的队伍，五六个人，每个月月末过来运一次。但是，金三角出事之后，他们不常来，三个月或者四个月才来一次。

“我们就把那些开山破石的炸弹埋在了隧道里面，想趁四叔他们在里面的时候炸了隧道，炸死他们。可是爆炸当日，范杨木看穿了我们的计划，他把四叔救了出去，还切断了所有人的出路，所以爆炸发生的时候，里面的人一个都没有逃出去。

“爆炸比我们的原计划提早了两个小时，当时我和健雄就守在引爆器的旁边，想等兄弟们出来之后再引爆，可是我们万万没有想到，兄弟们没有出来，出来的反而是范杨木和四叔，是范杨木引爆了炸弹。

“炸弹的威力太强了，引起了整个山体的滑坡，才造成了后面的灾难。

我和健雄也受了伤，差点以为会被落石砸死。现在想想，还不如被落石砸死，一了百了。”

说着，陈娜的情绪再一次崩溃。

过了一会儿，她才接着说道：“现在说什么都没有用了，赚那么多钱有什么用，我都不能跟我的孩子在一起，我丈夫连命都没有了。我不是故意打伤老爷子的，是他非要报警，我才错手用拖把杆砸伤了他。我对不起我的孩子，也对不起健雄他爸。”

说完，陈娜像是放下了千斤重的大石头一样，整个人都瘫软下来。

与其说这是一场审讯，不如说这是陈娜的一次发泄。

顾城骁趁热打铁，拿出范杨木的照片，问道：“你所说的范杨木是不是照片上的人？”

陈娜抬头一看，那是一张范杨木穿军装、戴军帽的照片，她点点头：“是他，没错。”

顾城骁又拿出郑紫琪的照片，问道：“那么这位呢？她是否与四叔和范杨木在一起？”

陈娜一看，照片上的人与范杨木穿着同样的服饰，不过，此人她从未见过：“我没见到过这个人。”

“想仔细了，再回答。”

陈娜又看了一眼，依然摇头：“我真的没有见过她。”

顾城骁收回照片，问道：“六年前，陕西汉中偏远的农村发生了一起强奸妇女案件，次日，那户人家发生火灾，一家七口葬身火海，其中包括三个小孩。这桩恶意报复的惨案，是不是你们干的？”

陈娜陡然一惊，她觉得顾城骁的审问像是阎王的审判一样，把她深埋心底的秘密统统都挖掘出来，而她，还不能说谎话。

良久，她才慢慢吐露出来，说：“是健雄干的，也正是那次的事，我们才得到了四叔的重用。呵呵，一切都是报应，现世报。”

“强奸妇女的人是谁？”

“那个人叫张俊，三年前就死了，艾滋病。”

在场的所有人，都憋了一口气。

顾城骁又问：“那纵火的人呢？”

陈娜如实说道：“就是他们，全死在隧道里了。”

“那你可知道，这桩惨案当中的妇女，就是范杨木的妻子？那被活活烧死的七个人，全是范杨木的家人？”

“什么？”陈娜震惊不已，“你是说那是范杨木的家？”

“是的，没错，范杨木当年是我们的人。”

这些事情，陈娜确实是不知道的，她的第一反应和惊讶的表情骗不了人。

她问了一句：“那他怎么会为四叔卖命？”

顾城骁：“我也想知道。四年前那起川蜀边境的特大贩毒案中，死了九个警察，也是你们干的吧？”

“是。”

“我对你的态度很满意，之后，你的案子由缉毒大队接手，我会对你的表现如实汇报。”

“谢谢。”

“关于四叔和范杨木，你还知道什么？”

“大队长，我女儿说是你救了他们，还给了他们安稳的生活，我谢谢你，也很想帮你们。我也希望四叔那个老不死的早日得到报应，但是，关于他们的事，我其实知道得不多，都是健雄跟他们在接触。”

“你见过四叔？”

“见过。”

顾城骁直接拿出华天明的画像，问道：“是不是他？”

陈娜一看，点头道：“是。”

如果说，林浅的说辞只是让他们怀疑四叔和华天明是同一个人，那么，陈娜的说辞就是证实了这个想法，四叔就是华天明，华天明就是四叔。

“你觉得四叔和范杨木有可能躲在哪里？”

“这我真的不知道，我知道的话，一定会说的。”

“好，如果你想到什么，再告诉我。”

陈娜点点头，眼中闪着不安，她怯懦地乞求道：“大队长，您能不能继续关照一下我的孩子们？”

顾城骁淡淡地说道：“我的妻子会资助小翠和小宝念完大学。”

陈娜潸然泪下，扑通一下跪倒在地，咚、咚、咚地连磕三个响头：“谢谢您，您的大恩大德，我这辈子如果没机会报答的话，就下辈子再报答，谢谢，谢谢。”

顾城骁没有上前扶她，对于这种坏事做尽、不配为人的罪犯，他没有那么多同情心。

良久，他们一行人撤出了病房，大家的心情都很压抑，那真的是范杨木，真的是他们曾经密不可分的战友。

所有人都想不明白，范杨木这么做，到底是因为什么。四叔可是他的灭族仇人啊。

何大爷已经从手术室出来了，性命暂时保住了，但还没有度过危险期。

顾城骁心想，何大爷在给他打电话报信的时候，肯定也是经过一番内心挣扎的。像何大爷这样最普通的人，也知道是非对错，也能在亲情面前站到正义的一方，那么像范杨木这种经过专业训练的人，怎么会那么糊涂帮着罪犯做事，况且对方还是他的灭门仇人。

回想着与范杨木拿枪对峙的那个画面，他心里真的很难受，他拿枪是为了正义和平，从来没有想过拿枪对着自己的兄弟。

而且，范杨木驾驶的直升机是国际上最先进的直升机，可避开雷达的跟踪和监视。由此可见，四叔一伙人并不像他们想象中的那般落魄，不但拥有富可敌国的财富，还拥有最先进的武器装备。

老太太看到消沉的孙子，担心地问：“城骁，怎么了？瞧你那张黑脸，跟要吃人似的。”

顾城骁摇摇头：“是工作上的事，奶奶别问。”

“好，奶奶明白。”老太太坐在孙子的旁边，疼惜地摸着孙子的脸庞，说，“城骁啊，奶奶知道这是你的工作，不过，奶奶得提醒你，你可不要再干一线的工作了，别一去就是一年半载的，太危险。你现在可不是一个人了，要随时播种生孩子的。”

顾城骁又好气又好笑，安慰道：“奶奶，您放心吧，我都转业了，不会再干卧底的工作了。”

老太太：“别以为我不知道，你这些话骗骗你妈还行，想骗我？哼，你的工作哪有不危险的，我就希望你在指挥中心坐镇指挥就好，不要再去冲锋陷阵了。”

顾城骁：“明白，明白，奶奶，我没事，就是事情有点多、有点烦而已，没什么大不了的。咦，什么味道这么香？”

从厨房传来隐隐的香味，老太太忽然想起来：“哎哟，灶上还炖着牛鞭汤，可别炖干了。”她急急忙忙跑向厨房，一边跑，一边唠叨，“这可是我专门给我孙子炖的啊，还指望着这汤给我添个曾孙子呢。”

顾城骁一愣，哭笑不得，他现在很能理解林浅为什么对奶奶又爱又恨了，奶奶的汤能让他们喝到怀疑人生。

“奶奶，时间还早，我去接小浅。”

奶奶从厨房里追出来说：“张开已经去接了，你坐着，我给你盛碗汤出来。”

顾城骁就跟脚底抹油似的，一下子跑到了门口：“不了，奶奶，我和小浅今天在外面吃。”

“啊？我们都快准备晚餐了。”

“奶奶，今天是我们的结婚纪念日，平常我都不能好好陪她，今天我再不做点什么，说不过去。”

老太太一听，笑了：“我还以为你就是个木头，不懂哄女孩子开心，不过，现在看来，我也放心了。去吧，批准你们今晚不回来，好好玩玩。”

“谢谢奶奶。”顾城骁松了一口气。

“玩得开心点，心情好了，才能生出漂亮的宝宝。晚上找家干净的汽车旅馆，那多有情趣啊，哈哈。”

“……”奶奶，您怎么什么都知道？这画风不太适合您啊。

顾城骁去学校接上林浅，就去了顾南赫给的地址。

顾城骁和林浅上去的时候，男男女女的都聚集在泳池边玩游戏，所以很少有人注意到他们。

泳池啊，当然少不了比基尼，林浅赶紧拉着顾城骁转身，并且警告道：“不许看那边，我们在这边吃点东西就行了。”

顾城骁一笑：“行，反正我看你就够了。”

“喀喀，顾大队长，你在外面能不能注意一下自己的言行举止？”

顾城骁刚要开口，耳边传来了顾南赫的声音：“二哥，小二嫂。”

只见顾城骁飞快地转变成了严肃脸。

林浅略有嗔怪地问：“小叔，你为什么要在二嫂前面加个‘小’字？

你不觉得这样显得你哥更老吗？”

“噗……哈哈。”顾南赫看看顾城骁，直接笑喷。

顾城骁僵硬的嘴角微微抽了一下，有一种被她蹂躏却拿她没有办法的气愤。

林浅看顾南赫春风满面的样子，调侃道：“咦，小叔，你怎么还穿得这么整齐？泳池那边那么多人，你怎么不去凑热闹啊？你要是去了，绝对能艳压群芳。”

顾南赫：“哈，行啊，哥，走，咱们一起去秀秀腹肌。”

林浅一着急，赶紧拉住顾城骁，生怕他被抢走似的：“你要去，自己去。他不能去，已婚男人不适合泳装派对。”

顾南赫：“哈哈，二哥，你媳妇儿可真是逗死我了。”

顾城骁似笑非笑的样子，依然很高冷。

他看着顾南赫，严肃地问道：“又出来花天酒地，能不能把心思放在工作上？”

顾南赫委屈地说：“今年都累死我了，谈成了好几个大项目，你总要给我放松的机会嘛。我又不像你，回家就能充电，单身狗就只能约约朋友喽。”

一句“回家就能充电”让顾城骁和林浅一下子想到了那些不可描述的画面，顾城骁倒是很能掩饰表情，但林浅不行啊，她那个脸烫得啊，她得赶紧去排排毒、降降火。

“你们聊，我去趟洗手间。”

“要不要陪你啊？”

“不用，不用，聊你们的。”

林浅朝后面挥挥手就跑了。

顾城骁的视线一直跟随着她，直到她消失在转角处。

顾南赫笑着说：“二哥，可以了，人都进去了。”顾城骁斜了他一眼，他立马举手投降，“我闭嘴。”

林浅离开之后，兄弟之间的气氛一下子紧张起来，顾城骁从侍者那里端了一杯酒，抿一口，眼角的余光扫视了一下四周，异常谨慎地问道：“林培有没有找你？”

顾南赫：“嗯，不出你所料，找了，华景城的项目，他也想分一杯羹。

下一步，我该怎么做？”

“先假装答应，但不要有任何利益纠葛。”

“明白。”

华景城的项目是顾业集团今年的重点项目，项目总资金高达两百亿，从立项开始，各界大佬就虎视眈眈的。这是一个利国利民的大项目，顾业集团也不想独享这份荣誉，所以，想找一家合作单位，让出百分之四十的权益，公开招标合作对象。也就是说，参与竞标的公司至少需要有八十亿的资金打底，才有资格参与竞标。而实际操作中，八十亿是远远不够的。

有专家评估过，华景城的项目回报率极高，至少在两倍以上，因此，多家公司都在竞争。

林氏集团刚刚用一百四十亿的巨额资金实现了谷底反弹，要想获得这个项目的竞标资格，还得筹集至少八十亿。

林培私下约过顾南赫，试图用八十五亿拿下这个合作权。顾南赫没有答应，但也没有当场反驳，只说考虑几天。

按照顾城骁的推测，林培本人必定拿不出钱来，他也没有这个头脑来做这件事。这件事肯定是华天明在幕后操作。华天明的金三角组织被警方剿了，大青川的秘密基地又因为内斗毁了，他现在肯定急需用钱。黑钱见不得光，他只能利用林氏集团来洗白。他想获得更多能用的钱，只能赚取更多不能见光的黑钱。

而黑钱再多，也有坐吃山空的时候。所以，顾城骁笃定华天明还会出来干一票大买卖。

用这种迂回的方式，才叫真正的“放长线钓大鱼”。

顾南赫给了他一个放心的眼神，轻声说：“这件事包在我身上，不就是找理由拖延嘛，容易得很。不过，哥，我今天叫你上来，不是为了谈林培，而是为了那个人。”

说着，顾南赫用眼神指向了泳池边的一个男子：“看到那个穿粉红色泳裤的年轻男人了吗？”

顾城骁顺着他的视线望过去，粉红色的泳裤在人堆里很容易找，他一下就看到了。

“谁？”

“林氏集团真正的财务总监。”

顾城骁瞳孔一缩，深沉的目光紧紧地锁住那个男子：“当真？”

他并不是不信顾南赫，而是他们对林氏集团的管理层都了如指掌，把所有高层领导的身家背景都摸了个底。

林氏集团的财务总监叫洪海涛，是一个四十五岁的中年男人，从林氏企业到林氏集团，他跟着林培干了二十多年。

可现在冒出一个顾城骁所不知道的“真正的财务总监”，他就纳闷了。

顾南赫说：“我也是无意间发现的，他叫徐睿，上个月我在外面吃饭的时候碰到了熟人，就过去寒暄了几句，当时他就在场。他喝高了，跟小姐吹嘘，说自己是林氏的财务总监，林培都要听他的。他还说了几个高层领导，都一一对上了。当时只是一种玩乐的状态，大家都以为他只是在吹嘘，都当笑话来听，但我记住了。”

顾城骁谨慎地问道：“当时他知道你在场吗？”

顾南赫摇头：“我只在门口跟朋友寒暄，他们在里面，他是背对着门口的，不知道我在他后面。我觉得喊出林培的名字并不稀奇，稀奇的是，他说的几个人都一一对上了。”

顾城骁：“他会不会只是林氏内部的小领导？说得出几位高层领导的名字，应该也不稀奇吧。”

顾南赫又说：“他今年只有二十岁，举止言行根本不像是什么有文化的人，就是一个二流子。这样的人能进入林氏内部，你不觉得奇怪吗？他说的很多事情看似是在吹嘘，但其实都是事实，而那些事实只有他们内部的高层领导才能知道。”

顾城骁：“这个人，我会查清楚。你可以啊，观察能力和分析能力都有长进。”

顾南赫：“嘿嘿，还不都是你教的嘛，我可不光会玩，我也能干点正经事的。”

其实顾南赫也有军人梦，只是大哥从政、二哥从军，家族企业必须得有人接班，所以他就只能扛起家族大旗从商了。

第8章
林家垮了

野狼战队全队轮流值班，每天二十四小时严密盯紧徐睿。功夫不负有心人，终于，徐睿联络上了华天明。

“干爹，林培这个蠢货不行啊，搞不定顾南赫。”

“这件事再等等看，你一个人留在国内孤军奋战，凡事小心，等我这里安排妥当，你就过来与我会合。”

“好的，您和杨哥的身体怎么样？”

“我们一切都好，你照顾好自己。”

这些对话，悉数被情报科监听着，看来简单的问候，却蕴藏着巨大的信息量。

首先，徐睿和华天明是干亲；第二，华天明和范杨木在国外，并且身体已经复原；最后一点，也是最重要的一点，那就是，华天明正在利用林氏集团洗钱，并且会在近期卷款抽身。

沈自安第一时间通知了顾城骁。

没想到跟踪了这么久，最关键的缺口在徐睿的身上。

顾城骁听了好几遍这段音频，他发现，向来以狠毒出名的四叔，在与徐睿说话的时候却异常和善，他很怀疑这两人之间的关系到底是干亲，还是亲生。

“鲸鱼，去调查一下华天明和徐睿的关系，我怀疑他们是亲生父子。”

“是，老大。”

有关徐睿的资料，他们在不久之前已经调查清楚了，徐睿的身世堪称传奇。

十九年前，富商刘长青因车祸去世，车祸中，他刚满周岁的儿子幸存，却被人趁乱抱走。

沈自安从一份绝密文件中发现，当年的富商刘长青，其实是一支秘密部队的骨干成员。这支秘密部队正是野狼战队的前身，相关的文件资料全都被密封在野狼战队的机密库里。

当年，刘长青以商人的身份，带着妻儿去大连谈生意，其实，他的目的是去调查案件。谁知，他们突然遭遇车祸，他当场死亡，妻子杨雪昏迷不醒，他们的儿子也在混乱中被人抱走。

刘长青是在工作中牺牲的，可因为他是卧底，因为他还有家人，所以，军方并不能公开他们的英勇事迹，更不能追封他为烈士。

杨雪在车祸中伤到了脊椎，醒来之后半身不遂，她最大的愿望是家人们能找到她两个被抱走的儿子，可直到她去世，都没能再见到自己的儿子们。

刘长青和杨雪的两个儿子，一个正是徐睿，另外一个比徐睿大十岁，刚满月就被偷偷抱走了，至今下落不明。

顾城骁与沈自安讨论一番后，大胆地推测道："大儿子会不会是老范？"

这个推测一出来，仿佛所有的事情都有了合理的解释，解释了为什么徐睿称呼范杨木为"哥"，更解释了范杨木叛变投敌的原因。

沈自安感叹道："这么说来，刘长青竟然是老范的亲生父亲，这也太玄幻了吧。"

顾城骁："还有更玄幻的，二十年前，刘长青逮捕了当时国内最大的毒枭黑鹰，黑鹰被关了一年有余，忽然有一天自缢身亡了。"

沈自安查找着那份绝密资料："这一段在哪？我没有找到啊。"

顾城骁："这一段没有资料，我是从我爸那里知道的，当时他是刘长青的上级。"

沈自安："老大，那照你的意思是，当年刘长青没死，而是换了华天明的身份，干起了制毒贩毒的勾当？"

顾城骁："不是没有这个可能，继续盯紧徐睿。"

沈自安："是！"

……

没过多久，徐睿那边就有了大动作。

林培一直拿不下华景城的项目，徐睿已经不想再等了，他在短时间之内套现转移，几乎掏空了林氏集团。

转移资产之后，徐睿立即动身前往机场。

他开着车，接到了一个越洋电话。

“不是说九点吗，怎么还不动手？难道情况有变？”

“什么，杨哥？我已经在去机场的路上了啊，资金按照原计划已经转账过去了啊。”

范杨木的声音顿时变得急躁起来：“没有，怎么回事？你不会是暴露了吧？”

徐睿蒙了，开车的手有些抖，连带着整个车身都抖了一下。

这时，他透过后视镜，看到车后面有一辆车紧紧地跟着，不落下，也不赶超。

“徐睿，你那到底什么情况？”

“杨哥，先等等，钱我已经转出去了，或许有延迟，我……”他隐隐觉得不安，因为他加了速度，后面的车也加了速度。

“你怎么了？”

徐睿出了一头的冷汗，他结结巴巴地说：“我后面好像……好像，有车在跟着我。”

“是野狼的人吗？”

此话一出，后面的车突然一个加速超了上来。

徐睿方向盘一打，人一斜，手机失手掉了下来。

他往车窗外一看，只见那辆越野车的车窗降下，一把狙击步枪对准了他。

“杨哥，我暴露了，我暴露了。”

电话那头已经切断了通话。

徐睿双手握紧方向盘，踩紧了油门，咻地一下冲了出去。

“老大，车速太快，得想法子让他慢下来。”

“不急，前面是转弯口。”

说话间，车辆已经通过笔直的道路驶进了弯道，徐睿不得不降下了车速，但依然维持在一百码左右。

魏男一马当先，疾驰到了他的前面。

“想死啊？！”徐睿咒骂一句，试图从旁边超车逃跑。

但是，他往左，魏男就往左，他往右，魏男也往右，把他的去路堵得严严实实的。他无法突破这道防线。后面的两辆车，一辆追到了与他齐平，还有一辆紧紧地跟在他的车后面，他被三面围攻。

情急之下，徐睿突然踩了一下急刹车，砰的一声巨响，后面的车直接撞了上去。

魏男开在最前面，宋景瑜紧跟其后，最后面那辆车，是顾城骁的。顾城骁的军用越野车身庞大而又结实，这么一撞，也只是前面的保险杠凹进去而已。

而徐睿的车，后备厢的盖子都弹了起来。

车速放慢，就在大家都以为徐睿会停车的时候，他突然一个紧急掉头，绕过了顾城骁的车，直接往回驶去，给了所有人一个措手不及。

魏男和宋景瑜的车因为车速太快而开出了好远，反应过来之后立刻掉头追。

顾城骁几乎是第一时间就反应过来了，但李不言因为撞车受了不小的伤，他捂着胸口喘不上气来，脸色瞬间变得苍白。

顾城骁面色凝重：“李不言，你怎么样？”

“老大，我……没事……快追……”

“你留在这里，我通知医疗队，坚持住。”

事发突然，顾城骁不得不下车。

原先冲在最前面的魏男此刻变成在最后，又停车载上了顾城骁，车距拉得更大了。

顾城骁立刻联系总部：“机场路末段弯道口，李不言受伤，赶紧过去救治。”

徐睿飞速往回驶，在一段直路上，他又开始提速，把他们甩开了一大截。

宋景瑜打开天窗，直接架起了狙击步枪：“小高子，走直线。”

高纪钦：“没问题。”

徐睿自知今天已经在劫难逃，只要他落入野狼战队之手，他就必死无疑，所以，他已经豁出去了，决定放手一搏。

嗞……他一个漂移转进了旁边的分岔路，一直往下开。机场路宽敞通达，他逃不掉，反而下面的路曲折复杂，或许还有一线生机。

“拦住他！”顾城骁下令，“绝对不能让他回到市区。”

“是！”众人异口同声地喊道，高纪钦和魏男更加加大了马力。

郑子俊也在魏男的车上，他看了一下手机，对后座的顾城骁说道：“老大，就在刚才，警方已经将林培、朱曼玉以及林氏集团的高层全部控制住，证监会稍后就会对林氏展开调查。”

“查到林氏资产的去向没有？”

“是华氏集团的财务账户，但资金已经全部被冻结，华天明在美帝注册了华氏分公司，这笔巨款要是落入华氏的账户，再转到美帝分公司，一圈下来就洗白了。”

“多少资产？”

“五千亿。”

开车的魏男脱口而出：“这么多钱，老子让你们有钱没命花。”

顾城骁也为这个数字而咂舌，幸亏他们提前把林氏集团的账务进出监控起来，才能及时冻结住这笔巨款。

徐睿的车子开上了公路，这一段路没有疏通过，所以来往的车辆很多。

“魏子，小心驾驶。”

“是，老大，你们抓好。”

徐睿在前面开得极快，魏男和高纪钦紧追其后。高纪钦的车上，宋景瑜已经拉响了警报声，并且用狙击步枪对准了前车。

咻的一下，第一颗子弹出膛，准确地击中徐睿车子的后轮胎。

随即，徐睿的轿车失控，整个车子倾斜九十度往前飞了出去，剧烈的摩擦让路面直接出现了几道轮胎印。

紧接着，砰的一声巨响，徐睿翻车，车顶朝下冲出一段路，一头撞上了机场路高架桥的桥墩。

宋景瑜是看准了前面刚好没车，所以才开枪的，这样可以保证把损失降到最低：“小高子，把车开过去看看。”

高纪钦毫不含糊，紧握方向盘，踩着油门，直接开到了事故现场。

徐睿整个人倒挂着卡在车里，头上身上鲜血淋漓，正在痛苦地哀号着。

宋景瑜和高纪钦火速下车，打开了车门，试图将被困的徐睿救出来。

魏男的车随后赶到，路过的社会车辆也纷纷停下。

好心的司机们看到有人在施救，便赶来加入救援的队伍。还有热心的市民都过来围观，有的报警，有的叫救护车，大家都在为救被困的司机而出力。

宋景瑜撬开了车门，和高纪钦联手，将被困的徐睿救了出来。

后面一个热心的大哥过来搭了把手："小伙子，没事吧……车毁了还是其次，人没事就好。"

谁知，徐睿突然发力，伸手扼制住热心大哥的脖子，另一只手从腰间掏出一把手枪，直接对准了热心大哥的太阳穴。

热心的大哥瞬间蒙了。

宋景瑜和高纪钦也被弄得措手不及，竟然让他挟持了人质。

这么大的冲击力，不死也残了吧，谁能想到徐睿非但没事，还能挟持人质！

只能说，徐睿的命够大，而这位热心的大哥，就太倒霉了点。

"别过来！"徐睿挟持着热心的大哥，威胁道，"再过来，我一枪毙了他。"

热心的大哥从来没遇到过这种事，纵然是七尺男儿，也有害怕的一刻，况且他是好心来救人的啊。他吓得脸色惨白，双腿都在发抖。

"徐睿！"顾城骁的声音从后面响起，"你跑不掉了，挟持人质只是多加一项罪名而已，我奉劝你还是乖乖束手就擒吧。"

这威严的声音让徐睿不自觉地一颤，他仿佛听到了来自地狱判官的声音，令他毛骨悚然。

徐睿浑身是血，额头上的血还在流，他就像抱住一根救命稻草一样抓住了热心的大哥当人质。

周围的群众纷纷散去，本来都是好心过来帮忙的，谁能想到这是一部"警匪片"。

"别过来，"徐睿挟持着热心的大哥，不停地后退，"再过来，我真的开枪了。"

顾城骁伸手示意大家停下，说道："你确定你不需要先去医院止血吗？"

"别废话，我临死还能拉个垫背的，也值了。"

徐睿的情绪很激动，他才二十岁，不想这么早死，虽然已经看到了结局，但他还想再挣扎一下，万一得救了呢？

“车，给我一辆车。”他疯狂地喊道。

顾城骁从容不迫地让出一条道来：“好，车就在这里，你能上就是你的。”

徐睿不自觉地打了一个冷战，这话听起来怎么这么瘆人啊？！

“徐睿，你要清楚，你目前所犯的罪可能还不至于是死罪。你还年轻，坐几年牢还能出来享受自由，但倘若你伤害了这位好心的大哥，那就要被重判，无期、死罪，都有可能。路都是自己选择的，你选择死，我们拦不住你。”

徐睿额头上的鲜血还在流，沿着鼻梁往下淌，领子都染红了，看上去十分血腥。

热心的大哥哆嗦着说：“小伙子，我上有老、下有小，全家都指着我赚钱养家，我跟你无冤无仇，你可别杀我啊。”

“闭嘴！”徐睿发怒道，更加用力地戳着司机的太阳穴。

热心的大哥双腿发软，无助地闭着眼睛，膝盖都要跪下去了。

徐睿勒着他的脖子怒吼一声：“你给我站好，不然，我现在就一枪毙了你。”

热心的大哥硬撑起打战的双腿，仰着头，默默向老天祈求。

顾城骁趁这个时候给宋景瑜使了一个眼色，宋景瑜会意，握紧狙击步枪默默地后退到一旁。

双方对峙，顾城骁用谈话的方式拖延着时间。时间拖得越久，徐睿的心理防线也就越紧绷。

警方赶来了，在路段周围拉起了警戒线，以防好奇的群众误闯。救护车也来了，停在警戒线以外，随时准备救治伤员。

太阳逐渐升高，徐睿失血过多，脑袋有些眩晕，抬头看一眼太阳，更加觉得双眼昏花。

宋景瑜找好位置，架起了狙击步枪，不过，像徐睿这样的人，必定受过训练，知道如何拿人质当掩护，所以，他一时间还找不到突破口。

顾城骁继续安抚徐睿：“徐睿，只要你没参与过四叔所做的事，那你仅仅就是犯了经济罪，而且所涉及的资金已经全部冻结，你最多就是挪用资金未果，并不是什么重罪。但你今天要是杀了人，那可就是死罪了。”

徐睿还年轻，才二十岁，再加上他和华天明的特殊关系，所以，顾城骁断定他没干过什么实质性的坏事。

“徐睿，挪用资金未果，是要看影响程度。如果最后并没有造成大的损失，而你又表现良好，交一些罚款就行了，跟杀人罪的判决简直是天壤之别。你还这么年轻，你确定要走这条路？”

徐睿内心的矛盾此刻全都体现在脸上，他的心理防线几近崩溃。

越是这种时候，反而越危险。

“别说话！”徐睿怒吼，热心的大哥被他勒得喘不过气，双眼翻白，“今天谁阻拦我，我就跟谁同归于尽，车呢，把车给我！”

千钧一发之际，宋景瑜利索地扣动了扳机，消了音的狙击步枪发出一声闷响，子弹准确无误地击中了徐睿持枪的右手手腕。

“呃……”徐睿后退一步，手枪落地，另一只手还死死地勒着热心的大哥。

又一枪，他的左手手腕也被击中一枪。

热心的大哥被喷得满脸是血，吓得大喊。

这时，倒地的徐睿强忍着手腕的刺骨之痛，从靴筒里抽出一把匕首。

站在最前面的顾城骁眼尖，将热心的大哥推开的同时，一脚踩住徐睿的手。

“啊！”徐睿痛苦地哀号起来。

子弹击穿了他的手腕，鲜血直流，手腕上有大动脉，如果子弹击穿了大动脉，那徐睿很快就会因为失血过多而死亡。

现在，徐睿还不能死！

“救护车，快止血！”顾城骁命令道，“不能让他死了。”

……

徐睿被捕，也就是说，华天明的经济来源被成功切断了。

五千亿，华天明筹集了这么一笔巨款，在就要进口袋的时候，突然被冻结了，他肯定很心痛。

同时被捕的，还有林培以及林氏集团的各位高层领导，被誉为“商界传奇”的林氏集团在攀到最高峰的时候，骤然倒塌，震惊了整个商圈。它用实际行动证实了那句话——攀得越高，倒塌的时候摔得越惨。

徐睿受不住拷问，在被关押一个月之后，终于把自己知道的事情和盘托出。

同时，宋景瑜也查到了徐睿和华天明的亲子鉴定报告。科学证明，他们确实是亲生父子。

也就是说，华天明就是十九年前的特种兵卧底刘长青。

十九年前的那场车祸，是刘长青的金蝉脱壳之计，他改头换面成了华天明，人称四叔，从此走上了制毒贩毒的道路。

野狼战队总部，情报室。

沈自安一边展示着资料，一边叙述："华天明就是我们的前辈刘长青，而范杨木就是刘长青、杨雪夫妇被拐卖的大儿子，徐睿是他们的小儿子。"

魏男："老大，何建雄基本能够确定挂了，我们只有陈娜的供述。"

宋景瑜："警方那边也拿到了徐睿的供述，华天明试图在我国腹地制造秘密基地的阴谋，以及利用我国企业洗黑钱的阴谋，可以说已经彻底破灭了。他短时间内应该不会再入境，我们想要抓他，难上加难。"

郑子俊想到自己下落不明的妹妹，自告奋勇地说："老大，我愿意出国把华天明一干人等逮捕归案。"

顾城骁思忖片刻，回应他："华天明是美籍，他又在美帝境内，我们怎么抓？"

郑子俊的气势减弱，低下头来。

沈自安又出示了一份文件："华天明在林氏投了不下千亿元，洗钱又失败了，他在瑞士银行的账户已经被注销，我觉得他的老底已经被掏空了。"

顾城骁一向比较深谋远虑，沉稳地说："破船还有三千钉，不要天真地以为他们会走投无路，但是，目前，想要抓他们，如同大海捞针，我们还得不到任何支持。"

宋景瑜："上级没指示？"

顾城骁摇摇头："我的申请被驳回了。"

魏男义愤填膺："为什么，华天明就是刘长青，我国国籍，还是前特种军人，这种叛国投敌的叛徒，难道不应该抓？！还任由他在国外逍遥法外？"

高纪钦更加坐不住，年轻人，比较冲动："老大，这次不趁热打铁，就放虎归山了。”

“我比你们更希望捉拿他们归案，但……”顾城骁无奈极了，掏出一份委派书，“刘司令钦点我们战队参加海岛的实战军演。”

魏男的嗓门都大了：“海岛实战军演？那种过家家级别的演习，还用得着咱们？”

顾城骁沉默不语。

宋景瑜一语点破：“这怎么这么像是故意找点事支开我们，不让我们管这个案子……老大，这个案子本来就是我们在调查，临门一脚了却让警方参与，把林培和徐睿也交给了警方，这不是摆明了不让我们查吗？”

顾城骁重重地叹了一口气，但是并不否认。

郑子俊忍不住追问道：“老大，你是不是早就想到了？”

顾城骁：“镇定一点，我们先做好自己分内的事，至于其他的事……你们就当度假好了，去海岛度假，不好吗？”

大家无奈地起哄：“好。”

下雪了，这场雪来得突然，到了傍晚，地面上已经有了一层厚厚的积雪，气温也降到了今冬最低。

杨柳儿结束电影拍摄回国了，大青山事件之后，骂她的人很多，但奇怪的是，她反而越来越红，身价越涨越高。

回国的第一件事，她没有回家，而是去了顾东君家里，她迫不及待地想要见到顾东君。

天色渐暗，她在顾东君家的门口站了好久，犹豫着要不要按响那个门铃。

“叮咚”她鼓足勇气按下了门铃，可是里面没什么动静。

难道他还没回来？

就在她黯然地退回时，电梯叮的一声开了，顾东君从里面走出来。

杨柳儿呆呆地站在那里，有些慌乱，有些兴奋，有些不知所措：“Hi，好久不见。”

顾东君很意外在这里看到她：“好久不见，你回国了？”

她尴尬地笑了一下：“嗯，我回来了……你吃饭了没？”

“没有。”

“这么巧，我也没有，一起吃？”

顾东君手里正拿着钥匙，听到这话，说：“不太方便吧。”

“就算做不成情侣，我们也是从小一块长大的朋友啊，难道连一起吃顿饭都不方便？”

顾东君沉默。

“其实，大青山那件事情，我也有很多委屈的。经纪公司没有经过我的同意就先把救人的消息发了出去，我只能被动接受。后来被视频揭发，大家都在骂我邀功，我承认我没有你们勇敢，我当时确实很害怕，难道我怕死也有错吗？”顾东君没有打断她，她就自言自语地继续说着，“这段时间，我经历了太多人情冷暖。我回家不能跟父母说，怕他们担心，在外面更不能乱说话，我身边连个能说话的人都没有，想来想去，我只想到了你……

“东君，我知道你和林渝在一起了。如果你怕林渝误会的话，可以叫她一起，我真的只是想找个人倾诉而已。”

顾东君浅浅一笑：“那就到我家里来吃吧，冰箱里很多东西再不吃就过期了。”

杨柳儿高兴极了，迫不及待地说：“好，好，正好我带了两瓶红酒。”

顾东君点点头，面色依旧清冷。

这段时间以来，他无论工作再忙，都会抽出一点时间去超市买些新鲜的食材回来，为的就是林渝来了可以随时做饭，随时吃。

可惜，林渝已经好久没来了，林家出事，她整个人都变得极其敏感，一句不高兴，就跟他闹冷战。

这些天他都不敢再联系她，生怕她回复一句“我的事，与你无关”。

他讨厌现在这种状态，可是又改变不了。

厨房里，顾东君将冰箱里的食材一一拿出，将一些过期的酸奶就直接扔了。

“你一个人住，还买这么多东西？”

“有时候小渝会过来。”

“哦，那你打电话给她了吗？她来不来？”

“不来。”

杨柳儿内心窃喜：“这么多菜，你准备做什么？对了，你会做菜？”

顾东君看着那满台面的东西，也很无奈："只是最近学了几道简单的菜，并不熟练。要不，我们吃火锅吧，这儿有汤底，煮开了能直接吃。"

杨柳儿笑着点点头："好啊，没想到你也蛮会生活的嘛，还懂得怎么煮火锅。"

顾东君没有回话，他之所以会知道，也是林渝告诉他的。

林渝说她们寝室里经常用现成的火锅底料煮东西吃，为了不让楼管阿姨闻到香味，煮之前还要把门缝给塞上。

他们在家也这样煮过，他第一次在家里吃火锅，味道比他想象中的好太多了。于是，他特意囤了一些火锅底料，想着什么时候和她一起再煮着吃。这大冬天的，吃一顿火锅，暖身又去湿。

"东君，东君？"

"啊？"

"你发什么呆啊，我问你要不要洗菜？"

"哦，洗洗吧。"

顾东君有些失神，这么说着话，都能想林渝想到入迷。他想，不能让这种冷战的状态持续下去了。

不一会儿，火锅汤就滚开了，顾东君和杨柳儿面对面坐着，一边吃菜，一边喝酒。

席间，杨柳儿起身去了一趟洗手间，她看到洗手台上摆放着一些小瓶子，还有一些发圈和发夹之类的小玩意。

看来，顾东君对林渝是认真的，并且他还不想放手。

天知道她有多么嫉妒林渝。

杨柳儿再出去的时候，顾东君正自顾自地品酒，他微醺的状态，简直帅出了天际。

"这酒不错吧？是一个制片人送给我的，说是老家酿的葡萄酒。"

"不错，挺醇的。"

杨柳儿坐回位子上，叹了口气说："东君，其实我也有很多身不由己的地方，我背后有一整个团队要养活。有的时候，我说什么做什么，都得他们商量着来。他们商量好了，我只能照做，所以……"

"没人规定一定要舍己救人，过去的事就不要提了。"

"好，那你跟林渝呢？林家出了这么大的事，小渝一定很难过吧？

你要好好安慰她才是。”

顾东君沉默不语，仰头喝干了杯中酒，嗞……烈酒刺激着他的味蕾和食道，他感觉自己的胃都要烧起来了：“这酒可真烈啊。”

他想要再倒酒，杨柳儿却一把按住他的手：“烈酒不贪杯，差不多了，少喝点。”

顾东君浅笑一下，固执地拿起酒瓶：“这点酒没事儿。”

他给自己倒满了，一大口一大口地喝。

与此同时，林渝正在翻箱倒柜地找身份证，她在家里找遍了都没有找到，只好回学校找，明天要和同学一起去电视台复试，今天必须找到。

林渝：“奇怪了，我的身份证怎么不见了。欸，你们有谁见过我的身份证啊？”

室友：“你上次去电视台面试的时候，不是用过吗？会不会放家里了？”

林渝：“没有，我在家里找遍了都没找到，而且我记得我所有的应聘资料都是从家里带出来的，应该在寝室。”

“你去过哪？”

去过哪？林渝仔细回想一下，这段日子除了寝室，就是家里，或者顾东君家里，如果家里和寝室都没有，那么就只有顾东君那里了。

想着，她穿上羽绒外套，背上背包：“我出去一趟。”

“那你今晚回来吗？明天是最终的复试，你要是自己过去，可别迟到啊。”

“我回来的，明天跟你们坐学校大巴一起去，我很快回来。”

寒冷的冬夜，林渝小跑着出了校园，坐地铁去了顾东君的住所。

她赶到的时候已经是晚上九点了，要不是明天的面试太重要，她也不想这么晚还赶过来。

在电梯里的时候，她握着手机，犹豫着要不要先打个电话给他，毕竟他们还在冷战。可她又怕自己太主动了，他又要干预林家的事，她真的不想他插手。

但是，她又抱着一种侥幸的心理，或许他并不在家里呢？他经常加班，这个点又不晚，他很有可能还在单位加班。要是他不在家，那她就进去找一下身份证，神不知鬼不觉，也不用打扰他。

这样想着，她就把手机放进了口袋。

到了门口，她拿出钥匙，插进锁眼，轻轻转动，咔的一声，门开了，她突然闻到一股火锅的香味。

糟了，里面有动静，他肯定在家。

正当林渝不知所措的时候，里面忽然传来一个熟悉的女人的声音："东君，我不会离开你的，永远都不会……"

林渝怔住了，刚才的声音，是杨柳儿吗？她屏住呼吸，慢慢地推开了门。

眼前这一幕，她想，她这辈子都不会忘记。

顾东君以公主抱的方式抱着杨柳儿，两人拥吻着、缠绵着，已经走到房门口了。

心脏仿佛被生生地撕开了一道口子，林渝瞪大了双眼，呆呆地看着眼前这一幕，一种强烈的钝痛顷刻间席卷了她全身，由心脏开始，迅速蔓延到四肢百骸。

她浑身都在发抖，就连每呼吸一下，胸口都会抽着痛。

屋内忘情拥吻的顾东君，在转进卧室的前一秒，终于用余光瞥见了门口有一个人影。

正眼看去，他也怔住了。

顾东君脑子晕晕乎乎的，缓慢地低下头来，看一看怀里的人，他骤然清醒，一撒手，猛然将杨柳儿放下来。

"啊，东君……"杨柳儿吓了一跳，双手本能地紧紧抱住他的脖子。

他却用力地将她拉扯开，态度发生了巨大的转变。

"东君，怎么了？"杨柳儿不甘心放弃，踮起脚尖去吻他的嘴唇。

顾东君的眼睛直直地看着门口的林渝，利索地将杨柳儿推开。

杨柳儿循着他的视线，慢慢转身，一下就看到了门口的不速之客。

再留恋不舍，再撕心裂肺，林渝也未曾想到，会以这种方式彻底与顾东君告别。

她一心只想着不能拖累他，为了他的前途，所以在这期间尽量冷淡他。但她从不曾想，他会这么快就拥有别的女人，而且这个女人还是杨柳儿。

他还是忘不了她吧。林渝想。

她僵硬地站在门口，讷讷地说："我……我好像来得不是时候，我还以为你不在家呢……”

顾东君以为她至少会质问，他甚至想好了该怎么解释，他甚至都准备道歉了。

可她这样说。

顾东君嘴角扯出一抹冷笑，她的意思是，她就是专挑他不在家的时候来的，她就是故意要避开他。

“抱……抱歉，打扰了……”

顾东君下意识地握紧了拳头，五脏六腑都被疯狂地撕扯着，她是他的女朋友，撞见自己的男朋友跟前女友在房间里拥抱接吻甚至将要发生关系，她竟然说抱歉，打扰了。

抱歉，打扰了……

打扰你个鬼！

“小渝，你别误会。”杨柳儿试图解释，“不好意思，我们喝了点酒，不知道自己做了什么……”

正当杨柳儿前言不搭后语地慌张解释时，顾东君突然伸手搭住了她的肩膀，将她半搂住。

杨柳儿：“……”

林渝：“……”

顾东君倒要看看，林渝是真的不介意，还是装作不介意。

可是，林渝在怔了几秒钟之后，淡然地一笑：“恭喜啊，你们本来就是天造地设的一对，我……我走了。”

她转身就走，眼泪在转身的刹那夺眶而出。

差一点，差一点点，她就要丢人了。

屋里，杨柳儿心中窃喜，脸上更是挂上了难以抑制的兴奋笑容，她顺势搂住顾东君的腰，头一斜，轻轻地靠在他的肩膀上：“东君，我们重新在一起吧。”

然而，顾东君就像被抽走了灵魂的木偶一样，一举一动都很僵硬。他松开了杨柳儿的肩膀，面无表情地推开她的身体，说话的语气也十分冷漠，他说：“抱歉，是我失礼了，我有点不舒服，慢走，不送。”

杨柳儿：“……”

话的内容没什么不对，依旧有着顾东君式的儒雅，可他的神色却是异常冷漠，叫人害怕。杨柳儿不敢多问，只是默默地点了点头：“好的，那你好好休息，我明天再来看你。”

走出顾东君的家，杨柳儿还有些不甘心，差一点就可以了。经过这一次，她比以前更加坚定，她还爱着顾东君，她不介意他和林渝短暂的交往，更不介意他在意乱情迷的时候把她错认成了林渝。她有把握把林渝从他的心里剔除，因为他们曾经也是那么相爱。

翌日清晨，顾东君从宿醉中醒来。

他隐约记得一些画面，但是并不是完整的画面。他隐约记得，林渝来过了。

门外响起了门铃声，他捂着太阳穴走去开门。

杨柳儿春风满面地站在门口，手里端着一个冒热气的砂锅，笑意盈盈地说：“不好意思，吵醒你了。”

“没有，我自己醒的。”他觉得很不自在。

“那正好，我煮了粥，喝点吧。”

“我……”

“有点烫，快让让。”

不等顾东君拒绝，杨柳儿以砂锅太烫为由直接走了进来。

娱乐圈的女明星喝酒就是家常便饭，以杨柳儿的酒量，昨晚那点酒对她来说刚刚好，微醺而已。

餐桌上还留有昨晚的残局，杨柳儿将砂锅放在茶几上，拿了碗盛出一碗给他喝，然后自己就主动地收拾起来。

顾东君坐在沙发上，热热的米粥温暖着他的胃。

杨柳儿忙进忙出，收拾了餐桌上的残局，也收拾了厨房，娴熟得就像在自己家一样。

“昨天是不是小渝过来了？”

杨柳儿一顿，说：“嗯……不过，她马上又走了。”

顾东君放下碗，起身走去书房，打开书桌的抽屉，原本在里面的身份证还在，他记得她今天要去电视台复试，需要用到身份证。

杨柳儿不明所以地跟过来，问道：“怎么了？”

顾东君沉思片刻：“抱歉，你请自便。”他一边说，一边走向门口，他现在就要去找林渝。

来到门口换鞋，他在玄关处发现了自己家门的钥匙，那是他交给林渝的那把。

他眉头紧蹙，立刻出门。

顾东君一路疾驰，只花了十来分钟就到了B大。刚到校门对面，他就看到了停在校门口的大巴车，以及后面缓缓走来的林渝和她的同学们。

“小渝。”隔着马路，顾东君喊了她一声。

林渝心头一颤，蒙圈了，还以为自己是因为太过想念顾东君而出现了幻听。

“小渝，过来。”

直到再一次传来顾东君的声音，她才发现，顾东君就在马路对面，而且在叫她。

她不想引起同学的注意，只好过去：“有事？”

顾东君将身份证交给她：“你昨天晚上是来拿这个的吧？”

“谢谢。”林渝回头看了看大巴车，“我要走了。”

“小渝，我昨晚喝醉了，对不起，你别误会好吗？”

林渝见状，趁机说道：“我没有误会什么，你们都那样了，我还能误会？”

“哪样了？”

“这还要我说吗！顾东君，我们到此结束，你跟杨柳儿挺般配的，而我，也不再喜欢你了。”

“……”顾东君深吸一口气，“别开这种玩笑。”

“我没有开玩笑！”林渝别过脸去，家里的遭遇让她自卑到连出门都有负罪感，她又拿什么跟杨柳儿去竞争呢，与其等他开口，不如自己走得潇洒。

“看着我！”他用力地将她的脸扳正，就让她看着自己，“林渝，你是不是真的想跟我分手？”

“不分手，还留着过年吗？”

“我承认是我不对，我喝多了，我迷迷糊糊地以为是你，所以……”

“不用解释，用不着了。”

“为什么？为什么？”

“我不能容忍自己的男朋友心里还有前女友。”

“你分明是在找借口，那今天之前呢？”

“之前喜欢你，是因为得不到。在一起之后，我发现自己并没有那么喜欢你，而且我们很多的生活习惯和意见、观念都不一样。就像你说的，道不同，不相为谋，我现在也深刻领悟到了这句话的真谛。既然你现在也对杨柳儿余情未了，那么正好，我就没那么多愧疚了，以后你是你，我是我，两不相欠，各自安好，好吗？”

顾东君僵硬地保持着同一个姿势，懊悔、无奈，又心痛。

这时，对面的同学们已经上了车，大巴车要准备发车了。

“我得走了，我们就给彼此一个美好的念想吧，别再来找我，别再纠缠不清。”

没有说再见，林渝转身跑回了对面。

顾东君呆呆地看着缓缓启动的大巴车，还在消化林渝的那些话。

她说分手说得很清楚，他都是三十而立的男人了，面对感情，真的很不习惯纠缠。他麻木地劝自己，要做一个拿得起、放得下的男人。

大巴车上，有好奇的同学问道：“林渝，刚才那人不是顾东君吗？他真人比电视上还帅呢。”

“是啊，是啊，他为什么来学校找你啊，你们是什么关系？”

“咦，我闻到了八卦的味道，快说，快说，他找你什么事啊？”

林渝只是淡淡地笑着，就像什么事都没有发生似的：“没有啦，是林浅要结婚了，她老公要给她一个惊喜，但她老公抽不开身，就找顾东君去办。顾东君只是过来问我林浅的喜好的。”

“什么，林浅要结婚了？哇，她老公是谁啊？为什么找顾东君办这些事？”

呀，糟了，一不小心把林浅的秘密给说出去了，她连忙圆谎：“呵呵，她当然是跟她男朋友结婚啊。”

“哇，林浅真是太幸福了，她男朋友，哦，不，她老公很帅很帅的呢。”

“好羡慕林浅啊，看样子，她老公跟顾东君关系匪浅，那她老公肯定大有来头。林渝，她老公是何方神圣？”

林渝：“这个啊，你们到时候就知道啦，人家的喜事，就让人家来公布好了。”

“也对，哇，林浅真的好幸福啊，简直就是爱情学业两不误嘛。”

林渝跟着大家一起说说笑笑起来："是啊，我可羡慕她了。"

其实，她的内心正在淌血。

林浅要结婚的消息不胫而走。

原来，大家只知道林浅有一个百般呵护她的绝世好男友，但不知道其他更多的消息。这下经林渝之口说出来，大家都在传林浅要结婚的事情。

新郎与顾东君关系匪浅，顾东君是顾家的长孙，现在又是政府高官，想必林浅的男朋友肯定也是大有来头。

如此高颜值、高财力、高权势的一个男人，竟然被林浅收入囊中，大家真是羡慕嫉妒恨啊。

在B大校园里，林浅一下子成为励志女神，从学渣到学霸，从问题少女到见义勇为的英雄，从丑小鸭到白天鹅，她成了同学们津津乐道的传奇人物。

周六，城邸。

林浅正在看年管家拟的宾客邀请名单，其实，这些她也不懂，她只是走个流程，看一眼而已。

手机忽然响起。

"饭饭，啥事啊？"她一边看名单，一边说，"如果要我陪你逛街，我可没空，我要准备婚礼的事。"

"林渝和顾东君分手了吗？"

"什么？"林浅惊得从沙发上跳起来，手里的宾客名单都掉到了地上，"什么时候的事情？我怎么不知道？"

"难道是我理解错了？"

"怎么回事？"

原来，饭饭这几天天天在图书馆遇到林渝，她就故意去调侃林渝怎么天天泡图书馆，也不陪男朋友，林渝却说自己没有男朋友。

当下饭饭的理解就是林渝和顾东君分手了，可她再问，林渝就不愿意再多说了。

所以，她就只好打电话问林浅。

饭饭："要我说，他们就算不是分手，也肯定有事发生。唉，能在一起还不好好珍惜，像我和小高子，想见一面都难。”

林浅内心有些自责，最近她忙着婚礼的事情，对林渝没怎么上心：“我去找她问问清楚，谢谢啊。”

饭饭：“谢什么啊，真要谢谢我，你就让你老公把我小高子还回来。”

林浅：“呃……这个我就决定不了了，他从来不跟我讲工作上的事情。”

饭饭：“唉，也不知道过年能不能见到小高子。”

跟饭饭随便扯了几句，林浅就挂了电话，她现在一心只想快点找到林渝。

奶奶从厨房出来，问道：“什么事啊，看把你吓得，名单都看好了？”

“嗯嗯，奶奶，这份名单没问题，我学校有点事，出去一趟。”

“什么事啊，跟奶奶说说。”

“没什么大事，就是社团的琐事。”

“那好，把这碗汤喝了再走。”

这次，林浅一改之前的抗争，端过来就咕咚咕咚喝了个精光，爽快极了。

奶奶欣慰地说：“每次都像现在这样多好！”

林浅出门了，今天是周六，林渝肯定在林家，她直奔林家。

林家已经不复从前的热闹，萧条的庭院，冷清的别墅，那两根发亮的金色柱子，现在看起来，更像是在讽刺林家曾经的辉煌。

林培和朱曼玉双双入狱，这种案件的调查过程烦琐而又漫长。开庭之日遥遥无期，什么时候能出来还是未知数。

一进家门，林浅看到昏暗的大厅，再没了以前的明亮，她唯有暗自叹息。可一想到大伯大妈为了利益而将她卖给华天明，她差点落入华天明之口，她就觉得大伯和大妈这样的下场就是现世报。

“谁啊？”林潇听到声音，从二楼下来。

林潇经过治疗已经恢复了许多，但父母双双入狱，又让她精神紧张了起来。

“是我，我找林渝。”

林潇一贯那么尖酸刻薄，冷笑道：“呵，顾家少奶奶光临寒舍，真是让寒舍蓬荜生辉啊，不过你这样擅自闯进来，我告你一个擅闯民宅不过分吧？”

“……”林浅挺无语的，好在她手里是提着东西的，“林潇姐，我这不是来做客的吗，怎么是擅闯民宅呢？”

林潇走到楼下：“做客？呵，你就跟你爸一样，白眼狼一个，你说黄鼠狼给鸡拜年，鸡要收礼吗！”

“……”

就在这时，外面忽然响起了警笛声，从远至近。

林潇的神情一下子紧张起来，双腿打战，面色苍白。

不一会儿，警车在林家庭院的门口停下，有警察找上门了。

林渝听到声音下楼来：“小浅，你怎么来了？外面怎么回事？”

林浅摇摇头：“我不知道啊，我这不是专门来找你的吗。”

门铃声响了起来，林渝要去开门，林潇突然蹿出来拦住林渝，歇斯底里地叫道：“别开门，他们是来抓我的！外面的警察都是来抓我的，一定不能开门，不能！”

林潇死死地抓住林渝的手腕，林渝痛得仿佛骨头都被捏碎了：“姐，你冷静一点，姐……”

林浅也来劝：“林潇姐，你把林渝的手都抓出血了，松开好不好？”

林潇二话不说，挥手就打了林浅一耳光：“你这个扫把星，你来就没好事！是不是你带警察来的？！”

林浅捂着吃痛的脸颊：“绝对不是，我是来找小渝的，我又不知道警察会来。”

外面的警察见大门许久不开，决定破门。

一破门，林潇的情绪就更加紧张了，她把所有的焦虑和怒火全发泄在了林浅的身上。

“贱蹄子，”她猛地将林浅推倒在地，直接上脚踢她，嘴里还骂骂咧咧的，“顾城骁害得我家还不够吗？你现在还想来害我？！”

林潇突然发飙，摔在地上的林浅被她踢了好几脚，林浅并非不会反抗，只是这样疯癫的大姐让她除了气愤之外，更多的是心疼。

林渝也吓了一跳，死死地抱住林潇的腰，让她没法踢到林浅。

林潇踢不到林浅，就把气往林渝身上撒，揪着林渝的衣领，啪啪直甩耳光："你也不是什么好东西，胳膊肘往外拐，你要是真站在爸妈这边，现在就给我抽死她，抽死她！"

警察终于破门而入，持枪对准了林潇："不许动！"

林潇一下就僵住了，颓然瘫坐在地上。

"林小姐，这段时间我们在调查林氏一案的时候，发现你非法挪用过一笔巨款，这是逮捕令，请跟我走吧。"

林潇彷徨的眼神中闪着阵阵恐惧，她早就想到了会有这么一天，只是没想到这一天来得这么快。

警察立刻给林潇戴上了手铐。

"小渝，小渝，"林潇拉着林渝不放，声声乞求道，"救我，救我，救我……"

最终，林潇还是被带上了警车，林渝的情绪也几近崩溃，短短数日，林家倒了，父母双双入狱，连姐姐也进去了。她所能看到的前方，漆黑一片。

这个家，最终，只剩下她一人。

更惨的是，前一批警察刚走，又来了一批人，这些人是法院的，要查封林家别墅。

"查封？为什么要查封？"林渝问道，"这栋别墅是我二叔买下的，为什么连别墅也要查封？"

警官解释道："这栋别墅在林培名下，按照程序，在这桩案子查清楚之前林培名下的所有财产都属于非法财产，我们有权查封，在案子查清楚之后会再做处置。"

"……"林渝彷徨无措，心碎一地。

警官将查封通知交给林渝，交代道："林小姐，你若是要取东西，可以在工作人员的陪同下进去取一些私人物品，其他大件不能带走，还请你配合我们的工作。"

林渝呆呆地接过通知单，神情木然："好。"

随后，林浅帮着林渝整理了一些私人物品，她们一出来，身穿制服的法警就在大门上贴上了封条。

林家垮了，垮得彻彻底底。

林渝无处可去，只能暂时住在城邸。

地铁车厢里的风呼啸而过，寒冷刺骨。

林浅看着林渝，这才发现，林渝瘦了这么多，原本还有一些婴儿肥的鹅蛋脸，此刻已经瘦得下巴尖尖，脸颊都凹陷了。

林渝没出声，只是眼泪一直在流，这么大的冷风都吹不散她的热泪。

林浅实在不忍心在这个时候过多地追问她和顾东君的事情，她安慰道："别担心，有我呢，你不会无家可归的，别哭了好吗？"

林渝紧紧闭上眼睛，眼泪如珠子一般不断滚落。

林浅心疼不已，直接将她搂住："一切都会过去的，最坏不过现在，以后就会越来越好的。"

林渝靠在她的肩膀上，压抑着，克制着，无声地哭起来。

回到城邸，奶奶看到林渝自然是很欢迎的，可看到那孩子哭红的双眼，她联想到林家的那些事，也就没有多问。

"奶奶……"

"什么都别说了，小浅，你早就应该把小渝接过来。休息去吧，好好陪陪她。"

"嗯。"林浅投给奶奶一个感谢的眼神，就扶着林渝去客房了。

客房里，姐妹俩就像小时候一样，躺在一个被窝里谈心。

以前，伤心难过的人总是林浅，因为寄人篱下，总有这些那些委屈要受。而现在，崩溃的人是林渝，无论是家人，还是爱人，都离她而去。

她们是亲密无间的好姐妹，有开心的事一起分享，有难过的事就一起分担，林渝哭，林浅就陪着她一起哭。

晚上，客厅里，奶奶一看到林浅过来，立刻担心地上来问："小浅，小渝没事吧？"

"睡下了，她说晚饭不吃了。"

"唉，可怜的孩子，不吃不喝哪成啊。我让厨房准备一点点心，你一会儿给她送过去，她要是饿了，可以吃。"

"好，谢谢奶奶。"

"你的脸上怎么回事，还有小渝的脸，像是被谁打了一样，刚才我就看到了。"

林浅叹了口气："林潇姐打的，她大概也是无处发泄。"

"这人哟，真是太自私了，这叫什么，这叫现世报，被关上几年就老实了。”

“奶奶，我知道这个要求很过分，但是，能不能让小渝跟她爸妈见见面啊？”

“林家的事，咱们千万不要插手。”奶奶拉着她坐在沙发上，语气郑重地说道，“顾源已经找我谈过了，他给我分析了其中的利弊要害。这本是军区的案子，却让警局去办，你不觉得奇怪吗？”

林浅一脸蒙：“奶奶，我不懂，顾城骁从来不跟我讲他工作上的事。”

“那我跟你说说，这桩案子涉及军方的人，城骁他们这群小伙子废寝忘食才抓到这几个关键人物，就差一步抓到幕后主使了，上头却把案子交给了警方，不让城骁再插手。其实吧，不让插手也好，多危险啊，可这案子城骁前前后后查了好几年，临到最后却交给了别人，而且别人还未必能善后。”

林浅似懂非懂：“您的意思是说，警方未必能抓到那个幕后主使？”

“对啊，之前缉毒警察抓了那么多年都抓不到，交给城骁，城骁倒是抓住了几个关键人物，现在又交还给警方，警方能收尾就奇怪了。城骁能坐上这个位置，多少人眼红着，人家会说他争功抢功，把所有功劳都往自个儿身上揽。他越是爬得高，眼红他的人就越多。政治斗争，明争暗斗，比战争更恐怖。”

林浅听得仔细，原来，表面风光无限的顾城骁，经历着许多外人看不到的钩心斗角。

“那些表面跟你称兄道弟的人，或许背地里突然给你一刀，你怎么死的都不知道。城骁身边多的是这样的人，他们就等着抓城骁的小辫子，我们要是利用他的关系走个后门什么的，万一被有心人士利用起来，那对他就不好了，你说呢。”

林浅点点头：“嗯，我明白了。”

“你是个聪明的丫头，一点就通，我就怕小渝一哭，你就心软。奶奶得提前给你打好预防针，咱们不能因为一时的心软，而害了城骁，对不？”

“是，奶奶，您放心吧，林家那边公事公办，如果大伯大妈真做了违法的事情，就该受到法律的制裁。小渝那边，我也会劝她的，她也一定能理解。”

“好，那么我们来谈谈生孩子的事情。”

啊？这画风转得也太突然了吧，让她好一阵措手不及。

奶奶拿出一个小盒子，质问道："阳奉阴违不好吧，你们就这么忽悠我一个老太婆？"

"……"林浅红了脸，这东西……怎么被找出来了，天哪，还给不给留点隐私了？！

林浅支支吾吾回不了话，奶奶故意板起脸，佯装生气："我还每个月给你计算日子，每天给你补身体，我就等着我的小曾孙出来，你们倒好，避孕措施做得妥妥的，把我的小曾孙全都挡在外面了。"

"……"林浅涨红了脸，旁边小玲她们几个都在偷偷地笑。

"哼，城骁骗我也就算了，你也骗我，是不是以为我老糊涂了就好糊弄？"

"没有，奶奶，对不起嘛，但是……但是您翻我们的床头柜是不是也不对啊？"

老太太冷傲得不行，说："谁翻你们的床头柜了，是你们战况太激烈，太忘我，连盒子掉在地上了也不知道。"

林浅害臊得都没脸抬头了，一个劲地作揖求放过。

"哼，不像话，等城骁回来，我非说道说道他不可，怎么能用这么普通的套套。"

"嗯？"

奶奶已经憋不住了，直接笑了出来："竟然没用我给他介绍的那款超薄型，不信任我，哼，我太生气了。"

"……"林浅简直要晕了，"奶奶，我的老祖宗哟，您能不能不开这种玩笑？吓死我了，我还以为您真生气了。"

"嗯，我是真生气啊，你们不给我生小曾孙。"

"怎么又绕回来了？奶奶，求您饶了我行吗？"

奶奶拍着她的手背，叹着气说："好啦，不逗你了，其实城骁说得也不错，凡事要有计划比较好。既然你们都计划好了，我也不勉强。"

林浅惊喜地问道："奶奶，您说真的？"

"嗯，我心里知道这样比较好，但嘴上还是忍不住要催催，万一催出个意外来呢？"

"嘻嘻，那您还这样整天给我补、补、补？"

“养兵千日，用兵一时，调理身体又不是一天两天的事，调理个一年半载的，用最好的身体迎接宝宝，宝宝也会更加健康的。”

林浅简直要给老祖宗点一百个赞了，笑着扑过去：“奶奶，谢谢您。”

“唉，他们男人在外面保家卫国，咱们女人，就把家里料理得妥妥帖帖的，不叫他们分心，更别让他们担忧，明白吗？”

“明白，奶奶万岁。”

“哎哟，别啊，还没一百岁呢，就老成这样了，真活到了一万岁，岂不成了吓死人的老妖怪？”

林浅被奶奶逗得合不拢嘴，又好气，又好笑。

“丫头啊，看着你这样笑着，我就安心了。你看看你，小渝哭，你也陪着一起哭是不？别以为奶奶看不出来，你眼睛都肿了。”

林浅瞬间又变得很感动，眼圈又红了起来，声音都哽咽了：“谢谢您，奶奶。”

“行啦，别总谢谢，唉，奶奶不希望你们任何一个有事，你们一定要好好的。”

“嗯。”

天色渐暗，顾城骁回到家的时候，看到的，就是这幅其乐融融的画面。

他一边脱外套，一边说：“我回来了。”

奶奶拿起那个盒子，飞丢给她的孙子：“收好你的杀人凶器。”

林浅羞得都抬不起头来，碰到奶奶这么一个活宝，估计连老司机都要折腰了。

顾城骁接过盒子一看，轻咳两下：“咯咯，这个……怎么成了杀人凶器了？”

奶奶直爽地说：“可不是吗，谋杀了我那么多小曾孙。”

顾城骁：“……”

他把盒子往口袋里一塞，然后径直走到沙发背面，一弯腰，直接将林浅从沙发上抱了起来：“看起来，我们得赶紧离开这多灾多难的地方。”

老人家一听，不乐意了：“欸，死小子，怎么说话呢？我是吃你媳妇一块肉了，还是喝你媳妇一口血了？”

林浅已经整张脸贴在顾城骁的胸口，无颜见父老乡亲了。

顾城骁抱着她，用下巴蹭蹭她的脑袋以安抚她，随即霸气地宣布：“奶奶，是我要吃了她，生吞活剥那种。”

林浅一颤，妈呀，羊入虎口：“你放我下来。”

“就不。”

“奶奶救我。”

奶奶识趣地拿起遥控器打开了电视：“小玲，你说的那个全是小鲜肉的真人秀是哪个频道？”

小玲赶忙跑去伺候老夫人：“我来，我来。”

林浅的求救被完全无视了，不但奶奶不理她，连小玲都不帮她。

顾城骁笑了一下，抱着美人直接上楼。

到了二楼两人的小天地，林浅气得直接用小拳拳捶他的胸口：“你干吗呀，当着她们的面这样说，我还要不要树立威信了？”

顾城骁却一反常态地沉默，放她下来，再紧紧抱住她，疲惫地说：“只有这样，才能以最快的速度像这样抱住你。”

“怎……怎么了？”

“没事，就是有点累。”

“对了，林潇姐也被抓了，林家被查封，小渝现在在城邸，但是，她跟大哥分手了，一直待在房间里哭，我怎么劝都没有用。”

顾城骁像是早就知道一样，脸上并没有明显的表情变化：“我早就说过他们两个不合适了，分手也是好事。”

“喂，你怎么这样？！你不觉得在这个节骨眼上，他们分手很奇怪吗？林渝多喜欢大哥啊，大哥会不会是因为林家的事而跟林渝分手的？”

“虽然我不看好他们，但是，以我对顾东君的了解，他不是这样的人，我更愿意相信是林渝要分手。”

“不可能，我找机会问问她。”

顾城骁淡定地说：“我对别人的感情没有研究，也不加以评论，就让他们随缘好吗？”

这么近距离仔细看着她，他才发现她的脸颊上有几道指印，他眸色一深：“林潇真是不可理喻。”

“你都知道了？”

“嗯，公安局的朋友告诉我的，说他们进屋逮捕林潇的时候，她正在打你和林渝。”

“你可真是神通广大，什么都知道。”

“疼吗？”他轻吻她的伤处，带着无限的疼惜。

“已经不疼了，就是心疼小渝。”

顾城骁的嘴唇移到了她的唇边：“嘘……”他覆盖住她的唇瓣，极尽温柔。

“干吗呀，你不要在吃饭时间乱来好不好，这样大家都知道我们在干吗。”

“在自己家，怕什么？”

“你不要脸，我要脸啊。”

“你说谁不要脸……好，那我这就不要脸给你看。”

“啊！”

……

第9章
新郎缺席的婚礼

婚礼在即，顾城骁却更加忙碌，三天两头不回家，即使回家也都是半夜三更。

婚纱照的拍摄也是一拖再拖，眼看举行婚礼的日子都快到了，他依然抽不出空来拍婚纱照。

野狼战队总部，顾城骁在办公室里眉头紧蹙，高纪钦已经打入敌军内部，可是从昨天傍晚开始到现在，他已经与总部失联整整十二个小时了。

这种感觉，让他想到了六年前范杨木失联时候的感觉。

范杨木一失联就是六年，大家都以为他已经殉职，却不想他叛国投奔了敌营。

现在又是高纪钦。

这次任务之所以派高纪钦去，是因为高纪钦从未单独出过任务，是一张生面孔，比较容易混进去。

但正是因为他是第一次出任务，再加上郑紫琪不知去向，顾城骁才格外担心，万一郑紫琪也投奔了敌营，识破了小高子，那该怎么办？

宋景瑜和魏男闻讯赶来："老大，小高子还没消息？"

顾城骁摇摇头："沈自安亲自监视了一整夜，都没搜到他的消息，也没有任何的求助信号。"

魏男表情凝重，主动请缨，"老大，我去实地探探。"

宋景瑜也说："我也去，小高子毕竟实战经验少，说不定遇到什么麻烦了。"

顾城骁摇摇头："要去也是我去，我对迈阿密熟……但是，现在先别着急，以免打草惊蛇。"

宋景瑜问道：“军方那边怎么说？”

顾城骁：“没指示，让我们自己处理。”

魏男一向就是一个心直口快的糙汉子，他愤愤不平地说：“这算什么，有危险的事情全让咱们干，他们就坐在办公室里审审犯人。现在咱们的人遇到危险了，他们却坐视不理，这是摆明了让我们去送死啊。”

宋景瑜想得比较周全，劝道：“魏子，住口，你能想到的事，老大早想到了，别瞎嚷嚷搅乱人心，听他的安排。”

魏男抓了一把头发，着急得在办公室里踱来踱去。

宋景瑜也是六神无主：“老大，我们接下来该怎么做？总不能坐以待毙吧？”

顾城骁语气沉重地分析道：“华天明就是当年的刘长青，刘长青当年也是军中楷模，与现在军区几名高官都是旧识，我们现在追查遇阻，你们说，跟这有关系吗？”

宋景瑜很快反应过来，感到背后一凉：“老大，您的意思是，我们原来怀疑的内鬼在军方？”

魏男停下脚步，满脸不可思议：“这要是内鬼在军方，还是哪个长官，那我们岂不是被人耍着玩？到死都抓不住华天明啊。”

顾城骁的眸色更加深了，他抬手看了看时间，现在的每一分每一秒对他们而言都是折磨。

明知道自己的兄弟有危险，他却什么事情都做不了，他不能继续干等下去。

“这样，我立刻飞过去探探究竟，你们做好准备，随时支援。”

“老大……”魏男和宋景瑜异口同声地提出抗议。

“不必再说，我曾在迈阿密特训过三个月，那里的每一个犯罪高发地区，我都知道。我去，比你们去，效率更加高。”

魏男：“但是，老大，再有三天，你就要结婚了。”

顾城骁却不以为意：“都有三天呢，急什么，速速行动吧。”

就在这时，沈自安急匆匆赶来，还没来得及敲门，就开门进来，气喘吁吁地禀告道：“老大，小高子有消息发回来了。”

所有人都为之一振，一颗颗悬起的心，逐渐放下来。

高纪钦虽然失联了大半天让大家担心，但发回的信息是巨大的进展。

原来，昨天晚上他与华天明一伙人有了近距离的接触，因为深知范杨木的反侦察能力极强，所以他干脆丢弃了身上所有的隐蔽装备，赤手空拳打进了内部。

这样做虽然很危险，但结果是好的。

从高纪钦发回的信息上看，华天明在迈阿密某部与当地的黑帮组织要做一次大交易，时间就在三天之后。

最重要的是，该黑帮组织的头目正是国际刑警正在通缉的重要罪犯。

顾城骁："这个消息很重要，魏男，立刻联系国际刑警，有必要的时候，可以来个里应外合。"

魏男："是！"

顾城骁："看，咱们的小将也能独领风骚，这要是抓住了华天明和范杨木，小高子可以领首功了。沈自安，严密监视小高子的动向，务必保护他的人身安全。"

沈自安："是！"

顾城骁："各自行动，鲸鱼留下。"

沈自安和魏男退出了办公室，只剩下顾城骁和宋景瑜两人。

"老大，您是不是想对军方的人调查一番？"

顾城骁眼神一亮，大概他们两人都是狙击手的缘故吧，让他们多数时候总能心意相通："我只是怀疑，所以，悄悄地查，重点放在刘司令身上。"

"刘……"宋景瑜瞪大了双眼，"不能够吧。"

"据我所知，刘长青是刘司令的同族兄长。"

"……"宋景瑜冒出了冷汗。

顾城骁："只凭推测调查上级，是重罪，所以千万不能掉以轻心，明白吗？"

宋景瑜郑重地说："是，老大。"

焦虑而又匆忙的一天又过去了，天色擦黑的时候，顾城骁开车离开了部队，急急地开车去和林浅会合。

"喂，我来了。"

电话那头，林浅只是接了电话，却气得不想说话。

"十分钟就到，八分钟，八分钟。"

“这都几次了，你每次都答应得好好的，却每次都放我鸽子，要不我干脆拍个人写真得了，随便拉个帅哥，到时候把你的脸P上去，多有特色。”

“五分钟。”

“一秒钟都不用了，我已经回家了，饭都没吃，被你气饱了！”林浅气得直接挂断了电话。

听着手机里的嘟嘟声，顾城骁皱起了眉头，他真的不是故意屡屡放林浅鸽子的，婚礼迫在眉睫他知道，可是金三角的案子也在最重要的关头啊，他实在是分身乏术。

他掉转车头往家的方向开去。

回到家，他对年管家吩咐了一些事情，然后转身去了厨房。

厨师急急忙忙赶进来，问道：“少爷，您需要什么，我来做。”

顾城骁却摇摇头说：“你休息吧，我自己做。”

“啊？”

“你下班吧，我自己做。”

“哦。”厨师临走还一脸惊讶的表情。

顾城骁能想到的自己大约可以做的，也就是一碗西红柿鸡蛋面，虽然他的动作有些生疏，但态度却相当认真。

楼上房间里，林浅正坐在沙发里无聊地刷着手机，她知道他忙，也心疼他忙，可是，你没时间你就别答应啊，答应了却爽约，还一连几次，换作谁都会生气的。

这时，房门开了，顾城骁端着托盘进来，她一见他，直接转过身去。

“浅浅，饿了吧？我给你做了面，快趁热吃。”

林浅压根就不信他会做，继续傲娇地仰着头，不理他。她心想，一碗面就想哄我开心，开玩笑呢！

顾城骁把托盘端到茶几上，西红柿面的酸香味立刻扑鼻而来，勾得林浅垂涎三尺，她用余光瞄了一眼，那大碗比她的脸还要大，她故作平淡地说道：“拿走，我不饿。”

“那我先吃了。”顾城骁故意用筷子把面条挑起来搅拌，红红的西红柿汤，黄嫩的鸡蛋，还故意吸溜吸溜地吃。

“味道巨好，”他一边吃着面，一边说，“不骗你，这是我发挥最好的一次，错过了可就没有了。”

林浅咽了一下口水，继续硬撑，哼，我的气可没这么容易消。

顾城骁试探着问：“真不要啊？那我可都吃完了。”

“真是你做的？”

“嗯哼，新鲜出炉，如假包换。”

林浅凑过去瞧了瞧，西红柿没有去皮，鸡蛋有一点点焦黑，看这卖相也不像是大厨子的手艺：“你还会做这？”

顾城骁拿勺子舀了一勺汤，亲自喂到她的嘴边：“来，尝尝看嘛。”

林浅几乎是本能地张开嘴巴，一尝那汤，酸溜溜的，确实很开胃。

“吃吧，吃吧，你看这么大一碗呢。”顾城骁不停地怂恿，还拿着筷子塞到她手里。

“哼，你求我我才吃的。”

“是，我求你，吃吃看我做的面。”

林浅看他一脸诚意的样子，便放开肚皮吃了起来。

许是真的饿了，一碗面，两个人吃，吃到最后都在抢。

林浅夹起最后一筷子往嘴里塞，还没吃到嘴里，顾城骁张开口直接过来吸，他吸到了面，也吸到了她的嘴唇。

林浅眨巴眨巴眼睛，问道：“你恶心不？”

顾城骁理所当然地答道：“不恶心，我还能吻得更深。”

他是这么说的，也是这么做的，他不但抢了她筷子上的面条，还卷走了她嘴里的面条，他吃得津津有味，吻得理直气壮，用实际行动解读了一句话——饱暖思淫欲。

“真的很对不起，那件案子实在有些棘手，明天，明天一定拍，行不？”

林浅默默地提醒道：“喂，你亲了我一脸油。”

“那你还生气吗？”

“还生气又怎么样？”

“那我就亲你一身油。”

“……”

第二天一大早，顾城骁还是给了林浅一个暖心的惊喜，他把影楼的整个拍摄团队直接请到了城邸。

“你……”

“快点下楼吃早餐，然后直接化妆，化完妆就去外景地拍照，今天一天时间很紧，赶紧的。”

“昨晚怎么不告诉我？”

“今天知道也一样，快点吧，大家都在等你。”

在造型师的协助下，林浅换上了主婚纱，这也是她婚礼上要穿的婚纱。

更衣室的自动门帘从中间缓缓打开，林浅端庄地站在那里，宛若仙女下凡，顾城骁都看愣了，眼睛一眨都不眨。

“好看吗？”

顾城骁慢慢走过去，牵起她的手，满心的欢喜：“太好看了。”

他一握住她的手，就舍不得放开了，眼睛也是，眼神直勾勾地盯着她。

林浅白皙的肌肤以及凹凸有致的身材，完美地撑起了这套华美的婚纱。

不需要过多的语言，就两人往那里一站，就是现成的狗粮，看得旁人直呼受罪。

突然，顾城骁摇摇头说：“婚礼那天你也这样穿？不行，绝对不行。”

林浅：“……”

设计师就在旁边，连忙上前解说：“顾先生，胸口可以挡住，你看，就像这样，这样就不会露了。”

深V的领口里面有隐形的小钩子，想露或者不想露，可以按需调节。

助理提出抗议，说道：“这样效果大打折扣，有货干吗不露啊？”

顾城骁坚决否定：“反正就是不行，我老婆，干吗给别人看。”

林浅低着头，嘴里嘟囔着：“难得有件衣服能穿出性感的味道，哼，小气鬼。”

“晚上我会让你更性感。”

“……”

一旁的几个人，鸡皮疙瘩都掉了一地，哎呀妈呀，太受不了这种少儿不宜的画面了，这顿硬塞的狗粮，甜得能把人齁死。

拍摄十分顺利，用摄影师的话说，随便一拍就是一幅画，连精修都不用，主要是人长得美。

离婚礼还有两天，工作室得加班加点将相框相册制作出来。

拍摄结束之后，顾城骁做东，选了一家自助火锅店犒劳各位。

等所有的这一切结束，已经是后半夜了。

夜色茫茫，深夜的大街上终于有了片刻的通畅和安静。顾城骁开着车，一只手握着方向盘，一只手握着林浅的手，偶尔开个小差，转头看她一眼，也觉得十分满足。

“婚礼的事辛苦你了。”

“不辛苦，都是爸妈和奶奶在忙，我只是选了件婚纱而已。”

“那件婚纱你穿真美，要不，把它买下来留作纪念？”

“买下来干什么，那么贵，就穿一次，还不如把钱捐给希望小学呢。而且它那么占地方，买回家当菩萨供起来吗？我又不是大明星，不讲究这些，再说了，它这么美，就让更多喜欢它的人拥有它好了。”

顾城骁握着她的手紧了紧，他从不缺钱，也从不吝啬给她花钱，但她懂得勤俭节约，不攀比，不铺张浪费，也是一件好事。

“对了，饭饭都对你有意见了，你把她男朋友流放出去这么久，什么时候召回来啊？”

“她男朋友？”

“小高子啊。”

“他们什么时候交往了？我的小伙子，我都没批准呢。”

“去你的，真以为自己是人家家长啊？！他们刚刚开始，手都没牵过，小高子就被你派出去了，饭饭都快得相思病了。”

想起高纪钦，顾城骁心里还是有隐隐的担心：“他去执行一项很重要的秘密任务了，如果快的话，过几天就能回来了。”

“过几天？”

“那没数，计划赶不上变化快。”

“是跟抓华天明有关系吗？”

顾城骁伸手捏住她的下巴，温柔地将她的小脑袋扳正：“这不是你该问的问题，看前面。”

“哼！结婚都不叫人家来喝酒，分明就是欺负小高子年纪小。”

“他年纪再小，也比你们大吧。”

“我深深怀疑，你们队里有那么多年轻帅气却没有女朋友的单身狗，是因为你管制得太严、太厉害了。”

“我只是他们工作上的上级，不管姻缘。”

说话间，顾城骁的手机忽然响起，这个点有来电，让他有一种职业性的紧张。

林浅狐疑地看着他：“这么晚了，谁找你？速速交代，不然，被我发现什么，我可是要逃婚的。”

顾城骁嘴角一斜：“你接，帮我骂一骂这个大半夜还打电话给我的人。”他主动把手机递过去，看都不看屏幕一眼。

林浅接过手机，看到屏幕上显示着“顾南赫”三个字的时候，她故意说道：“哼，又是你的狐朋狗友。”

“嗯，那就烦请老婆大人帮我拉黑这位狐朋狗友。”

林浅：“……”

她翻了翻白眼，觉得无趣，然后手一滑接通了电话：“喂？”

“嫂子？”

“嗯，大晚上的，有事啊？”

“对不住了，嫂子，我也不想打扰你们，但是，我一个人实在劝不住大哥，他喝醉了，喝得快疯了。”

林浅看向顾城骁，顾城骁立刻大声问道：“在哪呢？”

“夜色酒吧。”

“好，马上来。”顾城骁回头看了一眼林浅，“先送你回家？”

“不，我也去，我倒要看看和大明星旧情复燃的大哥，现在有多快活。”

“……”

顾东君与杨柳儿的绯闻爆出来以后，林浅恍然大悟，私心里觉得一定是顾东君的左右摇摆让林渝伤心了，所以他们才会分手。

她本来对大哥有一种由衷的敬佩和尊重，但现在，她唯有不屑。她倒要看看，顾东君现在是在唱哪一出。

深夜一点，夜色酒吧，顾城骁紧紧拉着林浅的手走了进去。

此时酒吧里的人们正玩得起劲，酷炫的灯光，劲爆的音乐，还有群魔乱舞、会玩的人。

林浅任由顾城骁带着走，眼睛左顾右盼地寻找着顾南赫他们。

“在那儿，他们在那儿。”她眼尖，一眼就看到了角落里的顾南赫和顾东君。

两人疾走过去，只见顾南赫和顾东君面对面坐着，中间桌上放满了空啤酒瓶，粗粗一看就有二三十瓶。

顾东君和顾南赫手里都拿着啤酒瓶，也不知道他们是在拼酒，还是在畅饮。

见来人，顾南赫立刻求救："是他找我出来喝酒的，他一坐那儿就开始喝闷酒，我拦都拦不住，他自己喝也就算了，还非逼着我喝，我喝不过他。大哥，二哥来了，他陪你喝好不好？我不行了，我要上厕所。"

"没用的家伙！"顾东君仰起头，咕咚咕咚加快速度喝完了一瓶。啪的一声，空酒瓶被重重地放在了玻璃茶几上，然后，他又拿起一瓶啤酒，直接用牙齿咬开了瓶盖，又开始狂灌。

顾南赫摇摇头，尿遁了。顾城骁一把抢过顾东君手里的酒瓶放在桌上："够了，别喝了。"

顾东君还想抢回来，脚底一滑，扑通一下，直接以跪姿扑到了茶几上，他真的已经醉了，形象有些狼狈。

"大哥，"林浅上前去扶他，"你别喝了，喝这么多酒，伤身啊。"

顾东君警觉地冲林浅看了一眼，确认不是林渝之后，他大幅度地一挥手："别碰我，我女朋友会误会的。"

林浅差点摔倒，幸好顾城骁在后边拉住她，顾城骁的面色变得更加难看，低吼一声："顾东君，你要完酒疯没有？！"

大概是顾城骁的声音自带威严吧，顾东君好像听进去了，一动不动地低头看着地下，呆了。

林浅拉拉顾城骁的衣袖，用眼神问他怎么办。

顾城骁耸了一下肩膀，他也不知道。

呆坐了一会儿，顾东君突然拿起酒瓶，仰头猛灌。

"欸，大哥……"

林浅还试图劝一劝，顾城骁二话不说，打掉他的酒瓶，直接拎起他的衣领，连拖带拽地把他往外带。

顾南赫赶回来，见状，连忙跟上去。

顾城骁直接把顾东君拎到了酒吧外面，一松手，他就跌坐在地："别管他，让他好好清醒清醒。"

从室内到室外，骤降的温度让衣衫单薄的顾东君止不住地打冷战，一股股强冷风吹来，本就发晕的脑袋更加沉重，胃部的不适也加重了。

呕……顾东君弯腰抱着路边的垃圾桶狂吐起来。

他们还是第一次看到顾东君喝成这样，他是他们的大哥，内敛沉稳，儒雅睿智，从来都没有出错的时候，哪怕遭人陷害、背负骂名的时候，他也能做到荣辱不惊。

他们还记得几年前他与杨柳儿分手的时候，悄无声息，他们都是在长辈的谈论中才得知的。

顾南赫热心地邀请他参加美女如云的单身派对，以帮他度过失恋的低潮期，可他说："我忙着，哪像你这么有闲工夫。"

顾城骁得知后，立刻打了一通电话问候，他却说："我没事儿，我这正开会呢，你要没其他事，我挂了。"

当时他与杨柳儿是临近婚期才分的手，别人都替他惋惜，他却是最淡定的一个。

再看看现在，堂堂的顾东君，出了名的谦谦君子，喝酒喝到在冬夜里抱着垃圾桶狂吐，满身狼狈。吐完了，他就坐在路边，跟个傻子一样抱着垃圾桶，蜷缩在那里取暖。

垃圾桶能取暖吗？

"我没做什么啊，她为什么要跟我分手？"他开始碎碎念，声音不大，却尤其心酸，"我对她不够好吗？她怎么可以这样，追我的时候怎么赶都赶不走，追到手了，为什么不好好珍惜我？"

顾东君到底是有素养，也内敛的人，只是碎语几句，没有更多、更糟糕的举动。他几乎是瘫在那里，依靠着垃圾桶，傻傻地坐着。

大家明白了，原来是林渝提的分手。

顾南赫摇摇头，看着这样的顾东君，又于心不忍，他蹲下身，拍着顾东君的肩膀，说道："既然这么痛苦，就去找她啊。"

顾东君缓缓地说道："是她不要我了啊……无论我说什么，她都要分手……她还说，还说不要纠缠她……"

林浅："你和杨柳儿的新闻传得沸沸扬扬，是不是她误会什么了？"

顾东君："我解释了啊，我就是喝醉了，把杨柳儿当成了她，我才亲下去的。我解释了，她也不听，我能怎么办？"

原来如此，三人都很无语，不过看顾东君现在这副样子，好像一个受了天大委屈的宝宝。

林浅拿出手机拍了几张照片，也不管现在是几点，直接发给了林渝。

这时，暗夜之中突然有闪光灯亮起，顾城骁敏锐地判断出闪光灯所在的方位，随即以迅雷不及掩耳之势，一把将躲在巷子口暗处偷拍的记者揪了出来。

记者戴着鸭舌帽，看到顾城骁那凶神恶煞的眼神之后，吓得腿都软了。

他大概知道眼前这座大佛的来头，但是对方身份太特殊，他不敢叫出来。

“拍了多少？”

“一点点……一点点……”

“拿过来！”

记者不敢反抗，顾城骁拿过他的相机翻看照片，不但有照片，还有视频，顾东君酗酒的画面全被记录在相机里。

顾城骁果断地抽出了内存卡，立刻销毁。

记者用一种乞求的眼神看着他，这可是他忙碌好几天的成果啊，可是，面对顾城骁，他敢怒而不敢言。

顾城骁质问道：“还有没有？！”

记者弯曲着背，双手合十：“没有了，没有了，全都在这里了。”

顾城骁又问：“为什么偷拍他？”

记者哭丧着说：“主编让我挖杨柳儿和顾东君这条线，对不起啊，我也就是混口饭吃，其他真的没有了，全都在这里。”

“哪个媒体的？”

“新城娱乐。”

“记者证！”

记者哆哆嗦嗦地说：“没……没带……”

顾城骁眼神猛地变得凌厉：“身份证！”

记者没辙，抖着手掏出了身份证。

顾城骁也不是真的要为难记者，只是他得查个究竟，到底是真的记者，还是那些暗中想抓顾家小辫子的小人。

他拿过记者的身份证：“新城娱乐张向阳，好，我记住你了，要是哪天我在新闻上看到今天的事，我让你吃不了兜着走！”

记者吓破了胆："好、好、好。"

顾城骁将相机和记者证塞回给他："滚！"

记者很快消失在黑夜之中，顾东君也被顾南赫背上了车。车里开足了暖气，顾东君浑浑噩噩的，一直在嚷着什么。

顾城骁回到车上，看看后座的情形，问道："他在说什么？"

顾南赫凑过去听个仔细，扑哧一下笑了出来："他说要方便。"

顾城骁："憋着！让他喝！"

……

把顾东君送回住所之后，顾南赫留下来照看，顾城骁和林浅就准备回去了。

刚要开门，门却在这个时候从外面被打开，夫妻俩诧异地对看一眼。

门一开，门里的顾氏夫妇和门外的杨柳儿都惊讶不已。

杨柳儿尴尬地站在门口："顾大队长，顾太太，你们……好。"她拿着钥匙的手简直无处安放。

这大半夜的，杨柳儿拿着顾东君家的钥匙开门进来，还脱了外套，里面只穿了一条紧身的黑色抹胸连衣裙，裙子还那么短，这正常吗？

顾城骁的眼睛都没处看，只能偏头看着电梯那边。

林浅上下打量了一下杨柳儿的穿着，怎么看怎么碍眼。

现在已经是后半夜了，一个女人穿成这样，去开一个男人家的门，想干吗？投怀送抱？

林浅是一个心直口快的人，开口就说："杨小姐，你这么晚了过来有事吗？"

杨柳儿干笑了一下，有些不知所措："哦，呵呵，我……我打电话给他，他一直没接，我有点担心，所以过来看看。"

林浅问道："什么时候打的电话？"

"我……我一直在打啊，打了很多次。"

"你撒谎。"林浅当场揭穿她，"我们一直跟他在一起，一声电话铃声都没响过。"

"……"杨柳儿无语凝噎，面如土色，她没想到林浅会这么直接地揭穿她，这让她无地自容。

有些话，顾城骁碍于身份，不方便说，但林浅可以。

大晚上的，不睡觉，耗在这里，林浅的暴脾气也上来了，再加上有顾城骁撑腰，她铆足了劲，说道：“杨小姐，您是大明星，大冬天三更半夜穿得这么少去开一个男人的家门不好吧。万一这地方哪里藏着一个狗仔，被偷拍了，那怎么说得清楚，这对您的名誉也不好，对吧？”

杨柳儿小声辩解：“这个小区安保很严，外人进不来。”

“外人进不来？那请问我们是怎么进来的？再请问，有狗仔偷拍到你们进入同一栋公寓，那人家是怎么进来的？能混进小区，怎么不能混进公寓楼呢？还是说，狗仔能混进小区是某人的授意？”

连续几个问题环环相扣，让杨柳儿的话显得漏洞百出，她嘴角一抽，干笑起来：“呵呵，这我怎么知道，那些狗仔队一向是无处不在的。”

“所以啊，狗仔藏在这里的哪个角落也是有可能的，那您更要谨言慎行才是，像您现在这样的穿着打扮，不适合到处串门吧？”

“……”杨柳儿语塞，尴尬到脸色都僵了。

林浅也懂得见好就收，问道：“杨小姐，这钥匙你是从哪来的？”

“他……他给我的。”

“你确定？这种谎言很低级，明天一问大哥就清楚了。”

杨柳儿一咬牙，无奈地说道：“钥匙是我捡到的。”

“捡的？呵呵，那真是谢谢你还回来，还有事吗？”

“没有了，我……有点冷，先回家了。”杨柳儿尴尬地看了一眼顾城骁，“晚安，两位。”

林浅笑意盈盈地回应她：“晚安。”

杨柳儿急急忙忙跑了，顾城骁的面色变得有些凝重，林浅的话提醒了他，顾东君被狗仔偷拍一事，会不会是杨柳儿刻意安排的？他不管杨柳儿到底是想借绯闻造势，还是真的想找顾东君复合，他只知道，一个上升期的国家干部，绝对不能让这些娱乐圈的花边新闻给毁了。

这不单单是顾东君的前途问题，还牵涉他们顾家的声誉问题。只要涉及顾家的人，那么，他绝对不会坐视不管。

翌日，闹得沸沸扬扬的杨柳儿和顾东君的绯闻，一夜之间消失得无影无踪，想搜索，都搜不到了。

而且，圈内无人敢再提起。

终于到了结婚的日子，这场婚礼，万众瞩目。

林浅那边一切准备就绪，可是顾城骁这边，却迟迟静不下心来。

今日正是华天明与迈阿密某黑帮组织交易的日子，他放心不下。

“小高子那边什么情况？”

电话那头的沈自安沉重地回道：“目前还没有任何消息传回。”

“国际刑警那边有什么消息吗？”

“魏男一直在联系，只知道国际刑警已经行动。”

顾城骁心脏突突地跳着，倍感不安。

沈自安似乎感觉到了他的紧张，便说：“老大，兄弟们都在岗位上紧盯着，结婚是人生大事，你就安心结婚吧，回头给兄弟几个发喜糖。”

“好，辛苦。”

婚礼开始了，林浅挽着林旭的手站在红毯的末端，婚纱纯美而又圣洁，这是她期盼已久的婚礼。

就在这时，顾城骁的手机不合时宜地响了起来，他眉头一蹙，一种不好的预感涌上心头。

电话是沈自安打来的，与上一通电话只间隔了三分钟：“老大，小高子……出事了……”

顾城骁握着手机，越听，面色越是凝重，最后眼圈都红了。他高大挺拔的身体忽然有些摇晃，像是遭受到什么打击一样，整张脸的表情都不对了。

连司仪都意识到了事情的严重性，屏息看着他，不知道该不该宣布新娘入场。

“哥，怎么了？”顾南赫好奇地问道。

顾城骁不知怎么开口，目光投到了红毯尽头的林浅身上，她今天可真美啊。

他的表情越来越悲伤，还夹带着深深的愧疚，自己在这里幸福地举行着婚礼，而高纪钦却命丧异国。

他没有办法接受这个事实，他觉得沈自安在电话里说的话肯定是玩笑话，小高子今年才二十五岁，从十八岁考进特种部队开始就跟着他了，可以说，小高子是他一手栽培起来的，他们是战友、是朋友，也是兄弟。

七年了，他带着小高子一起成长，他看着小高子从一个新兵一步一步成为野狼战队的中坚力量，他是把小高子当自己的接班人来培养的。

可是，沈自安在电话里告诉他："老大，国际刑警那边传来消息，在逮捕过程中，两方发生了激烈的枪战，死伤无数。华天明被国际刑警当场击毙。最后在清理战场的时候，他们发现了一具与我们描述的卧底人员相似度极高的尸体。他的口袋里放着一张照片，他们已经传过来了，是饭饭。"

是饭饭，那是饭饭，这是小高子长这么大第一次谈恋爱。

此时饭饭就站在林浅的旁边，她是林浅的伴娘。

他远远地看着林浅，面色凝重，沉沉地说道："赫，我现在要立刻去一趟单位，小高子……牺牲了。"

"什么？"顾南赫一脸错愕。

顾城骁来不及解释什么，直接从婚礼的现场消失了。

众人哗然。

野狼战队总部，大楼灯火通明，所有人都面带悲痛。

没有人哭，只是久久的沉默，那是一种无声的悲凉，更是一种崇高的敬意。

死亡离他们并不遥远，但我们的天职让他们锻造出了无所畏惧的能力，即便面对死亡也可以做到坦然处之。

今天的高纪钦，或许就是明天的他们。

然而，没有一个人因此而退缩，这份仇恨只会让他们更加坚定剿灭金三角余党的信念。

顾城骁沉重地走进去，这才有人出了声："老大。"

"老大……"大家纷纷回头，一个个都双眼泛红地看着顾城骁。

"消息准确？"

魏男叹了口气，连说话的声音都带着沉痛："尸体面部被炸得面目全非，只有口袋里的照片能证明身份，除此之外，在尸体唯一完好的右手手背上，发现了与小高子同样的痣。"

顾城骁沉默下来，战士们都沉默下来，这每一个字都像一把刀子，凌迟着他们的心。

那是他们朝夕相处的战友，说没就没了。

良久，顾城骁又问："国际刑警那边有没有说，什么时候可以把人运回国？"

魏男："只要确认了身份就可以。"

顾城骁："好，魏子、鲸鱼，你们明天起程，把小高子接回来。"

魏男和宋景瑜异口同声地回道："是。"

顾城骁："李不言，明天……十点左右吧，通知小高子的父母。"

李不言："是！"

顾城骁又看向魏男，问道："确定华天明被当场击毙？"

魏男："确定，国际刑警验了尸体的DNA，与我们保存的华天明的DNA一对比，是华天明的无疑。"

顾城骁："那范杨木和其他人呢？"

魏男摇摇头，声音带着一股狠劲："不知去向。"

顾城骁忽然振奋地一吼："那就都打起精神来，案子还没结，我们要为我们的兄弟报仇！"

众人握紧拳头齐呼："报仇！"

夜深了，整个营地也安静下来，但今晚注定是一个不眠之夜。

魏男和宋景瑜整理着高纪钦的遗物，在他的柜子里发现了一架用子弹壳拼装起来的飞机模型。

不过，模型只拼了一半，余留的子弹壳也不多。

两人一看，在机翼部分的一枚子弹壳上，刻着"G"和"Z"，中间还刻了一个小爱心。

原来，这是送给饭饭的礼物。

别看小高子在感情上跟个木头似的，也没有表现出多喜欢饭饭的样子，其实他内心里喜欢得很，愿意为了饭饭在忙碌的训练之余亲手拼装飞机模型。

魏男和宋景瑜互相看了一眼，兄弟之间的心意，谁都不用多说。

魏男："你先拼着，我再去找一些子弹壳过来。"

宋景瑜："好，我那还有一些，全拿来，郑宏那儿好像也有，你去问问。"

这是小高子的遗愿，他们说什么都要帮他完成。

外面又下起了雪，路灯下面，鹅毛般的大雪洋洋洒洒地飞舞着。天气预报说明天有小到中雪，可这场雪比预计中的来得更早、下得更大，似乎连老天爷都在为高纪钦的英年早逝而悲伤。

另外一边，顾城骁冒着寒风大雪开车回家，开着开着，他忽然眼前一片模糊。

高纪钦是家里的独子，更是家族里的骄傲，人家把好好的儿子送到了他的手上，他却还不了他们一个健康的儿子。每每想到这里，他就眼睛泛酸。

回到家，城邸大门口依然亮着彩灯，一对大红的喜字贴在门上，彰显着喜庆。在这本该高兴的大喜日子里，他却一点都笑不出来。

奶奶还在一楼大厅里坐着，在等着他回家。

“城骁，你可算回来了，快、快，把这碗甜汤圆吃了。”看他愁眉苦脸的样子，奶奶有些不满，“干啥呀？结婚的日子，你突然回部队就已经不对了，回来这么晚，我也不说你，还给奶奶摆脸色？”

顾城骁没回话，只是依言接过碗，吃起了汤圆。

汤圆很甜，可他的心里依旧是苦涩的。

“说你几句还不理人？你呀，多亏娶了小浅，她既懂事又体谅你。你不在，你爸又不能喝酒，她一桌一桌敬酒，喝多了，回来就吐了两回。”

“她没事吧？”

“倒是没事，已经在房里睡下了。你说说你，结婚的大日子，婚礼还没开始新郎就走了，像什么话？别人虽然嘴上不说，心里肯定有意见，今天小浅要是再不喝酒，人家对我们意见就更大。”

顾城骁坐在沙发上，端着碗，忽然抬头看着奶奶。在奶奶面前，他终于忍不住双眼泛起泪花，哽咽道：“奶奶，小高子牺牲了。”

“啊……”奶奶愣住了，久久不能回神。

“明天他父母会来，你说我该怎么向他们交代？”顾城骁沉重地说，“每年小高子的家人给他寄特产来，都有我的份。我吃了人家的东西，却没把人家唯一的儿子照顾好，人家儿子牺牲的时候，我还在大张旗鼓地办婚礼、娶媳妇儿，你说我……怎么有脸见二老。”

奶奶叹息着，劝慰道：“城骁啊，这不怪你，怪那些穷凶极恶的歹徒。见到人家父母，你该怎么交代就怎么交代，这是你的责任！”

顾城骁点点头。

“奶奶也怕啊，怕了一辈子，以前是担心你爷爷，后来又担心你爸，现在是担心你。以前你爷爷在世的时候，跟我说过一句话。他说，谁都不想承受生离死别的痛苦，可一旦厄运降临，没死的人远比死去的人痛苦。小高子的牺牲是有价值的，你要做的，是不要让这份价值变得没价值，懂吗？”

顾城骁的眼神透彻而又坚定，像是在发誓一般，说：“我明白了，奶奶，我不会让小高子白白牺牲的，那些歹徒，一个都别想跑。”

奶奶拍着孙子的肩膀，其实她很想说“不要做这份危险的工作了”，但是，爷孙三代人，全都一个样。她明白，这种时候，支持远比劝退更加有效。

良久，奶奶恳切地说：“如今你也成家立业了，再过不久也会有自己的孩子，上有老、下有小，你在外面一定要小心、小心再小心。”

“嗯，奶奶，我会注意的。”

“快吃完，吃完上楼睡觉，用古话说就是，今天可是你的洞房花烛夜。”

顾城骁苦涩地咧了一下嘴巴：“好。”

翌日，一夜大雪让整个城市都变得素雅而又安静。

然而，雪未停，悲伤也未停。

顾城骁带领兄弟们亲自到总部的门口迎接高纪钦的父母，出乎意料的是，高爸爸和高妈妈都异常冷静。

他刚要开口，高爸爸抢先一步开口说：“顾大队长，为了高纪钦的事，你们肯定也忙坏了吧，我们没关系，会照顾好自己，你去忙吧。”

那一刻，顾城骁红了眼眶，他站直了身体，抬起手，郑重地向二老敬礼：“爸，妈，以后我就是你们的儿子，我会代替高纪钦好好孝顺你们的。”

后边的兄弟们整齐划一地站直敬礼，齐声喊道：“爸，妈，以后，我们都是你们的儿子！”

……

第三天的中午，大雪终于停了，载着高纪钦遗体的飞机也抵达了B市的军用机场。

顾城骁带领着大家前来接机，高爸爸、高妈妈、饭饭和林浅，还有原来的战友，都来了。

大家用最快的速度铲了道路上的积雪，然后以列队的形式笔直地站立于道路的两边。

飞机着陆，魏男和宋景瑜以及另外四位战友，穿着正装，戴着白手套，稳稳地将冰棺抬下来。

冰棺上面覆盖着鲜艳的国旗。

“小高子，回家了。”魏男哑声说。

“小高子，回家了。”宋景瑜已经泣不成声。

此时的高妈妈终于忍不住内心的悲痛，大声地哭了出来：“我的儿啊，我的儿啊……”

高爸爸忍了再忍，还是没忍住眼泪：“高纪钦，儿子，你是我们全家的骄傲。”

饭饭没哭出声音，只是眼泪一直在流。

林浅搀着饭饭，时刻注意着她的情绪。

白雪祭忠魂，英雄归故土，伴随着冰棺从飞机上缓缓抬下来，道路两边的战士们高声喊道：“高纪钦，回家了……高纪钦，回家了……”

冰棺抬至跟前，高妈妈扑过去声声唤着高纪钦的小名，高爸爸终于也抑制不住痛哭出声。久久愣怔的饭饭，也终于意识到，高纪钦是真的死了，再也不会回来了。

冰棺里的高纪钦，一身崭新的军装，身体同样用国旗覆盖。

“我要看一眼我的儿子，我要看一眼他。”

高妈妈试图揭开国旗，立刻就被宋景瑜制止了：“妈，别看了，您会受不了的。”

高妈妈执意要看，最后是高爸爸理智地说：“别看了，咱要给儿子留下最后的颜面，儿子生前最臭美了。”

高妈妈掩面痛哭，几乎快晕厥过去。

饭饭也想看：“能不能让我看一看？有没有可能……不是他呢？”

魏男同样制止：“我们都希望不是他。”

宋景瑜从口袋里拿出一张照片：“这是我们在他口袋里找到的。”

饭饭颤抖的双手接过照片一看，那是她的照片，他去当卧底的时候就带着她的照片。

她拿着照片，痛哭起来：“你说过，等你回来，要开着飞机带我在蓝天下翱翔的，你怎么食言了呢？我们还有许多许多事情没有一起做过，你怎么舍得就这样走了？”

林浅在后边扶着饭饭，轻声劝道：“饭饭，别这样，你这样，叔叔和阿姨会更加受不了的。”

冰棺不能停留太久，亲人过目之后，魏男几个就将冰棺抬上了殡仪车，不日还要举行追悼会。

所有人都沉浸在失去战友的悲痛之中，看到高纪钦，仿佛看到了以后的自己，看到高爸爸、高妈妈，仿佛看到了以后自己的爸爸和妈妈。

然而，强大的信仰让他们不畏死亡，既然进了野狼战队，就没有后退一说。

部队招待所的房间里，高爸爸、高妈妈和饭饭正式见了面，林浅也在。

他们都没有想到会以这种方式见面。

高爸爸：“高纪钦跟家里说起过你，说你还在上学，还寄了你的照片给我们看，但是今天看到你真人，可比照片上瘦多了。”

饭饭：“嗯，我以前是个小胖妹，现在瘦下来了。”

高妈妈：“女孩子要胖一点才好看，有福气……”说着说着，高妈妈又开始抹眼泪了，“饭饭啊，你以后的路还长着呢，你的福气还在后面。”

饭饭：“叔叔，阿姨，你们一定要保重身体，高纪钦不但是你们的骄傲，也是我的骄傲，我会永远怀念他的。”

他们没有聊太久，聊得多了，也就是哭。简单问候几句之后，林浅和饭饭就离开了。

顾城骁的车就停在招待所外面的路边，魏男、宋景瑜、郑子俊、宁致远，还有沈自安，都等在外面。

见人来，宋景瑜拿着一架飞机模型交给饭饭：“这是小高子的遗物，如果我们没猜错，肯定是送给你的。”

饭饭接过飞机模型，小小的模型分量十足，这是高纪钦留给她的唯一的纪念品：“谢谢，我会好好保存的。”

魏男开车，先把饭饭送回了家，然后大家伙一起去了城邸。

本来就约好今天要来城邸补喝喜酒的。

老传统里，红事白事不宜相冲。但这在他们眼里，完全无所谓，思想开明的奶奶专门为大家张罗了一桌酒菜。

饭桌上，很少有人说话，大家就是闷头喝酒和吃菜。

本来高纪钦与国际刑警里应外合，有绝对的把握制服华天明，可结果是鱼死网破，华天明死了，小高子也回不来了。

魏男：“国际刑警的大队长发了一封表彰信过来，说当时差点让华天明跑了，是小高子一个人，单枪匹马地与他们斡旋，可惜最后交易的仓库发生了爆炸，华天明和小高子，还有其他人，都没有逃过一劫。”

说到痛心之处，魏男放下筷子，抹了一把脸：“倒霉的小高子正好被炸到了脸，怎么那么倒霉呢，唉……”

顾城骁随口问了一句：“这是国际刑警看到的事情经过，还是只是他们的推测？”

魏男：“是推测，当时国际刑警都被阻拦在仓库外，是爆炸发生之后，才强行破门的。”

“只是推测？”顾城骁在脑子里记下一笔。

魏男：“嗯，国际刑警说，只有这种可能，是合理的推测。”

顾城骁不再作声，只恨自己当时不在场。

郑子俊全程都是沉默，至今都没有郑紫琪的下落，万一他的亲妹妹也参与了这件事，那他该如何面对死去的高纪钦，他又该如何面对这些兄弟：“老大，我能不能提一个要求？”

“说。”

“让我去吧，如果遇到紫琪，就看看她会不会连自己的亲哥哥也杀。”

顾城骁板起脸：“你就做好自己的本职工作吧。”

“我想试试。”

“试什么试？万一真有郑紫琪参与，你去，一眼就认出了你，那还试个鬼？”

“……”郑子俊无言以对。

宋景瑜理性地分析道：“子俊，别太早下定论，目前还没有确切的证据证明紫琪加入了他们。”

沈自安端起酒杯，自顾自地一饮而尽，喝完，他说：“其实还有一个重要的信息，我没有说，是小高子发回来的最后一条消息。”

“什么？”众人诧异。

“小高子说，华天明，也就是四叔，他的资金全都耗在了林氏集团。

林氏一倒，四叔就成了一个空名号，现在真正掌握实权的是范杨木。范杨木有一个得力助手，是一名女性，英文名叫Purple（紫色）。小高子虽然没有查出purple的真实身份，但我觉得，真相离我们所猜测的不远，Purple，或许就是郑紫琪。”

听完，郑子俊绝望地闭了闭眼睛，其他人也是深深叹息。

一直在听大家谈论的林浅，轻声问了一句：“那郑紫琪会不会对顾城骁不利？”

在郑紫琪去大青山参与医疗救援之后，她曾打过林浅的电话，言语之中尽显威胁，声称绝对不会放过顾城骁。

后来郑紫琪就失踪了，再后来，野狼战队就将她除名，以叛国罪论了。

这么久以来，林浅一直都在担心着这件事，现在听他们一说，她就更加担心了。

顾城骁在桌下握住了她的手，一下一下在她的手掌心里画圈圈，他淡定地说：“我最希望她找上门，就怕她不来找我。”

一想到高纪钦的遭遇，林浅实在是放心不下：“你在明，她在暗，你怎么跟她斗？而且，你永远不要低估女人的心狠手辣。”

“我会小心的，放心吧。”说完，他就用眼神暗示她不要继续这个话题。

在酒桌上，当着他部下的面，林浅只好作罢。

宋景瑜端起酒杯，带头敬酒：“老大，嫂子，在喜庆的日子，咱不说丧气话，我们敬你们一杯，祝你们白头偕老，早生贵子。”

其他人纷纷端起酒杯：“干！”

魏男快速仰头喝下杯中酒，又倒了一杯，说：“这一杯，我代替小高子敬老大和嫂子，干，祝老大和嫂子健康平安，笑口常开。”

一提到小高子，大家的情绪都有些激动，顾城骁亦然。

“好，多谢大家，我也希望所有人，在以后的工作当中，平平安安出去，平平安安回来，干了。”

“干！”

……

高纪钦的追悼会开得很隆重，他的骨灰埋在了一座有青山有绿水的陵园里。

好长一段时间里，B市的天空都是灰蒙蒙的，一如大家的心情。

春节将至，北漂的大部队开始返乡过年，往日拥挤的大街一下子变得冷清，有些地方甚至连人都没有，B 市一下宛若一座空城。

节日的气息更加增添了大家对逝去的人的思念，魏男他们几个时常跟随顾城骁来城邸，大喝一顿，大醉一场，然后直接在城邸睡下。

奶奶心疼这帮小伙子，跟大家约好了，除夕那天都来城邸，大家热热闹闹，一起过年。

转眼就到了除夕，一大早，城邸就来了客人。

楚墨枫回国了，带着手信来了城邸。

老太太可宝贝他了，毕竟到目前为止，楚墨枫是她唯一的玄外孙。

“小枫，你瘦了，黑了，在国外肯定吃了不少苦吧？”

“太姥姥，我这是专门晒日光浴晒的，黑一点，健康啊。”

“嗯，六块腹肌有没有？”说着，老太太就去戳他的肚子。

楚墨枫怪不好意思的：“没有……”

这时，林浅听说家里来了客人，就下楼来了。

楚墨枫用余光看到林浅从楼梯上下来，连忙改口说：“我有八块腹肌。”

老人家笑得合不拢嘴：“好，好，好……林浅丫头下来了，快来，小枫给你也带了礼物。”

林浅走下楼，看到奶奶面前放着最新款的平板电脑，就知道一定是楚墨枫送的。

看来，楚墨枫还挺会讨老人家喜欢。

楚墨枫郑重地站起身来，看向林浅的时候，眼里夹带着一丝因隐藏不妥而流露出来的惊艳：“二表婶好。”

他很紧张，不见她的时候，尚能说服自己放下对她的眷恋，但一见到她，所有的伪装都崩盘了，他还是欺骗不了自己把她当作表婶来看待。

她越来越美了，越来越会打扮自己，气质也越来越好。

“坐吧，坐吧，咱们老同学就不用那么客气了，你什么时候回国的？”

楚墨枫又坐下来，坐在老太太的身边，像一个乖宝宝一样回答着问题：“昨天到的，这不是回来过年嘛。”

“哦，那林唯一跟你一起回来了吗？”

提到林唯一，楚墨枫脸上闪过一丝尴尬："是的，我们一起回来的。"

林浅看看他，由衷地笑了起来："上回见你，你走非主流路线，这回是走海归型男路线了？看来，林唯一对你的影响挺大啊。"

楚墨枫摸了摸自己已经染回黑色的头发，笑得特别尴尬："不是，我跟她……早就分手了。"

"……"我的天，这才多久啊，敢情你们谈恋爱都是过家家？连家长都见过了，这么轻易就分手，真的好吗？

老太太特别八卦，一听这种事，就跟打了鸡血一样兴奋："分手了？真分了，还是闹别扭？"

楚墨枫红了脸："真分了，不合适就分了。"

老太太特别惋惜："哎哟，我还没见过那丫头呢，那不就是小浅的妹妹吗，我还想着过年你把她带过来，我给她封个大红包，以后咱们跟林家就亲上加亲，多好。而且，你们要是结了婚，生个孩子，那我们就能五世同堂了，多好啊。"

楚墨枫尴尬得都不知道说什么好了。

好在老太太并没有询问到底，她拍拍楚墨枫的手，安慰道："算了，小年轻谈恋爱，不合适就分手，总比结了婚再离婚强。你还小，多谈几次无所谓，最重要的是，知道自己想要什么，明白不？"

"嗯，明白。"

林浅看到茶几上还摆着礼盒，便借此转移话题，问道："这是给我的礼物吗？"

楚墨枫："对，也不知道你喜欢什么，就随便买了点。"

"哈哈，我好难得收到礼物，不管是什么，我都喜欢，谢谢啊。"

林浅拆开盒子，那是一条精致的手链，圆润的粉水晶珠子串联起来的手链："哇，好漂亮。"她直接戴在手上，"奶奶，你看，漂亮吧？"

老太太点点头道："漂亮，漂亮，小枫眼光好。"

楚墨枫害羞地抓抓头发："我也不知道买什么，导购推荐的。"

说话间，外面响起了汽车的声音，林浅转头看去，脸上是抑制不住的喜悦，几乎快要跳起来了："是顾城骁回来了。"她像一只欢快的小鸟一样跑了出去。

楚墨枫问道："二表叔才回家吗？"

老太太："嗯，你二表叔那工作，能回来过年就不错了。"

屋外，林浅冻得在原地踩碎步，看到两辆车一前一后地驶进来，就莫名地兴奋。

自从高纪钦出事，顾城骁就异常忙碌，这都已经好几天没回家了，她可想他了。

车子还没停稳，顾城骁就打开车门跳了下来，看到林浅穿着单衣站在那里，他三步并作两步跑了过去。

"这什么天气，你就这样出来了。"他赶紧将她搂住，急着往屋里领，"冻坏了，遭罪的可是你自己。"

林浅还在看后面的人："欸欸，等等他们啊，我就这样进去了，不礼貌。"

"不用，他们自己有腿，自己就能进来。"

林浅："……"

宋景瑜等人："……"

大家都来了，宋景瑜、魏男、宁致远、沈自安、郑子俊，五个高大英俊的男人，清一色的正装，在这严寒的季节里，给城邸带来了一股强热的阳刚之气。

城邸一下子就热闹了起来。

楚墨枫看到顾城骁进屋，便上前问好："二表叔，你回来啦。"

顾城骁一边脱外套，一边看他："是不是又长高了点？"

"嗯。"

"学习怎么样？"

"还行。"

顾城骁一本正经地说道："还行可不行，用功点啊。"

"哦，我会的。"

林浅："哎呀，你不要一见面就训人好不好，你看他，都怕你了。"

顾城骁："怕我才好，怕我才会听话啊。小枫，听到没有？好好学习。"

在二表叔面前，楚墨枫是一点脾气都没有啊："哦，听到了。"

顾城骁上前拍拍他，就像在拍一条宠物狗："乖了。"

楚墨枫："……"

大家一一进屋，都给老太太鞠躬拜年，老太太给大家准备了好多吃的，还特意搜罗了他们老家的特产。本来大家觉得来城邸就是一种享受，现在更是了，只是，一想到小高子，大家心里就无比酸楚，也没那么心安理得地享受这一切了。

顾城骁在牵林浅的手的时候，碰到了她戴在手腕上的手链，再看看茶几上的礼盒，心中了然，他不动声色地看向楚墨枫。

突然接收到来自二表叔的莫名的审视，楚墨枫简直坐立不安，眼睛不敢乱看，手都无处安放，最后，他说："太姥姥，那我就先回去了，初二再来给您拜年。"

"好，初二去大宅。"

"嗯，我知道。"

午饭过后，奶奶午睡去了，大家都去了客房各自休息，顾城骁迫不及待地拉着林浅上了二楼。

一上去，他就开门见山地质问道："小枫送的手链？"

"嗯，怎么了？"

"他送你手链干吗？送长辈贴身戴的东西，他想干吗！"

"你少发神经了，这是他给我们带的手信，奶奶也有啊。"

"那奶奶怎么不是手链？"

"……"林浅既无奈又无语，"他说这是导购推荐的。"

"他说的，你就信？说不定他给导购说的是要买给女朋友的礼物。"

林浅翻了翻白眼，不想理他。

"取下来。"顾城骁用命令的口吻说道。

林浅觉得莫名其妙的，一条手链而已，至于上纲上线吗，她跟楚墨枫又没什么，以前没什么，现在没什么，以后更不会有什么。她总觉得她要是现在取下来，就跟承认了什么一样。

瞧瞧他的眼神和语气，就跟审问犯人一样。

"我就不，我喜欢，我就戴着。"她倔强地仰起头，还双手叉腰，一副对抗到底的姿态。

顾城骁不悦地说道："我不想说第二遍。"

哼，她才不怕他呢，凭什么！她转身就走："我懒得理你！"

她前一步走，他立刻一个箭步上前，一把捉住她的手腕，直接将手链扯了下来。

手链被扯断了，水晶珠子一颗颗掉在地板上乱滚。

林浅又惊又气，哪有这样的人，一回来就给她找不痛快，好歹他们还是蜜月期，就不能对她温柔一点吗？夫妻之间，难道不是应该互相信任的吗？

她怒视着顾城骁，伤心、愤怒、惊吓以及对他言行的不可思议，各种表情都写在了脸上。

而顾城骁，此时也有些抱歉，他只是心里有些吃味，他只想把手链拿下来而已，谁知道质量这么差，一扯就断。可是，他好面子，怎么能在这个时候服软呢，这不符合他大男子主义的作风。

林浅气得不行，转身跑进了房间，还把门给关上锁死了。

顾城骁呆呆地站在原地，一回来就当“厅长”，命太苦啊。

都说“小别胜新婚”，他们现在既是“小别”，又是“新婚”，可怎么会搞成现在这样呢？

顾城骁不明白，林浅更不明白，她气得躺在床上打棉被，打了一阵，她又赶紧蹑手蹑脚地走到门背后偷听外面的动静，哼，看你什么时候敲门。

顾城骁就在门外徘徊，小样儿，看你什么时候开门。

不知道过了多久，林浅都坐在门背后睡着了，突然，一双强而有力的臂膀将她打横抱起，她一下就惊醒了过来。

“啊！”等看清楚来人，她抡起拳头捶他的胸口，“浑蛋， 回家就惹我生气，放我下来，放我下来！”

顾城骁直接将她放在床上，在她挣扎着起身的时候，他又将她压了下去。

林浅张开小嘴，作势要咬他：“信不信我咬你啊！”

谁知，顾城骁不但不生气，还露出了邪笑：“好啊，求之不得，来咬。”

“……”这话怎么听都觉得不对啊。

顾城骁说一是一，挺起腰板就开始解皮带，吓得林浅赶紧抱住棉被，缩成了一团。

不过，闹归闹，这样一来，两人之间的火药味就没有那么浓了，取而代之的是小夫妻之间的浓情蜜意。

最终，顾城骁解了皮带、脱了衣裤，不过，他真的只是纯粹想睡觉而已，如果能抱着她睡觉，就更好。

“前天出发的，山地越野跑，今天早上才回队里，现在我只想睡觉。”

林浅一听，又很没骨气地开始心疼他了，好像忘了刚才为什么生气一样：“难怪我看你们一个个都有黑眼圈，吃饭的时候还连连打哈欠。你们怎么不早说啊，早说，奶奶早让你们休息了。”

“他们不好意思呗，一上人家家里就睡觉，说不过去。他们愿意挺着，我没意见，只能陪他们一起挺着。”

“奶奶告诉我了，说金三角的案子又不让你们队查了。”

顾城骁无奈地叹了口气：“嗯，上级的命令。”

“所以，你们就憋着一口气惩罚自己吗？”

林浅一语道破天机，直戳他的心窝子，他的声音有些哽咽，却还要强装轻松：“哪有，没有，那就是我们的日常训练。”

“你哭啦？”

“又胡说，我只是累了。”

林浅面对着他，双手去抚摸他的脸，她明明在他的眼睛里看到了泪花，他却还不承认：“跟我还不能说吗？”

顾城骁有些绷不住了，抱着她，将她的脑袋埋在自己的胸口，不让她看到自己悲伤的脸。

他絮絮叨叨地说道：“小高子死得那么惨，我们却什么都做不了，大家心里都憋着一口气。鲸鱼之前一直跟警方紧密联系，现在警方那边也不愿意向我们透露有关案子的任何事情。我们抓了徐睿，抓了林培，小高子又顺利地潜了进去，本来我们有很多条线索可以查的，交给警方，警方能做什么？好好的线索就断了。

“华天明那么狡猾，明着查，什么都查不到啊。现在华天明又死了，范杨木和郑紫琪联手，他们以前可都是野狼战队的成员，警察能对付得了？我无数次向上级反映，可都被驳回了，我不甘心啊。”

顾城骁一说，就刹不住车了，他也是普通人，有悲伤，会流泪，有愤怒，会反抗。

军令如山，在军令面前，他的一己之力又显得那么微弱。

“小高子被炸得面目全非，我一闭上眼睛就会想起他父母崩溃痛哭的样子，我对不起他们。浅浅，你能体会我的感受吗？小高子牺牲的时候，我却在结婚，我一家团聚，幸福美满，我怎么能这样？”

林浅第一次看到如此彷徨无助的顾城骁，她反过来将他的脑袋紧紧抱住，安慰道：“我知道，小高子死了，我都难过伤心得要死，更何况是你们。”

“这几天大家都是自觉加练，都累得够呛，再不休息调整一下，我怕他们都垮了。”

“那就趁过年好好休息一下。”

“嗯，再过几天，我们就要去南海了。”

“南海？”

“对，海上实战演习，是上级的指令，让野狼战队参与指导。”他不想说的是，他们就是被故意调开的。

“危险吗？”

顾城骁一笑：“对我们而言，这没什么危险性，比任何一项工作都要安全。”

“那就好，要去多久？”

“不知道，你就好好学习，天天向上，我很快就回来了。”

“好，家里你别担心，有我和奶奶呢。”

顾城骁亲吻她的额头，这样倾诉一番，那些压抑的情绪也舒缓了许多。他从来不信命，也不信天，但此刻，他真的很感谢老天爷，能把她带到他的身边。

渐渐地，林浅听到他均匀又深沉的呼吸声，他真的睡着了。

第10章 暗藏波涛

过完除夕，顾城骁又离开家了。

老太太看林浅一副心神不宁的样子，便坐到她的身边，问道："是不是又在担心城骁了？"

林浅深吸一口气，语气中带着一丝逞强："奶奶，只要他出门，我就担心他，我没关系啦，习惯了。"

老太太拍拍她的手背，如实说："我也一样，我都担心一辈子了。"

林浅在内心深处一直忌惮着郑紫琪，每次向顾城骁问起郑紫琪，顾城骁都不愿意多说，现在她的眼皮一直在跳，实在是放心不下。于是，她向奶奶打听起了郑紫琪的事："奶奶，郑紫琪，您了解吗？"

老太太叹了一口气，十分惋惜："唉，那孩子魔怔了。"

"我很担心她会对顾城骁不利。"

"哼，就她那点本事，还动不了城骁。难怪城骁一直不喜欢她，一想到我们差点引狼入室，我就感到后怕啊。说实话，我以前还挺喜欢她的，她要强、坚韧、果敢，简直就是一个女版的城骁，谁知道她现在竟然犯下如此大错，可惜了。"

就在这时，城邸来了电话，年管家接起来一听，整个人都不好了。

"老夫人，少奶奶，部队来电话，说少爷在演习时中了枪，子弹穿胸而过，生死未卜。"

"什么？！"

经过了十多个小时的奔波，林浅终于抵达了顾城骁所在的海岛，她晕船，整个人都虚脱了。

这里是南海的一个军事基地，有部队驻扎在这里。

她一到那里，只见顾城骁戎装在身，英姿勃发，威武挺拔，嘴角带着隐隐的笑，严肃之中多了一抹温柔之色。那一刻，她内心的悲恸瞬间转变成无尽的喜悦，眼泪奔涌而出。

这世界上最好的词语，就是虚惊一场。

她破涕为笑，上上下下、仔仔细细地打量着他，她手抖着轻轻摸了摸他的胸口，隔着军装，她不知道他伤得如何。

“不是说穿胸而过吗？伤口在里面是不是？”

“谁告诉你穿胸而过，”顾城骁指了指肩膀，“是穿肩而过，子弹没留在里面，没大碍，休养几天就好了。”

林浅一脸发蒙，这一字之差，也相差太大了吧。她双腿发软，双眼昏花，一头栽倒下去。

“浅浅……”顾城骁赶紧抱住她，抱着她回寝室休息。

林浅躺在床上，一闭上眼睛，感觉周围还在晃动，她隐隐约约听见顾城骁在打电话。

“奶奶，你们简直瞎胡闹，怎么能让小浅过来呢？”

“嗯，刚刚到的，晕船晕得厉害，人都虚脱了。”

“你们就是故意的，好了不说了，她在休息。”

挂了电话，顾城骁走近，坐在床边静静地看着她。她的脸色依然很差，这一路，肯定受了不少苦。

外面有人敲门，他赶紧起身去开。

宁致远：“老大，换药。”

顾城骁：“嘘……去隔壁换。”

林浅其实已经被敲门声吵醒了，听到他们的对话，她提高声音说：“我醒了，进来换。”

顾城骁瞪了一下宁致远：“那就进来换吧。”

宁致远莫名被瞪，实属无辜。

林浅坐起身，头晕的症状还没有完全消失，脸上的浮肿也没有消尽，她揉揉眼睛，睁大双眼看着顾城骁，特别呆萌。

宁致远提醒道：“嫂子，您最好别看。”

“我要看！”林浅固执地说，她还下了床走到桌前，坐在顾城骁的身旁盯着看，“我要看看他的伤口。”

宁致远无奈地叹气，“行吧，您要是看了觉得不适，就别看。”

“我可以的，来吧。”

顾城骁脱下外套，肩上的白纱布就露出来了，就在肩胛骨的位置。纱布上沾染了创伤药，依稀还能看到些许血迹。

宁致远慢慢揭开纱布，一层一层、小心翼翼地揭开，还不时地叮嘱道：“老大，这几天还是一样，千万不能触碰伤口。”

他看了一眼林浅，特别叮嘱：“嫂子睡觉的时候最好睡在老大的右边，以免不小心压到伤口。”

“哦。”

“老大这次真是不幸中的万幸，幸好没有伤到大动脉，要不然就完了。”

顾城骁打断道：“多嘴！”

换完药，宁致远离开了，一并带走了换下的纱布，宿舍里只剩下他们夫妻二人。

林浅晃了晃桌上的水壶：“有水，你现在要吃药吗？”

“嗯。”

林浅拿出杯子，倒了一杯水，又把药抠出来放到他的手心里：“水不烫的，吃吧。”

顾城骁享受着她的照顾，听话地将药吃下。

“帮你把衣服穿上？”

“去衣柜里拿一件便装。”

“好。”

林浅走到衣柜前，打开衣柜，他的衣柜不大，却格外整洁，衣架上T恤、衬衫、外套依次挂起，叠好的背心、袜子、内裤整齐地放置在小格中，最下面是他的军靴，真的连鞋底都是干干净净的。

她原以为他在家里的衣柜已经整洁到一种境界了，没想到宿舍里的衣柜更是整洁到超出天际。

她没说话，拿下一件便装短袖衬衫，小心翼翼地帮他穿上。

顾城骁拉着她的手，心中有着说不出来的感慨：“谢谢你能过来。”

“呵呵，没事的，你平安就好。”

顾城骁拉着她坐在自己的腿上，单手抱着她，斜着头靠在她的肩膀上：“我好像……有点后怕了……要是当下没有躲掉，真的打中了胸膛，那该怎么办啊……”

林浅也抱着他：“是啊，我都不敢那样想。”

“老天待我不薄，让我幸运地躲开了。”顾城骁当时想的是，如果小高子也能躲开那一劫，那该多好。

他们一番倾诉之后，外面响起了集合的哨声，是食堂开饭了。

这个时候，林浅才惊觉时间已经是傍晚了，透过窗户，可以看到蓝色的海面上，一轮红日正缓缓地逼近海平面。

她从来没有见过如此壮观的画面：“哇，海上日落，太漂亮了。”

顾城骁心血来潮地说：“快换一下衣服，我带你去楼顶看。”

“好。”

宿舍楼顶，顾城骁高大挺拔的身形落下了一个长长斜斜的影子，林浅穿着深蓝色的碎花裙站在他的身边，双手背在身后，头发披散着，显得格外娇小玲珑。

海风轻抚，吹起了她的头发，也吹起了她的裙摆。在金黄色的余晖下，她不好的脸色都看不出了，那张青春洋溢的脸显得格外明艳动人。

“哇，我真的要醉了，怎么会这么美。”她想用手机记录下这惊艳的时刻，却发现手机镜头里的画面远不及真实画面的万分之一，她不想错过这震撼而又真实的画面。

“我帮你拍。”顾城骁直接拿过她的手机，对着海上拍。

那一轮落日，慢慢下沉，原本平成一条直线的海平面慢慢变弯，然后突然一下，那轮落日像是跳进了大海一样，一半沉在了海里。

海面风平浪静，与天空是同一种颜色。

太阳渐渐下降，终于没入了大海中，但天空和海面仍然是亮着的，海天一色，分不清哪是天空，哪是大海。

下面有战士喊他们：“大队长，嫂子，吃饭了。”

顾城骁挥挥手：“就来。”

战士们在下面走，时不时地抬起头看楼顶，这幅画面多美好啊，羡慕死了。

“看着大队长和嫂子站在那里，真好，我也想我女朋友了。”

“想就对了，争取下次回家把女朋友变成媳妇儿。”

“下次回家，不知道什么时候呢。”

……

这座海岛远离陆地，几乎是一个与世隔绝的世界。

顾城骁虽然负伤退居二线，但依然没有耽误工作，他在基地的指挥中心坐镇，运筹帷幄，发号施令。

林浅就过得很无聊了，因为是秘密军事基地，她连上网都不允许。

演习已经到了最关键的时刻，顾城骁和他的一帮兄弟连吃饭都顾不上，林浅只能自己跑去食堂觅食。

其实，海岛上的伙食很不错，天天都有各种各样的海鲜，平常在餐厅里贵得要死的大龙虾，在这里随便吃。

林浅端着餐盘去打菜，食堂的大厨一看到她，放下铲子给她敬礼：“夫人好。”

“你好，你好，呵呵，师傅，我……我想吃虾。”

“好嘞。”大厨一勺子下去，给她盛了好大一盘。

“够了，够了，太多了，我吃不了。”

“夫人，我们这地方什么都缺，就是不缺虾。”

“谢谢师傅，那我也吃不了这么多。”

“您就当零嘴吃，一样。顾大队长一来就给我们岛上修路种树，有了他们的帮忙，我们半年的工作半个月就做好了。大队长还为我们向上级申请了好多的资源和补助，我们太感谢他了。”

听大厨这样说，林浅倍感自豪，那可是她的亲亲老公呢。

“我一个炊事班的老兵，做不了什么，只能在吃的方面给他们提供最好的，他们吃得好了，才能更有劲地打仗，更有劲地保家卫国。”

“您说得是，呵呵。”

傍晚时分，林浅正无聊地剥虾吃，顾城骁突然回来了。

门一开，林浅吓得赶紧把二郎腿放下：“你……你怎么回来了？”

顾城骁看到那一桌的虾壳，地上还掉落了几块，又是摇头又是叹气：“小心吃多了拉肚子。”

“呸，乌鸦嘴，那人家无聊啊，你又不准我去后面摘椰子。”林浅望着窗外那棵椰子树上的大椰子，光是看着，都流口水，她还没尝过现摘的新鲜椰子是什么滋味呢。

“你一个妇道人家，上树是几个意思？”

林浅的表情直接垮了：“哼，你以前还说我是小姑娘，现在怎么成妇道人家了？”

“小姐姐，你结婚了，还小姑娘，害臊不？”

“……”

“还是你瞧不起妇道人家？那有夫之妇好吧？”

“……”林浅憋屈得想打他，别看他在外人面前各种高冷、各种严肃，他私底下就是这么嘴欠，幼稚得不行。

不过，她专治嘴欠，她盈盈一笑，叉着腰，甩着马尾辫，傲娇地说：“哼，不管是妇道人家，还是有夫之妇，都不影响我是少女这个事实，我永远十八岁，永远是少女。我永远青春洋溢、美丽大方、沉鱼落雁、闭月羞花、亭亭玉立、婀娜多姿，谢谢。”

顾城骁轻叹一口气：“少女小姐姐，请把桌子收拾干净。”

“队长小哥哥，帮忙倒一下垃圾，满了。”

“……”顾城骁终于败下阵来，“我墙都不扶，就服你。”

林浅差点笑出来，一边收拾，一边说：“其实，我也不愿意整天待在宿舍里，我去食堂帮忙，他们非不让我动手，我说陪他们出海捕鱼吧，他们也不让。我想干点啥都不让，那我只能待在宿舍当懒虫了。”

“别为自己的懒惰找借口。”

林浅噘起小嘴，踩着小碎步走到他的跟前：“小哥哥，让我看看你的伤口好不好？”

“不给，我知道你是垂涎我的肉体。”

“那你别脱光啊，解开衣领就行了。”

“别以为我不知道你的小策略，你就是想一步一步引我入坑，我才不上你的当。”

“……”行，你帅你有理。

收拾完毕，顾城骁拎着两大袋垃圾站在那里，嘴角微扬，语带宠溺：“走，带你出去玩玩。”

林浅一脸惊喜，刚想开口撒娇，可一开口就是一个饱嗝。

顾城骁无奈地笑了一下，连眼神都透着爱意：“看来你也不用吃饭了，那我们就直接出海吧。”

出海？！

林浅期待极了！

蔚蓝广阔的大海，万里无云的天空，金黄色的余晖洒满了半个海面，风一吹，整个海面波光粼粼，闪闪发光。

顾城骁开着快艇一直往远处奔，林浅坐在那里，回头看一眼海岛，越来越小、越来越小，最后只能看到海岛上的一道白光。

那是飞机跑道，笔直的、长长的一条。

快艇停下，停在海平面上随风晃动，此时的夕阳还挂在西边的海平面上，目光所及之处，一半是灰蓝色，一半是金黄色，美不胜收。

“太美了，我的天哪，我回去告诉小渝和饭饭，她们肯定都不相信。你看这海水，怎么会是这种颜色？”

她在看风景，顾城骁却一直一直都在看她。

她扎着两个马尾辫，柔和的下颌线条包裹着清润微翘的下巴，白瓷玉般的精致五官恍若天成，在金色的余晖的映衬下，她的黑葡萄似的大眼闪着亮光，睫毛扑闪扑闪的，像极了洋娃娃。

曾经短发的她让他一见钟情，而如今长发的她更让他一眼误终身。

“顾城骁，我能下去游个泳吗？我……”

在她转头之际，顾城骁忽然坐了过来，将她环抱在他的双臂之内，她胸口的小鹿都要跳出来了。

“你干吗吓我？你……嗯……”

他迫不及待地含住她的嘴唇，动情地吻着她。

她对美景感兴趣，而他，只对她感兴趣。

正当两人尽情地享受着二人世界的时候，顾城骁的手机响了起来。在这时响起手机铃声，他当下就皱起了眉头。

“喂，子俊，怎么了？”

“老大，演习中因失误向您开枪的罗宾，自杀了。”

“什么？”

罗宾是八年的老兵，更是蝉联三届的神枪手，顾城骁对他印象很深，还有心招他进野狼战队当狙击手培养。

在演习中，主将负伤是战略失败，是要追究调查的，不料，调查小组刚对罗宾进行调查，罗宾就自杀了。

怎么会这么巧？！

顾城骁面色凝重地回到基地，林浅一看他严肃的表情，就知道自己该退场了。

“你去忙吧，我可以自己回宿舍。”

顾城骁抬手摸了摸他的乖女孩，随即扣住她的后脑勺拉近自己，他的一个吻落在她的额头上：“等我回来。”

“嗯，我不会乱跑的，放心。”

林浅目送他，那匆忙的背影看得她心里酸酸的，鼻尖也酸酸的。

她只是一个普通的妻子，她不懂什么国家大事，她只知道她的丈夫还有伤在身，却又要投入到工作中。她身为妻子，无比心疼他，可是，她也只能支持他。

她渐渐理解了奶奶，也渐渐理解了婆婆，更理解了千千万万的军嫂。

她比以前更加爱这个男人了，不再只是肤浅的喜欢，而是更加深厚的眷恋。

顾城骁急急忙忙赶到会议室。

沈自安已经将拿到的最新资料投放到白幕上，郑子俊、魏男、宋景瑜三人面色沉重地看着投影的画面。

“老大。”四人齐声叫道。

“怎么一回事？”

沈自安：“调查小组调看了监控仪，发现罗宾那一枪开得有些蹊跷。当时他要射击的是这个位置，离老大站立的位置偏移了四十五度，就算是能力再差的射击手，也不至于偏差这么多，况且罗宾是全军蝉联三届的神射击手。”

宋景瑜举手插了一句：“罗宾即将转业，已经申请进入野狼战队，而且他在考核中的成绩是第一名。”

魏男疑惑地问道：“会不会当时他所乘坐的快艇有突然的晃动？我记得老大中枪的时候，我乘坐的快艇和他们的快艇相邻，罗宾立刻质问江子豪怎么突然掉头，还揪着江子豪的衣领把他按倒在地，是我跳过去把人拉开的。”

沈自安："调查小组询问了江子豪，江子豪说他当时根本没有掉头或者转弯的操作，开的是直线，对于罗宾的举动非常不理解。而当时无人机拍摄到的画面也显示，他们所乘坐的快艇是直行的。"

沈自安："在江子豪之后就是罗宾，可是调查小组等了好久都不见人来，去找，发现他已经在宿舍里吞枪自尽了。这是现场的画面，你们看看。"

宋景瑜抹了一把脸，叹气道："可惜了，一个好苗子，不过，这种不叫失误，叫事故。老大，你怎么看？"

顾城骁对宋景瑜的话心领神会，当时罗宾的枪就是对准他的，子弹也是朝他而来的，要不是他反应敏捷，一定正中要害。

顾城骁沉默着，连续看了几张现场的照片之后，问道："排除他杀的可能了吗？"

沈自安："现场没有发现第二人的痕迹，手枪上也只有他的指纹，所以目前以自尽定案。"

顾城骁摇摇头："不对，四个人的宿舍，不可能没有第二个人的痕迹，除非凶手在杀完人之后清理了现场，把指纹等痕迹一并抹除了。"

大家都感到不可思议，特别是后知后觉的魏男，他有些反应不过来："鲸鱼，我不太懂老大的意思，你给我讲讲。"

其实不是他不懂，而是他需要一个认同，看看别人的想法跟他的想法是不是一致的。

宋景瑜："有人指使罗宾杀人，目标就是老大，可惜罗宾行动失败，所以遭到了灭口。"

魏男内心蓄满的火气一下子爆发出来，重重地一拍桌子，咒骂一句："谁竟然敢在太岁头上动土，不想活了？！"

大家都意识到了事情的严重性，在军队里，竟然会有预谋暗杀这种事情，而且目标还是顾城骁，这简直是闻所未闻。

顾城骁看向了宋景瑜，宋景瑜默默地朝他摇摇头。

之前，宋景瑜受老大嘱托，暗中调查刘闵畅，可是这么久了，他毫无头绪。

顾城骁："封锁消息，就以自杀定案。"

"老大，"魏男不肯，"这样太危险了，有人在暗中要杀你啊。"

宋景瑜将冲动的魏男按着坐下来："魏子，你先坐下，老大这叫将计就计，如果这个时候彻查，岂不是打草惊蛇？！”

魏男这才没那么强硬，但怒气依然在：“别被我逮住这个龟孙子。老大，我们下一步怎么做？”

顾城骁：“最近这阵子，我们的一举一动都被关注着，所以，什么都不许做。”

他看到郑子俊一直沉默着不说话，便问：“子俊，你有什么看法？”

大家都安静下来，会议室的气氛稍显紧张，郑子俊抬起头看着顾城骁，几次张合嘴唇，却都把话咽了下去。

魏男急得不行：“子俊，我看着你，我都急，你到底有没有看法啊？”

郑子俊的心理压力巨大，既希望是，又希望不是，他低声说道：“之前我们不是怀疑队里有内鬼吗？如果范杨木、郑紫琪和内鬼联手……”

魏男直接开骂：“我晕，升级了，这是要灭了我们野狼战队吗！来啊，试试我，拿我魏男第一个开刀行不行？！”

这个会议，最终没有讨论出结果，顾城骁签署了认可罗宾自杀的文件，这桩案子也就等于画上了句号。

就在大家准备散会的时候，沈自安又收到一条重磅消息。

“老大，出大事了，”他紧盯着电脑屏幕，生怕念错一个字，“……缉毒大队在这次剿灭金三角余党的行动中遭遇埋伏，全军覆没。十五位警员无一人生还，其中包括付大队长。”

这一消息，不单单震惊了野狼战队，还震惊了国家领导人，也震惊了全球。

顾城骁坐不住了，立即向上级申请接手金三角的案子。除了缉毒大队之外，他是直接接触过这个案子的人，而且嫌疑人范杨木和郑紫琪又曾是野狼战队的人，只有他最有资格接手这个案子。

可是，他的申请还是被无情地驳回了。

“刘司令，为什么不给我？！”他直接打了刘闵畅的私人电话。

私下里，刘闵畅曾是顾源的手下，顾城骁一直喊他叔叔，顾城骁是他看着长大的。

刘闵畅在电话里说：“城骁，冷静一点，正因为两位嫌疑人曾是你的人，我才担心他们两位就是冲你来的，所以，你就好好在南海基地待着，好好做你的实战演习。退一步说，你已经转业了，不再是军队的人，不宜插手。”

这句话让顾城骁心寒至极。

“死了那么多战友，我待不住！”他狂吼道。

刘闵畅也大声吼道：“这是命令！”

那一夜，没有人能够安然入睡。

顾城骁躺在床上辗转反侧，脑海里一直在循环着那几个字——遭遇埋伏，全军覆没。

前方还没有传来具体的消息，但这几个字就已经让他们全体队员痛彻心扉。

缉毒警察是非常危险的职业，每年都有缉毒警察牺牲，可是他们前仆后继，从未退缩过。缉毒大队的付大队长，是一名有着十几年卧底经验的警察，他抓的毒贩数以百计，他也一直都是顾城骁尊敬的前辈和挚友。

付大队长的家里，父亲母亲都还健在，唯一的女儿正在上高中，也不知道他们如何承受他牺牲的消息。

一想到这里，顾城骁就心痛到不行。

林浅被他屡屡的翻身吵得睡不着，于是，关切地问道：“怎么了？能告诉我吗？”

黑暗之中，顾城骁语带哽咽，低沉地说道：“收到消息，缉毒大队在行动时中了埋伏，全队……全队十五个优秀的缉毒警察，都牺牲了……”

“……”林浅久久没有回音，别说是他了，她这个普通小市民听到这个消息，都承受不住。

一个高纪钦已经让人悲痛太多，现在是十五个，十五倍的悲痛凝聚在一起，那会是怎样的体验！

“可恶的是，上面不让我接手这个案子，非把我困在这个基地上。”

林浅抱着顾城骁，此刻所有的语言都变得苍白。我们以为的岁月静好，原来只是有人在替我们负重前行。

“十五个人哪，背后就是十五个家庭，谁能为此负责？谁敢为此负责？谁都担待不起啊……而我，连出份力的机会都没有，为什么！”

刘司令一句“军令如山”，把他所有合理的理由变成了不合理。

一句“军令如山”，他只能跟个傻子一样待在这与世隔绝的海岛上，做不了任何事情。

第二天，太阳从海平面上跳了出来，然后逐渐升高。营房前面的国旗，如往常一样鲜艳，飘扬在海岛的上空。

操练场上响起了整齐的口号声，那是战士们集体的控诉声。

会议室里，沈自安一点开视频，就原地爆炸，一向冷静儒雅的他，第一次当众破口大骂。

“畜生啊，范杨木，你真是一个畜生！”

那段视频，记录了十五名缉毒警察牺牲时的景象，当他们围过来的时候，砰的一声巨响，顿时血肉横飞，血流成河。

摇晃的镜头记录了这悲惨的瞬间，到处都是血，到处都是残肢断臂，还有人睁着眼睛不停地抽搐。

这时候，传来了画外音：“哈哈，一群傻子，一锅端！”

那声音明显被处理过，更像是机器人发出的声音，是拍摄者的声音，更是来自地狱的声音。

那人边走边拍，触目惊心的画面，配上恶魔的笑声，简直令人发指。

就在他们以为终于结束的时候，画外音突然说：“哦，对了，还有一个，差点忘了。”

随后，镜头一转，画面转换成了另一个，高纪钦横躺在地上，满脸是血，奄奄一息。

“小高子！”魏男哭喊道。

其他人无一不在痛哭流涕，悲痛着，哭泣着，都在控诉老天的不公，为什么要让这种恶魔存在于这个世上。

画面当中的高纪钦并没有死，正在痛苦地挣扎着去拿面前的手枪。

那个镜头十分近，清楚地拍到了高纪钦的手。

他的手，鲜血淋淋，肉眼就可看到有许多处伤口，是很明显的炸伤。

可是，正当他的手快要碰到手枪的时候，那个恶魔一脚就将手枪踢远了。

恶魔正在逗高纪钦玩。

谁都不愿相信，这个恶魔就是昔日与他们并肩作战的战友范杨木，这些年，他们有多么想念他，此刻就有多么恨他。

画外音："哈哈哈，真好玩，但是，哥哥我没时间陪你继续玩了，送你一程。"

说完，画面当中出现了一把手枪，对准高纪钦的头部，砰的一枪。

"不要！"魏男几个都痛喊出声，让他们看这种画面，简直就是一种凌迟。

高纪钦没有再动了，镜头似乎被放在了地上，画面不再那么摇晃，镜头有些低，只拍到了高纪钦的脖子处。

然后，更加令人崩溃的情景出现了，那个恶魔用手里的匕首，一下一下在高纪钦的脸上乱划乱砍。

虽然不是直接显示出那个画面，但有声音，嚓嚓嚓的声音，那是刀刃割肉的声音。

画面上，高纪钦的脖子上全是血，他的衣服领口全是血。

没有人受得了这种画面，就算是冷漠的顾城骁也受不了这个画面，他多半时间都是闭着眼睛在听。

那一刀刀，划在高纪钦的脸上，也划在了他们的心上。

这是两段视频剪辑而成，歹徒不但用残忍的手段杀了人，还拍下视频刻意剪辑，发回来给他们看，这是一种挑衅，是一种无视，更是一种侮辱。

他们不能坐以待毙了。

顾城骁咬牙切齿地问道："警方那边有什么举动？"

沈自安声音哽咽："目前没有任何指令传下来，估计跟我们一样全都要疯了吧。"

顾城骁追问："刘司令还没指示？"

沈自安摇头："没有。"

顾城骁："他是最应该为这件事负责的人，因为他的错误判断才导致了这样的后果，他是帮凶，他在助纣为虐！"

沈自安拿着鼠标的手颤抖起来，他抖着手将视频关闭。

大家都在掩面痛哭，谁都没有想到会见到战友们临死前的画面，更没有想到，会以这样的方式见小高子最后一面。

小高子死得太惨了，不说范杨木，郑紫琪也下得了这个手吗！

郑紫琪与小高子，好歹也共事过几年，一起训练，一起战斗，他们也是共同进退的战友啊，怎么下得了这个手？！

情绪最激动的要数郑子俊，堂堂七尺男儿，直接跪倒在地上，一边磕头，一边痛哭。

那是他的亲妹妹，他宁愿他们杀的人是他自己："老大，我要亲手杀了郑紫琪，亲手杀了她！"

魏男和宋景瑜一左一右将他搀起来，劝慰道："子俊，起来，不是你的错，别这样。"

"起来，磕头有什么用，能把坏人抓起来才最要紧！"

跪倒在地的郑子俊被扶了起来，他除了与大家一样愤怒之外，还多了一份愧疚："老大，我自愿辞去野狼战队副队长一职，我不配，我正式申请卧底任务，望批准。"

所有人都觉得郑子俊此举太过冲动，可是所有人都理解他的心情，特别是顾城骁。

他们是在同一个部队大院里一起长大的，子俊从小就是一个妹妹控，什么事都以妹妹为先。当年郑紫琪选择从军这条道路，郑子俊是第一个反对的，说女孩子吃不了这份苦，但后来当郑紫琪凭实力考进野狼战队的时候，他哭得比谁都厉害。

一直以来，大家对郑紫琪的评价大多离不了"巾帼不让须眉"这句话，她更是老郑家全家的骄傲。

如今郑紫琪叛国投敌，老郑家的人连头都抬不起来了，身为她哥哥的郑子俊，更是觉得快要被成千上万吨的唾沫星子淹死了。

虽然兄弟们不会针对他，但是他只要，离开战队去其他单位，就会感受到异样的眼光。

"看，那就是叛徒郑紫琪的哥哥。"

"郑紫琪的亲大哥，野狼战队的副队，他亲妹妹当了叛徒，他怎么还有脸待在野狼战队！"

"你们说，郑紫琪有没有联络过他？"

"如果当时派去的不是高纪钦而是郑子俊，你们说，郑紫琪会不会痛下杀手？！"

"……"

许许多多的闲言碎语，都不是当着他的面说的，但句句诛心，狠狠地戳着他越来越敏感的神经。

他的父母早就被单位劝退，他是因为老大力保，才能继续当野狼战队的副队长。

现在，他已经想得很明白了，也很坚定。

“老大，您就批准吧，看着兄弟们牺牲，我生不如死。”他乞求道。

顾城骁反问道：“就算我批准，你去哪里当卧底？你知道他们现在在哪？你敢保证郑紫琪和范杨木认不出你？你敢保证你的行动不会受你的情绪左右？”

郑子俊答不上来。

“子俊，我现在需要的是保证完成任务，而不是赌博，不是送命，你明白吗！”顾城骁用警告的语气训斥道，“任何时候，都不要拿生命开玩笑，在这里，我能保你，出了这里，谁都保不了你！”

兄弟几个拍拍他的肩膀，安慰他，鼓励他，也在劝他。

“他们给我们发这段视频的目的，不就是让我们方寸大乱吗？！越是这种时候，越要沉得住气！”顾城骁看看兄弟们，又说，“我们不离开这里，什么都做不了，不就是演习吗，不就是与红方分个胜负吗，三天之内见分晓。”

众人齐声喊道：“是！”

后面几天，全队人员铆足了劲与红方展开了激烈的“战斗”，这场硬仗足足打了三天，顾城骁所带领的蓝方大获全胜。

顾城骁不愧为“军中战神”，即便负伤，依然能所向披靡。

而且，他的作战策略和作战速度简直无人能及，这又成了军中一段传奇佳话。

海岛演习以蓝方大获全胜结束，刘闵畅再也不能以此为借口将顾城骁留在海岛。

再加上，那段挑衅的视频已经引起了国家领导人的重视，他钦点野狼战队全力以赴缉拿金三角余党。

这样一来，顾城骁带领全队光明正大地返航了，什么事情都不耽误。

在舰艇刚刚抵达的时候，刘闵畅亲自打来了电话。

顾城骁：“刘司令，有何指示。”

刘闵畅：“虽然上头点名要你接手这个案子，但是城骁，我劝你三思，他们很有可能是冲着你来的。”

顾城骁：“刘司令，军令如山啊，上头的命令，我不敢违抗。”

刘闵畅沉默了许久，再开口的时候，语气也有些不好：“我是为你着想，既然你不听，那身为你的上级和长辈，我只能说，城骁，我希望你平安，万事小心。”

顾城骁：“好，多谢。”

挂了电话，他仔细回味着刘司令的话，总觉得刘司令是不想让他插手这个案子。

刘司令将他留在海岛，可是海岛上有人要暗杀他，四叔华天明就是十九年前脱离军队的刘长青，与刘司令是同族兄弟，这些事情之间会不会有所关联？

“鲸鱼，你过来。”他把宋景瑜叫到边上，说，“继续对刘司令进行暗中调查，一定要保密。”

宋景瑜一看老大的表情就意会到了什么，他低声回应道：“我明白，老大。”

两天一夜的海上漂泊，林浅又晕船了，脸色苍白如纸，毫无血色。

顾城骁换上了便装，打横抱起她，轻唤一声：“宝贝，我们要下船了，我抱你下去。”

林浅本想拒绝，但他已经将她抱着往外走了，她也实在没力气说话，只能无力地靠在他的胸口。

“是不是很晕？”

“嗯……”天在转，地在转，人也在转，不但晕，她还想吐。

“忍一忍，马上上岸了。”

全部队员从舰艇上下来之后，又立即登上了直升机，直飞总部。

情报部是目前最忙碌的部门，全员高度警惕，加班加点二十四小时都在工作。

顾城骁一路走来，眼神带杀气：“怎么样，查到发视频的邮箱没有？”

沈自安：“老大，邮箱是新注册的，IP 地在芝加哥。另外，这段视频是剪辑过的，小高子那部分在某论坛上出现过，虽然现在已经被删除，但我还是追踪到了它的原始 IP，正是在迈阿密。”

顾城骁：“时间。”

沈自安："前天凌晨第一次出现。"

顾城骁皱起了眉头："三天的时间太久了，他们现在不一定在迈阿密。有关缉毒大队的具体消息有没有传过来？"

沈自安："在这里，缉毒大队的牺牲地点我们很熟，就在云川，也就是曾经的金三角总部。"

在云川，他们第一次与四叔交锋，也是第一次感受到了四叔的实力，他在腹背受敌的情况下，依然能在野狼战队的围剿之下逃脱。然而，顾城骁现在也不确定，到底真的是四叔厉害，还是在四叔背后指点江山的范杨木厉害。

顾城骁沉下心来，再一次点开了那段惨绝人寰的视频。

在看了数十遍之后，他突然停住，用鼠标拖着滚动条往后移了一点："大家过来看。"

一声吆喝，大家全都围过来。

画面定格在高纪钦死后的画面，顾城骁指着高纪钦血肉模糊的手背，说："国际刑警交给我们的人并不是小高子，看他的手。"

魏男灵光一闪，拍手叫绝："对啊，我看到过小高子的手，当时他的手上并没有伤，我确定。"

"我也确定！"宋景瑜也说。

这一说，大家也都想起来了，小高子当时被运回来的时候，因为面目全非、太过血腥，所以是被红布盖住的，但他的手是完好无损的，并且还有一种异乎寻常的白。

而像视频里一样经历过剧强烈爆炸，小高子的手是不可能完好无损并且还干净洁白的。

那根本不是小高子！

魏男第一时间联系了国际刑警，再一次询问了发现小高子的过程，以及后续尸体的运送和保存流程。

那不是小高子，会是谁呢？

小高子还活着吗？

都被那样残忍地虐杀，小高子还有希望活着吗？

那么，真正的小高子在哪里呢？

所有人都沉默着，真不敢想会不会有比目前所知道的更加残忍的事情。

魏男那边结束了询问，他沉重地说：“国际刑警说在现场发现了十具尸体，只有这一具因为炸伤了面部而无法辨认。他们是在尸体的口袋中找到了饭饭的照片，照片经由我们确认，才最终确定了小高子的身份。而现场的其他九具尸体，除了一个是华天明以外，全都是当地黑帮组织的人，都已经确认身份了。”

顾城骁：“当时小高子的尸体有没有采集DNA样本？”

魏男：“有！”

顾城骁：“那就立刻去验，但对高爸爸高妈妈要保密，想个法子偷偷采集他们的DNA样本，体检验血也好，头发也行。。”

魏男：“好，我立刻去办。”

这个重大发现，仿佛让大家看到了一丝希望，尽管希望渺茫。

随后，缉毒大队那边传来消息，明日上午将为十五位缉毒英雄举行追悼会。

顾城骁心力交瘁，语气凝重地说道：“沈自安继续追查他们的下落，其他人陪我走一趟，最后送一程各位英雄。”

“是！”

第11章
特殊任务

鉴定科的鉴定结果出来了，正如老大所预料的那样，国际刑警送回来的尸体，根本就不是小高子。

这样的结果让大家喜忧参半。

喜的是，小高子或许还活着，忧的是，或许小高子的尸体还流落在异国。

会议室，大家聚在一起开会，从早上八点开始，一直开到了下午。

顾城骁："致远，这次鉴定没人起疑吧？"

宁致远："我只说是非常重要的鉴定，所以我要亲自参与。医院的人不至于起疑，就算起疑，也不知道样本的来源。"

顾城骁："好，这个消息就我们几个人知道，绝对不能透露出去半点。"

众人点头。

顾城骁看向宋景瑜，宋景瑜立刻意会，他隐晦地说："老大，我最近没进展。"

顾城骁点点头，他知道，想要调查刘闵畅，比上青天难。

这一次，他带着野狼的精英部队出差了整整两个月，从迈阿密到附近几个城市，又去了越南，走了三个国家、七座城市，都没有查到范杨木的踪迹。

自从在迈阿密出现之后，范杨木和郑紫琪等人就像人间蒸发了一样，不知去向。

那场爆炸，导致迈阿密当地最大的黑帮组织瓦解，因为在毒品交易的过程中，黑帮组织损失惨重，几名大佬都在爆炸中惨死。

那几名大佬，全都是国际刑警正在追捕的全球通缉犯。

这也算是其中唯一值得拍手叫好的事情。

但是，顾城骁是绝对不会放弃的，他身上背负着十余名牺牲的战士的血海深仇，背负着无数名为捣毁贩毒组织而隐姓埋名的无名英雄的使命，更背负着家国民族的安宁稳定，岂能放弃！

两个月算什么，他曾经当卧底的时候，一干就是好几年。

顾城骁："范杨木和郑紫琪对我们的作战方案很熟悉，大家做好打持久战的准备，或许我们应该改变一下作战计划，都回去想想吧，散会，吃饭。"

众人："是！"

散了会，大家陆续离开，宁致远特意慢走一步，他等大家都离开了，才走到顾城骁的跟前，说："老大，难得回到了总部，您不回一趟家？"

顾城骁叹了一口气："哪里有空？你看我什么时候有空？"

"可是……"

顾城骁挥挥手，将他的话打断："三点要去见国家领导人，我现在得准备一下，没时间了。"

宁致远无奈极了，点点头道："好，老大辛苦了。"

下午，领导人在酒店招待外国贵宾，顾城骁在他工作的间隙与他见了一面，汇报工作的同时也为野狼战队争取了更多的福利，比如更先进的武器、更优良的装备。

谈话谈到一半，还有下一个行程，他特意安排了房间让顾城骁住下，好等明天一早继续谈。

所以，顾城骁就随遇而安，在酒店住下了。

这家酒店位于城墙山脚，天亮的时候，可以看到连绵的群山上那雄伟壮观的古城墙，天色一暗下来，长城上亮起了灯，远远看去，就像一条蜿蜒的火龙，卧在群山之上。

房间很大，很舒适，环境十分清幽，顾城骁坐在窗边，享受着这难得的静谧时光。

既然晚上有时间，那不如……

城邸，林浅刚洗完澡准备吹头发，就听见手机铃声响了起来。

她过去一看，是顾城骁，看着手机屏幕上的照片，她眼睛都快亮瞎了："喂，顾城骁，你回来了吗？"一开口，她就哽咽了。

顾城骁听到她满怀希望又带着哭腔的声音，心头一阵难过。

“喂？喂？”

“我在……”顾城骁深吸一口气，说，“浅浅，能出来吗？我在郊区一家酒店，刚好这会儿有空。不过，只有一晚上的时间，你，能出来吗？”

“能！”林浅想都没想就喊了出来，哪有什么不能的，别说郊区了，就算刀山火海，只要他招呼一声，她也去。

“好，酒店有点远，大概要开一个多小时，让张开送你过来。”

林浅没来得及回应他，就挂了电话，急急忙忙地脱了浴袍，穿上T恤和牛仔裤。

“奶奶，我去见顾城骁，张开大哥，开车。”

什么都顾不上了，顾不上脚上的拖鞋，也顾不上那还滴着水的头发，林浅火急火燎地往门口冲。

因为要招待外国贵宾，所以，整个酒店乃至通往酒店的路上，都有警卫员值守。

又因为领导人这次是秘密会见贵宾，不宜对外声张，所以只对酒店和周围的道路实行了监控管制，并没有封锁，来往的车辆和酒店宾客必须经过审查，确认无异才能通过。

张开开着城邸的车一路疾驰，在第一个关卡处登记了一下，就直接进入了快速通道，直达酒店。

林浅再确认了一下顾城骁发给她的房间号，谨慎小心地按下了电梯楼层。随着电梯上行，她越来越紧张，紧张到不停地吞咽口水，搞得就跟偷情似的。

出了电梯之后，她绕了好大一圈，随着离顾城骁住的房间越来越近，她兴奋得跟打了鸡血一样。

终于到了，她深呼吸一下，稳住自己的情绪，缓缓抬手，按下了门铃。

咔的一声，门开了，顾城骁高大的身形出现在门口，她抬头，对着他微微笑着。

顾城骁一句话都没说，一把将她拉了进去，然后，把她按在墙上，热情的吻悉数落在她的脸上。

当两人唇齿相依的时候，不需要任何语言就能感受到彼此之间的思念，他们互相抚慰着彼此的相思之苦。

结束之后，他依然舍不得放开她。

“一起去冲个澡？”

林浅心头一哆嗦，立即摇头。

“我不干什么，是真的冲澡啦。”说着，他将她抱去了浴室。

林浅已经筋疲力尽，双腿打战，站都站不稳了。

顾城骁就让她靠着自己，然后慢慢地、细致地给她洗。

洗完之后，他将她用浴袍裹住，抱着她去了窗边。

屋内的灯完全熄灭，窗帘自动拉开，顾城骁往外面一指：“看那边。”

林浅抬头看去，只见漆黑的夜色中，亮着非常长的一排灯，蜿蜒地盘旋着，仿佛是地面与天上之间的阶梯。

“长城吗？”

“嗯。”

“能爬吗？”

“下面一段可以，但上面的是被封锁的，太高太险，如果坐直升机从上往下看，就会感叹先人的伟大。”

林浅似懂非懂。

顾城骁与她并肩坐在一起，轻吻她的眼角：“想我吗？”

“不想。”

“不想我，一喊你，你就大老远地跑过来？”

“唉，金主召唤，我能不从吗？”

顾城骁扑上去啃她的小脸，她缩了又缩，躲了又躲，突然一下跌坐到了地上。

“没摔着吧？”顾城骁紧张地把她拉起来。

“没事，没事，这儿又不高。”

他拉着她坐在自己的怀里，抱着她盈盈一握的细腰，闻着她身上沐浴乳的清香，以及那种若有似无的、属于她特有的女儿香，他就陶醉其中。

林浅跟他说了好些话，主要是围绕最近发生的事情。顾城骁一直都没有打断她，从来没有人会像小丫头一样，事无巨细、什么都要跟他说，不过，也只有小丫头的碎语，他才听得进去。

“喂，你睡着了？”

“没有。”

“那怎么一句话都不说？”

“听你说啊。”

“你就不发表发表意见？”

顾城骁搂着她，下巴抵着她的肩，温柔地说：“我对别人的事不感兴趣，我只对你有兴趣。”

林浅伸手挡着他的嘴巴：“欸欸，难得见一面，难道除了这件事就没其他事可做了？”

“那你想做什么？”

“比如说，聊聊天啊，交流交流想法啊，这叫心灵的沟通。”

顾城骁不屑：“我要跟你做身体上的沟通和交流，切磋技艺，来，让我看看你最近有没有坚持上健身房。”

说着，他的手又开始不安分了。

林浅一边抓住他乱来的手，一边笑着说：“别闹，我最近都在忙着考证，哪有时间健身。”

“能过吗？”

“废话，考一个过一个，如今我也是有很多证的人，我可是大家的榜样。”林浅说得来劲，完全是照着他的风格来说的，跟她以前“刚好六十分，多一分嫌多”的风格完全背道而驰。

顾城骁知道她这是投他所好，故意的，他也故意板起脸，严肃正经地说：“嗯，学习态度很好，就是不知道持久度怎么样。”

林浅往他的心窝处一钻：“持久度杠杠的。”

她跟猫似的，惹得他心尖真痒，他的声音更加压抑了几分，吻着她说：“一会叫我别闹，一会又来惹我，你到底想怎么样？”

“嘻嘻，你猜？”

顾城骁张开嘴直接朝她的脸蛋咬去。

“啊，吃人啦，顾大队长吃人啦。”她低声喊着，想跑，却在刚脱离他怀抱的同时，让他顺势抱起直接丢到了床上。

嘤嘤嘤，她就说他怎么可能这么容易让她挣脱开，原来是另有目的，都是套路。

“老司机套路好深，我要回家。”

“小朋友乖，让老司机疼你。”

“顾城骁，你越来越不要脸了。”林浅忍不住吐槽，这跟他英勇战将的形象根本不符好吗。

顾城骁又说了一遍他的至理名言：“要脸干吗，我要媳妇。”

“……”嗷，谁来救救我。

翌日，安静的房间里，白色的纱幔挡掉了刺眼的光线，让整个房间变得柔和温馨。

林浅蜷在被窝里，露出了巴掌大的小脸，那皮肤看上去就跟刚剥了壳的鸡蛋似的，又光洁又滑嫩，满脸的胶原蛋白。

她睫毛扇动，伸了个懒腰，迷迷糊糊地伸手往旁边一摸。

咦，人呢？

她猛然睁开眼睛：“顾城骁？”她直接坐起来，大喊着，“顾城骁……老公……老公？”

没有人回应她。

她失落极了。

她又颓然地躺下，昨夜好像一场梦，顾城骁就出现在她的春梦里，一觉醒来就没有了。

可是，她分明感觉到他确实来过。

床头贴着一张字条，林浅揭下字条一看，只见上面写着简短的一句话：“我还有工作，你回家路上注意安全，好好考证。”

那笔迹俊逸有力，是顾城骁的字迹。

林浅虽然心里失落，但更加心疼顾城骁，早知道昨天晚上就不折腾得那么晚了，早知道就逼他好好睡觉，养足精神。

这一次，她没有买紧急避孕药，一来顾城骁是坚决不让她吃那种药的，二来，她自己本身也并不想吃药。

或许，在她的潜意识里，也渴望能给顾城骁生个孩子，给他的父母和奶奶一个交代的同时，也可以有人陪伴自己。

回到城邸，奶奶就乐呵呵地拉她坐在了沙发上。

林浅一看这情况，赶紧找借口溜：“奶奶，我复习去了。”

“不着急这一时半刻的，我问你，城骁找你去干吗？他怎么不回来？”

“他说还有工作，我早上醒来，都没见到他人。”

“唉，吃饱了就不见人，我这孙子真是不解风情。”

“……”糟了，奶奶又要开黄腔了。

奶奶笑眯眯地摸摸她的肚子：“哟，有点鼓嘛……”

“……”嗷，奶奶，放了我。

巴西，里约热内卢，贫民窟。

一条偏僻的巷子里，激烈的枪声不断响起，顾城骁和宋景瑜将范杨木追到了死角。

宋景瑜左腿中枪，血流了一路，终于站不住，倒在地上。

顾城骁皱眉，看着他血流不止的伤口，命令道：“你待在这里，魏子马上就到。”

宋景瑜一把抓住顾城骁的胳膊：“老大，不行，老范太狡猾，这又是他的地盘，你不能一个人去。”

顾城骁拍了拍宋景瑜的手背：“我不可能再让他从我眼皮子底下逃走，你坐着别动。”

“老大，老大，”宋景瑜劝不住他，只得对着他的背影喊道，“老大保重。”

顾城骁带着全队人的希望，持枪冲进了深巷里。

这场交锋持续到这里，谁都想有个结果。

此时的范杨木已经弹尽粮绝，藏身于一座废弃的仓库之中。

“出来吧，我知道你在里面。”外面响起了顾城骁的声音。

这一道熟悉的声音，唤起了范杨木多少回忆，他曾经为了祖国抛头颅、洒热血，鞠躬尽瘁、死而后已，换来的，却是一场被杀人灭口的灾难。

砰的一声巨响，子弹打在了他所藏匿的货柜门上：“出来吧，你已经暴露了。”

这一天终于来了，范杨木知道，无论自己怎么躲怎么藏，顾城骁都会找到自己，他与顾城骁的这一战，避免不了。

“要我再说一遍吗？出来！”顾城骁不耐烦地怒吼，整个仓库里都是回声，这回声，像极了那些牺牲战士的亡魂的齐声咆哮。

顾城骁举枪对准货柜，这一次，他绝对不会再让这个恶魔逃走，他要亲手逮捕范杨木归案。

范杨木踢开了货柜门，双手举高，以投降的姿势慢慢从里面走出来。

双雄对决，两人近距离面对面地站在那里，四目相对，迸发出异常激烈的火花。

“别来无恙啊，兄弟。”

顾城骁毫不犹豫地举枪对准了他的头颅，只要他敢反抗，就当场将他正法。

“子弹不长眼，别走火了。”

“闭嘴！”顾城骁怒吼，“范杨木，你让我找得好苦。”

“哈，这么想我吗！”

多年未见，眼前的范杨木与他印象当中的范杨木判若两人，曾经的范杨木是一身正气的军人，现在的范杨木则是一身匪气的毒枭，脸上带着刀疤，身上满是文身，就连说话的方式都变得狡猾。

“兄弟，何必呢，你知道这是哪里吗？今天你若杀了我，我保证你走不出这仓库。”

“哦？是吗？要不要试试？”

“那倒不用了，我是担心你的安危。”

“少给我油嘴滑舌，”顾城骁从腰间拿出一副手铐，“自己戴，还是我给你戴？”

范杨木斜嘴一笑：“你还真当自己无所不能？你最好清楚，这里是里约热内卢，是我的地盘，我现在只要吹一声口哨，你就危险了。”

“哦？是吗？我倒很想试试。”

范杨木叹气：“不试，不试，好歹咱们也是兄弟一场，你死了，我会伤心的。”

“呵。”顾城骁冷笑，他的脸上又露出了活阎王般的阴鸷表情。

他一直很想问范杨木一个问题，于是，他开口问道：“为什么要叛国？为什么要帮你的灭族仇人办事？”

“什么？哈哈哈，你在说什么？”范杨木像是听到了特别好笑的笑话一样，肆无忌惮地大笑起来，“我为什么要叛国，哈哈，我为什么要帮灭族仇人办事，哈哈，太好笑了，笑得我眼泪都出来了。”

这时，角落里突然响起金属相互撞击的声音，顾城骁耳朵一动，意识到这里还有其他的人，或许，是范杨木的帮手。

他心一沉——莫非，我中了圈套？

顾城骁更加警觉起来，手枪对准范杨木的同时，耳听八方，时刻注意着自己的周围。

范杨木慢慢将手放下，一点都不忌惮顾城骁的手枪，他优哉游哉地踱起步来："这个问题，你应该问问你的顶头上司，你不清楚，他清楚得很。"

"？"顾城骁不明白，但他第一反应想到的是刘闵畅司令员。

"难道你不知道，华天明和刘司令员是同族兄弟吗？"

顾城骁蹙眉，范杨木所说的，正是他不敢想的。

"我叛国投敌，是刘闵畅下的定论吧？"

"事实摆在眼前，不需要任何人下定论。范杨木，你的良知被狗吃了吗！"

虽然被枪对着，但范杨木没有丝毫的畏惧，顾城骁费尽千辛万苦查到的事情，其实他早就知道了。

他看着顾城骁，这个曾经同生共死的战友，他忽然笑了，追到这一步，他真的很佩服对方的执着。

顾城骁更加警觉起来，用枪对准他的脑门，同时注意着自己的周围是否有埋伏。

"范杨木，今天，你休想从我手里逃脱。"他扣动了扳机，如果范杨木不肯乖乖就范，那么，他就只能开枪，他要为无辜的受难家庭报仇，要为惨死的高纪钦报仇，更要为死去的众多英烈报仇。

就在这时，从旁边突然跳出一个人影："老大。"

"……"顾城骁以为自己幻听，怎么是小高子的声音？！

"城骁。"

"……"顾城骁不敢相信自己的耳朵，这是郑紫琪的声音。

顾城骁的枪依然对准范杨木，他缓缓转头，正眼看向一旁。

是高纪钦，就是他，他果然没死。

"小高子，是你？！"他眼眸中闪烁着无尽的喜悦，"真是你？"

高纪钦慢慢走上前，点头道："老大，真的是我，"他即刻站定，抬手敬了一个军礼，"老大，高纪钦向您报到。"

一股热血涌上大脑，顾城骁来不及高兴，立刻就恢复了理智，他强逼自己冷静下来，看看高纪钦，看看郑紫琪，再看看范杨木，沉重地问道："这是怎么一回事？"

范杨木笑了一下，但语气却全然不像之前那么充满敌意："老大，先把枪放下吧，小心走火。"

顾城骁岿然不动。

高纪钦上前，一把抓住他的枪："老大，是范哥救了我，他是我们自己人。"

"什么？"太多的疑问，太多的不解，顾城骁乱了，"那段视频……不是你？"

"是我，当时我中了一枪，但是并没有死，范哥是为了取得华天明的信任才故意拍了那段视频，他划的不是我的脸，而是我的肩。在那场爆炸中真正的华天明根本没有死。"说完，高纪钦解开衣扣，拉下衣领，露出了肩膀上那些触目惊心的伤疤以及肩部往下的一个弹痕。

"老大，事后是范哥把我从死人堆里救了出来，他开枪击中的不是我的要害，要不是他，我早就死了。"

顾城骁问道："那在云川查案的缉毒警察呢？"

高纪钦："也是华天明布的局，但他却把责任故意推到范哥身上，故意转移警方的视线。"

说到这件事，范杨木的表情也十分沉痛："是我晚到了一步。"

"那你呢？"顾城骁转向郑紫琪。

郑紫琪："我去大青山不久就被华天明绑架了，也是杨木救了我。当时他身受重伤，假装昏迷，拖住了华天明，但是，你们的速度不够快啊，没找到我们所在的位置。他让我假意投靠，我才能活到今天。呵，也很感谢你的大公无私，给我扣上了叛国投敌的罪名，这才让华天明相信了我。"

郑紫琪语气淡漠，对于顾城骁对她的处分，她也算是凉透了心。

顾城骁："这么多次交锋，华天明每一次都那么顺利地就逃脱了，是不是你在背后帮他？"

范杨木："不是，你以为他混到今天是靠运气的？你以为他不懂你们的作战策略？你知道他的真实身份是什么吗？"

顾城骁面色一沉："原野狼特战队卧底队员，刘长青。"

范杨木咬牙切齿道："没错，就是他。"

顾城骁："我还知道你跟他的关系。"

范杨木的眼神闪烁了一下，但目光依然坚定："他是我的亲生父亲又怎么样，他除了给我生命，他从未养育和教导过我，他心狠手辣、无恶不作，他残害我多少同胞兄弟，我不会因为他是我的亲生父亲而认同他。"

顾城骁："大青山的隧道是你炸的？"

范杨木："是华天明发现了何健雄的陷阱，我没法阻止。"

顾城骁："那何健雄是你枪杀的，你不能否认吧？"

范杨木："是，这件事我不能否认，华天明生性多疑，就算我潜伏在他身边六年，他都没有完全信任我。为了取得他的信任，我只能这么做，我留下陈娜一个活口，给你们提供线索，够了。"

顾城骁："那为什么这么多年你不与总部联系？"

范杨木："当我发现华天明的秘密的时候，我知道我不能再跟总部联系了，只要一联系，他就会知道，因为他本就是野狼战队的人。"

顾城骁："呵，反正他人已经死了，随你怎么说。那我再问你，华天明已经死了，你还发那样的视频挑衅军方，为何？你还依然干着这份勾当，为何？你不回国、不联系总部，为何？"

范杨木叹了一口气，缓缓说道："华天明就是刘长青，刘长青和刘闵畅是同族兄弟，从小一起长大的，刘长青一招金蝉脱壳就成了华天明，你以为他有这个胆子？还不是刘闵畅指使的！你以为这一切的始作俑者是华天明？错了，刘闵畅才是幕后黑手！"

"……"顾城骁愕然，虽然他也对刘司令有所怀疑，但范杨木所说的话，还是让他大感震惊。

范杨木："若是华天明一死，我就联系你们，那刘闵畅就会知道我的目的，我又如何再追查刘闵畅？"

这时，郑紫琪插进话来："城骁，我也与华天明相处过一段时间，华天明真的是老奸巨猾的人，杨木好几次都差点丢了性命，我可以拿人格担保他所说的话全都是事实，当然，我知道在你心目中，我已经没有人格可言了。"

高纪钦往前一步："老大，他们的话，你不信，那我呢？我的话，你总该相信吧？我能活着站在你面前，你总该相信吧？"

事情太多太乱，顾城骁需要时间把事情理顺，他不会轻易信了范杨木的话，他想自己去查证。

范杨木："城骁，我知道这一切让你很难相信，但是有一件事，我必须告诉你，只要你回去，你就是一个死。"

顾城骁："……"

范杨木："华天明确实已经死了，但不是在迈阿密的那次爆炸，他是在云川那场爆炸中死的。华天明一死，金三角只有我能接手，但刘闵畅并不完全信任我，他为了考验我，要我做一件事刺杀你。"

顾城骁："……"

范杨木："我很抱歉让你受伤，我是迫不得已的。至于罗宾，是刘闵畅指使他动的手。"

顾城骁："……"

顾城骁一时间听到了太多让他无法接受的事情，他闭上眼睛，试图找出范杨木这些话当中的破绽。他快速整理着这些事情，脑海里一遍一遍地过滤着刚才的那些信息。

"等等，"他目光变得锐利，对着范杨木质问道，"你说缉毒警察的爆炸案是华天明安排的，可是，华天明不是在迈阿密就死了吗？国际刑警验了那具尸体，确实是华天明。"

这回，范杨木没有开口，而是高纪钦解释："老大，国际刑警找到的华天明的尸体，根本不是他本人。他知道您咬着他不放，打算再用一次金蝉脱壳的诡计，让你相信他死了。

"至于国际刑警从尸体身上提取的DNA样本，早就被人调包成了华天明的DNA。华天明是在云川的爆炸案当中死的，当时我也在，我和范哥赶到的时候，已经爆炸了。当时华天明得手之后正要撤离，范哥一枪打中了华天明的要害，把他推进了火海，这才真正了结了他。"

一想到云川的爆炸案，顾城骁就心痛不已，那么多兄弟葬身火海，连一具完整的尸体都没有，连法医都无法辨认啊。

顾城骁又看向范杨木："那你怎么证明这一切是刘闵畅指使的？"

范杨木摆了摆手："我要是有证据，不早就去举报他了吗？所以，我现在需要你配合。"

顾城骁："怎么配合？"

范杨木："有时候，死人会比活人看得更清楚。"

顾城骁：“什么意思？”

范杨木朝旁边两位使了一个眼色，郑紫琪和高纪钦即刻行动，从货柜里拿出几桶汽油，快速地洒满了整个仓库。

顾城骁似乎明白了他们的用意：“范杨木，你是故意引我到这里来的？”

范杨木没有否认：“一个华天明就让我花费了六年时间，我自认能力有限，斗不过刘闵畅，只能靠你。”

仓库里很快被一股刺鼻的汽油味充斥，给顾城骁考虑的时间并不多。

范杨木催着他：“没时间考虑了。刘闵畅屡次以杀你和你家人为条件试探我，我做不到，最后只能暴露，死在他的手里，到时候，他的阴谋诡计就没人知道了。”

顾城骁目光严肃地看着范杨木，这么多年，他虽然外形改变了许多，但眼神还是那么炙热，那股杀敌报国的热情，只有同样拥有杀敌报国的热情的人才能感应到。

此刻，顾城骁选择相信他，相信自己的战友。

“从哪出去？”顾城骁一边问着，一边将自己手腕上的表和嵌于腰带头上的那枚铂金戒指丢弃在地，手表里装有定位系统，戒指则是他的婚戒。

范杨木笑了一下，朝郑紫琪和高纪钦一挥手：“都跟我来。”

四人撤退，范杨木在最后离场的时候，点了一把火。

顷刻间，这座废弃的旧仓库成了一片火海。

魏男等人赶到的时候，看到的就是这火光冲天的一幕：“快救火，救火！”

这场火燃烧了足足三个小时，旧仓库变成了一片废墟，对周围的商铺也有所影响。

宋景瑜的伤口已经包扎处理过，性命无忧，他忍痛从车里冲下来，不顾阻拦地冲进了废墟中。

“鲸鱼……”魏男跟了进去，然后，郑子俊、沈自安、姜萧何也跟了进去。

望着眼前黑乎乎的一切，宋景瑜完全不敢往那方面去想：“魏子，你注意电话，老大肯定会联系我们的。沈自安，你快查查老大的位置啊，快啊。”

沈自安颓废地说：“老大最后的定位，就在这里。”

众人：“……”

里面的温度还很高，热浪一阵一阵地往外涌，没有消防装备根本进不去。他们被冲出来的几名消防员挡在了门口。

当地的消防员说着葡萄牙语，他们说着英语，互相都听不懂对方在说什么。

当地的一名消防员拿出一个小黑环，打着手势，大概是说这是在现场找到的东西，就把他们连赶带哄地打发走了。

宋景瑜被消防员硬塞了那个小黑环，他用手指一搓，黑环的一端露出了银白的光芒。

他不信，用衣角裹住小黑圈，用力地反复揉搓。

叮当一声，从他衣角里掉出来一个金属圆环，掉在光滑的大理石地面上，发出清脆的声响。

所有人都低头看去，阳光之下，那个小黑环终于露出了本来的样子，那是一枚铂金戒指。

多么熟悉的戒指啊，只要没有任务的时候，老大天天戴在手上的啊。

不、不、不，所有人都不敢面对这样一个现实。

他们是大名鼎鼎的野狼战队，在狼王的统领下，所向披靡，战无不胜，可狼王呢？

群狼无首可怎么办？

没人出声，没人敢说话，几个大男人，一个个都六神无主的。

忽然，围观人群中冲出来几个玩闹的小孩子，一下撞到了魏男。魏男一个铁骨铮铮的汉子，竟然双腿一软，重重地跌倒在地。

然后，像多米诺骨牌一样，魏男推倒了宋景瑜，宋景瑜又推倒了郑子俊，还有沈自安和姜萧何，大家就跟没了支撑一样，全都瘫倒在地。

孩子被家长拉了回去，家长过来说着他们听不懂的语言，看样子应该是说了道歉的话。

可他们无动于衷，就这么呆呆地坐在地上，把那枚铂金戒指围在了中间。

……

消息传到国内，每一位得知消息的长官，第一反应都是疑惑，真的吗？确定吗？一旦确定，他们都是长久的沉默。

那天，放学，张开就像往常一样等在校门口接林浅，可是，他没有像往常一样开车回城邸，而是载着林浅去了顾家老宅。

“张大哥，怎么去老宅？”

张开没有吭声，林浅从后视镜看到他的脸，早已泪流满面。

怎么了？她不敢再问，心里怕怕的。

到了顾家老宅，林浅还没进门，就听到屋里的哭声，是奶奶和婆婆在哭，林浅怯怯地问张开：“爸出事了？”

张开抿唇不语，憋得脸红脖子粗，一脸痛苦相。

进了门，林浅看到顾源好端端地坐在沙发上，心脏几乎下意识地揪了一下，不是公公出了事，那婆婆和奶奶在哭什么？

在哭什么？

林浅一只脚迈进顾家大门，另一只脚却停留在门外，怎么都不敢再进去。

只听婆婆一边哭、一边喊：“我的儿啊，每一次都平平安安地回家，这一次怎么就出事了呢？我不相信，我不相信我儿子死了……”

林浅瞪大了双眼，心脏好像突然被挖走了一块，毫无防备地，巨大的悲痛从心脏出发，立刻席卷了她的四肢百骸。

“一定是搞错了，搞错了，我的儿子啊，我就这么一个儿子啊。”叶倩如哭得不能自已，扑过去捶打顾源，“都是你，都是你，你还我的儿子，你把我的儿子还回来，还回来……”

与奶奶和婆婆相比，顾源是非常冷静克己的。他眼圈泛红，嘴唇紧抿，看着悲痛万分的妻子，他伸手一揽，将她搂在怀里，什么都没说，就像哄小孩一样拍着她的肩。

林浅更加不敢往里走了，她宁愿自己什么都没有听到，什么都没有看到。

老太太看到林浅来，在下人的搀扶下，颤巍巍地走过去，用发抖的双手拉住林浅的手，哽咽道：“丫头啊，城骁没了，没了。”

老太太抱着林浅，林浅就跟木偶一样，不哭不说话，只是瞪着双眼，一颗颗豆大的泪珠从眼眶中滑落。

“小浅，你说话啊。小浅？丫头？城骁没了啊。”

老太太一句句提醒着她，她越是这样，老太太就越心痛：“丫头，丫头……”

老太太双腿一软，眼前一黑，就这么倒在了林浅的怀里。

林浅本能地扶住奶奶，下人们赶紧都过去扶老太太。

老太太被抬到了沙发上躺着，年纪大了，又伤心过度，她闭着眼睛一声声地喊着“城骁”，恨不得跟孙子一起去了。

林浅站得远远的，本能地抗拒加入他们的队伍中。顾城骁才不会死呢，她亲眼见过顾城骁与十几名雇佣兵枪战，也亲身体验过顾城骁把她从死神手里抢过来，那么厉害的人，怎么可能会死？她不相信。

一屋子的人全都在哭，老宅里很多下人都是在顾家做了几十年的，看着少爷长大，如今收到这个噩耗，就像失去了自己的儿子一样。

顾源身为一家之主，既要安慰妻子，又要担心老母亲，他不能任由自己情绪崩溃，他还得维持大局。

“林浅，你过来。”顾源招招手。

林浅的双脚就跟灌了铅一样，一步一步艰难地挪动着，她都不知道自己是如何走到公公面前的。

顾源沉痛地说:“中午收到的消息，城骁在追缉要犯的时候，葬身火海，这是他留下的遗物，里面有给你的一封信。”

林浅双腿支撑不住，一下跌坐在地：“为什么会有这些东西？”她不解地问道，“难道他知道自己要死了？”

顾源摇摇头：“他们在每一次出任务之前，都会提前写好遗书。如果活着回来，遗书作废，如果不能活着回来，遗书和遗物就会交给他想交给的人。”

“明知道会死，为什么还要去？”

顾源提高声音说道:“总要有人去，他一天是军人，一辈子都是军人。”

“可他也是您的儿子，”林浅脱口而出，“您不是很厉害吗？就不能对他多一点点照顾？”

“他是我儿子，不过，他首先是一名军人。”

“……”

林浅悲痛到无法用语言形容，她做不到像公公这般坦然镇定，也理解不了公公这种大公无私，她只知道，把她宠入骨髓的男人，死了。

顾源把东西推到她的面前，除了遗书，还有一枚戒指："这是在火场发现的，大火把一切都烧没了，只留下这个。"

林浅慢慢拿起戒指，坚硬的金属，冰冷的触感，她看一眼戒指的内圈，清楚地刻着"Forever love G&L"，她的胸口剧烈地钝痛起来，这就是他的婚戒。

因为工作的关系，他选择了最普通的款式，他说，戒指的外面可以普通，里面一定不能普通，所以，特别让人在内圈刻上了简短的誓言。

这句誓言，她的婚戒上也有，那是一对的。

还有遗书，他竟然还留了遗书给她，她不可置信地拿过遗书，仿佛有千斤重一般，她的手止不住地颤抖起来。

可是，更让她震惊的是，信封里面并不是顾城骁写给她的信，而是一封离婚协议书。

离婚协议书？林浅眨眨眼，看个仔细，生怕是泪水模糊了视线，可是，那纸上的第一行，清清楚楚地写着"离婚协议书"五个字。

"怎么会……"林浅不相信这是真的，"是不是搞错了，他怎么会给我这个东西？"

不单单只有林浅意外，所有人都很意外，少爷给少奶奶的遗书，竟然是一份离婚协议书。

叶倩如更加心痛了，她的儿子生前百般袒护和宠爱林浅，没想到死后还是这么为林浅着想，连让她守一天寡都不忍心。

这时，外面传来了汽车声，顾海、顾江两家人都来了，每一个人都在哭。

"不！"林浅痛喊出声，她终于哭了出来，大声地哭着。

顾城骁，你这个没良心的东西，怎么可以就这么死掉？说好了要照顾我一辈子的，你怎么可以反悔？！

顾城骁，你浑蛋，我做错什么了，你要跟我离婚，有种你自己亲口对我提啊，太过分了，太过分了！

顾城骁，你怎么可以这样……

第12章
你们的爸爸是英雄

四年后，冬至日，刚回国的林浅带着一双儿女来到陵园扫墓。

陵园里庄严肃穆，苍劲的松柏像一个个士兵，忠心地守卫着一方安宁。

林浅带着两个粉雕玉琢的小孩子进入陵园，她牵着他们的小手，低声吩咐道：“要安静些，这里不允许大声喧哗，手里的花花拿好，别掉了。”

北北是哥哥，比妹妹南南早出生五分钟，他是一个安静睿智的小正太，听到妈妈的叮嘱，懂事地点点头。

南南却是一个小话痨：“妈妈，你都说了好几回，我们又不是三岁小孩，不会忘记的。”

林浅忍不住翻白眼：“你们还不是三岁小孩？”

南南一本正经地说：“妈妈，你忘了？我们三岁半了。”

“……”三岁半和三岁有什么差别吗？

今天是冬至，过来扫墓的人有很多，这会儿都已经下午了，来往的车辆还是络绎不绝。

林浅带着两个孩子，穿过长长的走廊，直接去了墓地。

顾城骁的墓碑被洗刷一新，碑前摆放着很多，林浅知道，他们都已经来过了。

这是她第一次来看顾城骁，顾城骁下葬的时候，她没来，之后她一直不敢面对顾城骁去世的事实，忍着不来看他。

今天，她等了一千五百多个日日夜夜，终于有勇气承认他已经不在了的事实。

“跪下，磕头。”

南南和北北乖巧地跪下磕头，南南一双机灵的眼睛一直瞅着墓碑上顾城骁的照片，欢喜地说：“妈妈，照片上的叔叔长得好帅啊，南南以后找老公也要找这么帅的。”

北北斜了一眼妹妹，嫌她笨，嫌她不够严肃，更嫌她口无遮拦。

林浅捏捏女儿的小脸，笑着说：“哪能以貌取人呢？找老公最重要的是看人品。”

“那帅叔叔人品不好吗？”

林浅转头看向顾城骁，照片上的顾城骁穿着军装，戴着军帽，俊朗英气，剑眉星目，炯炯有神，一脸正气。

而照片上的顾城骁也好像在看着她一样，她不自觉地伸出手，指尖触碰到那冰冷的照片，一瞬间，眼鼻酸涩，泪流不止。

“妈妈？你怎么了，妈妈？你怎么哭了呀？”

林浅赶紧收一收情绪：“没事，妈妈没哭，是眼睛进了沙子。”

“啊，那我给你呼呼。”南南就是一个贴心的小棉袄，捧着妈妈的脸，嘟着小嘴，朝她的眼睛吹气。

“好了，好了，谢谢南南。”

“妈妈，你还没告诉我，帅叔叔的人品好不好呀？”

林浅若有所思地看着顾城骁的照片，说：“叔叔为了国家牺牲自己，这种无私奉献的精神是非常高尚的，还有这里无数个为国牺牲的英雄，都值得我们敬佩。正因为有了他们的牺牲，才有了我们今天安稳的生活，所以，我们要记住他们。”

南南认认真真地看向顾城骁，为难地咬着手指头：“嗯，帅叔叔的样子我记住了，但名字记不住，笔画太多，太难记了。”

“……”林浅竟不知道说什么才好。

北北突然开口道：“笨就多读书，还那么多话，他叫顾城马。”

“噗……”北北啊，你确定你真的认识这个字？

南南嘻嘻一笑，张口就来：“原来是小马啊，这个好记。”

林浅纠正道：“这个字念骁，骁勇善战的骁，不能光念一半啊。”

南南眨眨大眼睛，又开始发问了：“妈妈，善战我知道，但是骁勇是什么意思？”

“就是勇猛的意思。”

“那帅叔叔怎么死了？”

“……”林浅再一次被天真无邪的女儿问住了，她花了四年的时间淡化的伤痛，在她毫无准备的情况下，从她内心深处喷涌而出。

她也很想知道，那么英勇善战的顾城骁，怎么就这么死了。

北北又瞪南南：“你看你，话那么多，惹妈妈不高兴了吧。”

南南一下扑进林浅的怀里，小巧柔软的双手疼惜地捧着林浅的脸，软萌萌地哄道：“妈妈，我不说话了，你不要不开心呀，南南把棒棒糖分给你吃好不好？”

林浅叹一口气：“好。”

“嗯，那就这么说定了，你笑一笑，回去我给你舔一口。”

“一口？”

“那两口……最多三口，不能再多了。”

“小气鬼！”林浅拍拍女儿的屁股，含着眼泪笑了出来。

离开陵园之后，林浅接到了爷爷病危的通知，立刻吩咐司机赶往医院。

她这次回来，最主要的一个原因就是爷爷生病，医生说爷爷已经时日无多了。

爷爷的病情在这四年里急剧恶化，最近这一年都是在医院的病床上度过的，进抢救室更是常事。

爷爷虽然还活着，但不能动弹，不能说话，不能表达，完全依靠仪器和药物维持着生命，生命质量很差。

这一次，林旭经过内心的百般挣扎，终于愿意听从医生的建议放弃治疗。

这对爷爷来说，无疑是一种解脱。

林浅带着两个孩子来到医院，再次叮嘱：“少说话，保持安静，医院人多，跟着妈妈，不要乱跑。”

北北闭着嘴巴没说话，南南又抱怨道：“哎呀，妈妈你真是啰唆，我记住了嘛。”

刚出电梯，林旭已经在电梯口等他们了。

“姥爷。”

“姥爷。”

因为经常视频通话，所以两个孩子认得林旭，一见林旭就叫得亲热。

林旭的眼眶红红的，蹲下身来，一只手一个抱起两个外孙：“欸，好孩子，今天让你们赶来，累不累？”

北北懂事地摇摇头。

南南圈着姥爷的脖子讨糖吃：“嗯，累死了，如果姥爷给南南买棒棒糖，南南就不累了。”

“好，买，一定买，不过，现在咱们先去看太爷爷。”

爷爷已经到了弥留之际，瘦得皮包骨头，真的是油尽灯枯了。

林浅见状，一下就红了眼眶：“爷爷，”她扑通一下跪在爷爷床前，“爷爷，我是小浅，我回来了，爷爷，你能听到我讲话吗？爷爷？”

病房里还有其他人，林渝和顾东君，容子衿和林唯一，分立两侧。

他们见到林浅并不意外，因为早已提前知道了林浅要回来的消息，但是，林旭怀里的两个粉雕玉琢的小娃娃，让大家倍感震惊。

林旭抱着两个孩子走到老爷子的病床前：“快叫太爷爷。”

“太爷爷……”北北和南南清脆稚嫩的童声在这间病房响起，宛若寒冬里的一抹暖阳，又如酷暑里的冰泉，给这死气沉沉的病房带来了短暂的生机。

大家都震惊不已，这两个孩子是林浅生的？

顾东君诧异地望着林渝，试图从林渝那里得到答案，但是，同样震惊的林渝直愣愣地摇摇头。

病床上的爷爷似乎是听到了孩子稚嫩的呼唤声，眼睛慢慢睁开一条缝，旁边的仪器上也显示爷爷的心跳有所波动。

大家围了过来，老爷子微微睁着眼，仿佛在看周围的孩子们，也仿佛在看天花板。大家一声声叫他，他也没有任何反应。

也就一会儿，心电图变成了直线，发出的警报声。

辛劳一生，这就是爷爷的终结。

大家哭着送了老爷子最后一程。

四年的时间，说长不长，说短也不短。

顾东君和林渝后来又复合了，并且在林渝毕业那年结婚了，过了两年二人世界之后，终于抵挡不住家里人的催生，此刻林渝已经怀有身孕，预产期在明年年初。

林培和朱曼玉的洗钱案也结案了，华天明死了，死无对证，再加上那笔巨款被及时拦截，并没有造成真正的损失，所以最后也就各判了五年。

这样一算时间，他们也快出来了。

顾源和叶倩如在处理完顾城骁的身后事后就搬去了海南，再也没有回来过。

在京城，已经很少有人提起顾城骁了，一提到顾家，大家首先想到的是平步青云的顾东君和爱出风头的顾南赫。

四年的时间，太多的不可能变成了可能，一如，丧偶未嫁的林浅突然多了两个孩子。

当年，林浅收到了顾城骁的离婚协议书，那上面有顾城骁的亲笔签名和指纹，这是顾城骁的遗愿。叶倩如本来就对她不满意，顾城骁一死，就说她克夫，非要按着顾城骁的遗嘱来，还不让她参加顾城骁的追悼会和葬礼。

叶倩如态度强硬，她还能怎么办呢？

离婚之后，她几乎没有了活下去的欲望，直到她昏迷被送去医院，经过检查才发现，她已经怀孕了，而且还是双胞胎。

林旭既高兴又担忧，生怕顾家来抢孩子，他执意要将林浅送出国。

那时候，林浅对顾家也有怨，为了赌这一口气，她狠下心来，没有告诉任何人，连林渝都瞒着，一个人出国养胎，一个人生下孩子，一个人抚养一双儿女直至今日。

现在，她突然带着两个三四岁模样的孩子回来开公司创业，周围的所有人都在背地里议论。

有的说是林浅在国外交了男朋友，有的说林浅在国外被强暴生下孩子，更有的说，林浅滥交，连孩子的亲生父亲是谁都不知道，在国外待不下去了，所以才回国投奔林旭。

各种各样的污言秽语在圈子里传了开来，甚至很多人直接说这两个孩子是野种。

那天是周六，林浅出去有事，两个孩子就在家待着，由姥爷陪着他们。

林旭十分喜欢这两个外孙，在他们回国之前就安排好了幼儿园，还在家里专门为孩子准备了一间玩具屋，两个小不点不上学的时候，就在里面玩耍。

林唯一今天休息，被两个小孩子的玩闹声吵得头痛，于是气愤地冲到玩具屋，对着两个小可爱一声吼：“别吵了，一天到晚吵、吵、吵，烦死了！”

北北和南南一下子安静下来，南南被吓到了，撇着小嘴一副要哭的样子。

林旭是听到林唯一的骂声赶来的，人没到，声音先到：“唯一，你冲小孩子凶什么凶？！”

北北和南南一听到姥爷的声音，立刻扑进了姥爷的怀里，他们都被小姨的样子吓坏了，特别是南南，小嘴一咧就哭，豆大的眼泪吧嗒吧嗒地直往下掉。

林唯一见状，更加生气，一个没忍住就冲林旭发起脾气来：“爸，自从这两个小野种来到我们家，你就不爱我了。你处处偏袒这两个小野种，什么事都以他们为重，我要的车，你怎么不给呢？你就没把我的事放在心上！”

林唯一话音刚落，林旭放下孩子冲过去，直接扇了她一耳光。

“这是你亲外甥和亲外甥女，什么野种？！”

这一耳光，把林唯一打得又疼又蒙，她捂着脸颊，不可置信地瞪着林旭：“爸，你打我……从小到大，你都没有打过我，今天就因为这两个小野种，你……啊……”

林旭又扬起手，作势要打她，她赶紧躲开。

“你还说！”

这一通打闹，南南哭得更凶了，直接躲到北北的身后，北北也有点害怕，但是，依然张开一双手臂护着妹妹。

林唯一退出了玩具屋，在确保不会被打到之后，她捂着疼痛的脸颊，大声喊道：“为什么不能说，连亲生父亲是谁都不知道，他们不就是野种吗？！”

就在这时，门口传来林浅的声音：“野种骂谁呢？”

林唯一脱口而出：“骂的就是你们。”

林浅冷笑一声：“呵，还挺识趣的嘛。”

“？”林唯一眉头一皱，过了两秒钟，才反应过来，“你……你骂我是野种？”

“我可没说。”林浅快速朝两个小包子跑过去，“别怕，妈妈在，小南南，别哭了，妈妈回来了。”

林浅看到南南哭得这么凶，心里别提有多难受。

北北也是，她一来就扑进了她的怀里，北北的性格偏冷，不爱说话，不爱撒娇，哭更是难得，这次他的嘴唇都在不停发抖，一定是吓着了。

容子衿听到吵闹声下楼来，林唯一看到母亲，心里更加委屈，哭着问林旭：“爸爸，您是不是再也不爱我和妈妈了……”

“唯一，爸爸永远爱你，但跟今天这件事没有关系。你这么大了，你是他们的长辈，你怎么能跟小孩子斤斤计较。”林旭板着脸，严肃而又认真地说道，“好了，别闹了，今天我就把话放在这里，从今以后，别让我在林公馆听到‘野种’两个字，也别在任何地方让我听到你说‘野种’两个字，谁提了，谁就给我滚出去。”

林旭的态度很强硬，语气也非常狠绝，让林唯一都不敢接话。

容子衿撒泼归撒泼，但夫妻多年，她知道林旭的底线在哪里，倘若唯一再闹下去，只怕讨不到任何好处。

林浅一只手抱着南南，一只手拉着北北，迅速上楼，回到了他们的房间。

林唯一还想拦着，被林旭一瞪，识趣地缩回了手。

“妈……”

“别说了。”容子衿制止道。

“哼！”

回到房间，南南因为哭得太久，引起了呕吐，一吐把早上吃的东西全都吐了个精光，小脸蛋涨得通红，她抽抽搭搭地问：“妈妈……什么……什么叫……野野……野种？……”

林浅心尖一颤。

北北赶紧捂住妹妹的嘴巴，说：“我们才不是野种，我们是妈妈生下来的，才不是。”

原来，孩子并非不懂，虽然他们年纪小，但什么是好，什么是不好，他们分得清。

林浅的心啊，狠狠地揪着，好疼。

可是，她只能生生地把眼泪憋回去，她摸摸孩子们柔软的小脸，忽而笑了起来，用特别轻快的语气说："就是，北北说得没错，南南，你和哥哥可是从妈妈肚子里蹦出来的，噗噗两下，就蹦出来了。"

"南南，你知道为什么哥哥是哥哥，而你是妹妹吗？"

"为什么？"南南忘记了哭泣，只是依然抽抽搭搭的。

"因为……"林浅娇俏地一笑，"因为你太调皮，一脚把哥哥踹出来了啊。"

南南扑哧一笑，泪水还在淌，她就笑了，还笑得咯咯的。

南南一笑，北北竟也笑了起来，然后林浅也打从心底里笑了起来，仿佛刚才的不愉快根本就没有发生过一样。

一天早上，林公馆来了客人，林浅在二楼房间里就听到了楼下的声音。

还真的来了？她默默地想。

回国之后她和饭饭一起开了一间小公司，通过饭饭她认识了赵旭尧。这个赵旭尧在人际关系和业务往来方面给她们的公司提供了很大的帮助。

一来二去，赵旭尧竟对她表现出了极大的兴趣，还非常殷勤地说要接送她的孩子上学。

林浅只是碍于工作的关系，才没有当面拒绝，其实，她心里根本没有那方面的心思。

"快点，赵叔叔来接我们了，一会儿见到人要喊赵叔叔，知道吗？"

"知道了，妈妈，你已经说五遍了。"南南这个小丫头片子最为机灵，刚一说完就跑出了房间，蹦跶蹦跶地跑下楼了。

"诶，慢点……"林浅叹了一口气，赶紧拉上儿子，"北北，我们快点。"

南南像一只欢快的小鸟，人还没下来，清亮的声音就下来了"姥爷姥爷，您最爱的小南瓜来了。"

林旭走到楼梯口，蹲下身子，双手张开，稳稳地接住南南，一把将她抱了起来："小懒猫，才起床，不是说了今天要早起的吗？"

"哎呀，都是哥哥赖床。"南南看到坐在那里的年轻男子，高高帅帅的，眼睛都亮了起来，"赵叔叔好。"

赵叔叔？男子的脸色有些奇怪，露出了尴尬而又不失礼貌的微笑。

后面北北和林浅一前一后下楼来，林浅一看，惊讶得眼珠子都快掉下来了，这哪是赵叔叔，分明就是楚叔叔啊，他怎么会来？不是早跟林唯一分手了吗？

林浅赶紧让孩子改口："南南，错了，这是楚叔叔，北北，快叫人。"

北北："楚叔叔好。"

南南转头看向楚墨枫，说："楚叔叔好，你长得好帅。"

"……"闺女啊，不要这么花痴行不？为娘的甚是操心啊！

楚墨枫的视线从林浅出现的那一秒开始，就定格在了她的身上。

刚听说她回国的时候，他人还远在荷兰，他一毕业就投身到家族事业中，这些年一直在忙，一年里有三分之二的时间都在世界的各个角落。

他一回来就迫不及待地想见她，随便找了一个商谈的借口就登门拜访了。

多年未见，她还是他心目当中那个明朗标致的女孩儿，丝毫未变。

"楚叔叔，你老看着我妈妈干什么？"南南心直口快地说，"难道你喜欢我妈妈？"

楚墨枫："……"

林浅："……"

以及早就看清楚墨枫来意的林旭："……"

北北不像南南那么热情又缺心眼，他冷冷地往妈妈前面一挡，催促一句："妈妈，我要上学去了。"

任何对妈妈图谋不轨的人，他都拒绝亲近。

林浅万分感激儿子的救场，赶紧说："你们聊，我带孩子先走了，爸……"她给林旭使了个眼色。

林旭会意："小楚啊，就你刚才说的合作，我们还是去书房详谈吧。"

楚墨枫："……"

他眼睁睁地看着林浅母子三人离开了他的视线，心里一直在合计——赵叔叔是谁啊？

在二楼的书房里，透过窗户，他亲眼看到了门口一辆车来接他们三人。下来开车门的，是一个年轻的男子。

赵叔叔？

那天，把孩子们送到幼儿园之后，林浅没有去公司，而是转道去了陵园。

一路上，她的心一直忐忑不安，她不知道想对顾城骁说什么，只是很想念很想念他。

当林浅捧着花束来到墓碑前的时候，她惊讶地发现，原本顾城骁和高纪钦的墓碑已经不见了，只铺着一片崭新的绿草皮。

这是怎么回事？她心慌到无以复加。

她立刻找到了墓地管理员询问。

“迁走了。”

“这也能迁走？谁迁的啊？”

“这种情况多半是他们家属。”

林浅愣得说不出话来，是顾源和叶倩如的主意吗？他们回来了？

她忍住想哭的冲动，一咬牙，铆足了一股劲，立刻开车到了顾家老宅。

顾家老宅还是原来的样子，老管家看到她来，又诧异又激动：“少……林小姐，您怎么来了？”

“顾老先生在吗？”

“在。”

“我想见他。”

“这……”

“我今天一定要见他。”说罢，林浅不顾为难的管家，直接冲进了里面。

庭院里，叶倩如正推着顾源散步晒太阳，林浅二话不说冲到二老面前，急切地问道：“你们把顾城骁的墓迁到哪儿去了？”

叶倩如板着脸，一脸不悦：“冒冒失失，林浅，你真是一点长进都没有啊。”

林浅多少知道叶倩如的性子，只要她不愿意说的，你跟她软磨硬泡都不行，于是，她转而去求顾源：“顾老先生，请您一定告诉我，顾城骁的墓现在在哪儿？你们为什么要迁走？”

顾源看她那可怜的样子，深深地叹了口气，刚要开口，叶倩如突然推着轮椅掉了个头，让他背对着林浅。

叶倩如严肃地看着林浅，说：“我们顾家的事情跟你有什么关系！”

“……”

“以前在顾家的时候，奶奶怎么催你生孩子你都不肯，可你一离开顾家没多久就跟别人生了孩子，你这不是打奶奶的脸，打我们顾家的脸吗！

既然走到了这一步，顾家是顾家，你是你，两不相干，你又来追问城骁的墓干什么！”

林浅的心，像是被挖走了一块似的，她离开城邸的时候什么东西都没带，一点念想都没有，如今连顾城骁的墓在哪她都不知道，清明冬至她想给他上炷香都不知道去哪儿上。

她深呼吸着，淡漠地扯了扯嘴角，点点头，然后转身离开。

这四年，她很努力很努力地活着，为了父亲，为了两个孩子，为了所有关心她的人，她尽量活得让大家以为她已经放下了。

表面越是坚强的女人，内心往往越是脆弱，这些年，她用坚硬的外壳包裹自己，殊不知，越硬的东西，越脆，越容易碎。

早春的风依然带着锋利的刀，迎面吹来，一刀一刀刮着疼，林浅越走越累，越走越暗，她快支撑不住了。

望着马路上来来往往的车辆，她感觉自己脚步忽然虚浮起来，眼前的街景也变得恍惚，一个不支就跌倒在地。

就在她倒地昏迷的前一刻，一个高大的身影突然遮住了她头顶的光芒，那么伟岸、挺拔的熟悉的身影，真像故人啊。

再次有知觉的时候，林浅人已经在医院的病房里了，她猛然醒来，一下坐了起来。

她梦见了顾城骁，是顾城骁把她抱进医院的，是顾城骁。

林浅拔掉了手背上的针头，慌忙下床，到处找人。

“顾城骁，顾城骁，”她就跟疯了一样，没穿鞋，光着脚在冰凉的地砖上走着，“顾城骁，出来，你在哪？顾城骁？”

病房的门突然被推开，她一怔，瞪大了双眼盯着门口，七分期待、三分惊吓。

楚墨枫惊讶地站在门口，看到林浅赤着脚站在那里，关切地说：“你怎么下床了，地上凉，你小心又昏倒。”

楚墨枫走过去，将她扶着回到床边：“医生说你营养不良造成了低血糖，才会突然晕倒，你怎么把自己折腾成这副模样，上回见你不是好好的吗？”

原来，不是顾城骁，那只是做梦。

林浅被抽干了力气，像个提线木偶一样被按在床上休息。

楚墨枫提了提手里的袋子，叮嘱道：“这些是医生给你配的药，你可要按时吃啊。”

“我什么时候可以出院？”林浅有些不耐烦，气他多管闲事。

“醒来就可以了，先把药吃了。”

“不用，我不爱吃药。”

楚墨枫不依，拿出药丸，倒了水，硬是递到她的面前：“吃，必须吃。”

“你有病啊，关你什么事！”

“你说得没错，我就是有病，我楚墨枫就是犯贱，你越是对我冷淡疏远，我越是记着你、念着你、爱着你。”

“你……”林浅狠狠地瞪了他一眼，赶紧把视线撇开。

楚墨枫坐在床边，手掌摊开：“吃，不吃我喂你吃。”

无奈，林浅只好吃了药：“我昏倒的事情你没告诉我爸吧？”

楚墨枫摇摇头，可是他的回答让林浅更加恼火，他说：“告诉你爸的话我还有机会坐在这里看着你、照顾你吗？”

林浅发了狠似的警告他：“楚墨枫，别说这种暧昧不明的话，我非常厌恶。”

楚墨枫却不恼，她以前就这样，他就是被她这种直爽的性格深深吸引的。

“小浅，我……”

“你给我闭嘴，我不想听，不想看见你，滚出去。”

“我不介意你有两个孩子，我永远不会追问孩子的生父是谁，林浅，这么多年了我依然很爱你，我无时无刻不在想你，现在的我，有能力让你和孩子幸福，给我一个机会好吗？”

尽管林浅捂着耳朵，但楚墨枫的声音还是钻进了她的耳朵里，她果断地摇摇头，拒绝道：“不可能，永远不可能。”

“为什么？”

“我不爱你，听清楚了吗，别在我身上浪费时间了，不管四年还是四十年，我都不会爱你。好了，话说明白了，我要出院，你不必送我，多谢！”

晚上，林浅跟个没事人似的哄孩子睡觉。

讲了好久，可孩子们乌溜溜的眼睛依旧瞪得老大，她都要哭了：“怎么还不睡啊？故事书都讲了一轮，妈妈嘴巴都说干了。”

南南开口问道：“妈妈，你是不是要跟赵叔叔谈恋爱啊？”

“啥？”

“赵叔叔是不是要当我们的爸爸了？”

“哪里听来的乱七八糟的话！”

北北闭上眼睛装睡，偷偷摸摸地睁开一条缝看情况。

小丫头单纯，吃喝玩乐才是她的重点，她哪里会关注大人之间的事情，问她，她连解释都没法解释。

林浅捏捏北北的小脸，说：“快说，从哪听来的？还乱教妹妹。”

北北睁开眼睛，看起来有些委屈：“妈妈，是姥爷问我们喜不喜欢赵叔叔。”

北北说：“我说不知道，妈妈，你喜欢赵叔叔吗？”

林浅心一沉，想了好一会儿才回答：“妈妈和赵叔叔只是朋友，朋友之间自然是喜欢的，但绝对不会让赵叔叔当你们的爸爸，明白吗？”

北北说：“那我也可以喜欢赵叔叔？不是要赵叔叔当爸爸的那种喜欢。”

林浅被逗笑了：“当然可以了。”

此刻，南南已经在不知不觉中睡着了，北北看着妈妈，好奇地问道：“妈妈，我和妹妹为什么没有爸爸？”

孩子无心的问话猛地刺痛了林浅的心脏，这一天，终于来了，她还以为要等好久，她还以为她有足够的时间去想这个问题，可是，孩子眨眼就长大了，开始对爸爸好奇了。

她抱着北北，低头轻吻北北的小额头，北北越来越像他了，那眉眼之间的英气特别像，还有谨慎和睿智，都遗传了他。

“北北，记住了，你们的爸爸是骁勇善战的大英雄。”

“英雄是什么？”

孩子毕竟还小，懂得的少，不懂的多。

“等北北长大了就明白了，但是北北，这是妈妈跟你之间的秘密，不许告诉任何人，好吗？”

“好。”

“快睡吧，妹妹已经睡着了。”

北北乖乖地闭上眼睛，嘴角弯弯的，他在笑：“我的爸爸是英雄，是英雄。”

林浅顷刻间泪如雨下，只能用手紧紧地捂着嘴巴，顾城骁，你知道你儿子有多期盼你吗？

那天早上，军方通过官方微博发布了一条震惊全国的消息——军方高级将领刘闵畅勾结金三角贩毒集团，利用职权谋财害命，已于昨夜被捕。

这条消息只有寥寥数字，没有更详细的内容，但林浅隐隐觉得，这或许跟顾城骁那桩事情有关。

当年晚上，《新闻联播》的一则新闻详细地播报了这件事：“经过我方卧底人员的多年查探，搜集了大量证据证明，刘闵畅勾结金三角贩毒集团长达二十年之久，并且多次利用职权谋财害命……该事件涉及多名高官将领，牵涉甚广，极为严重……值得一提的是，两名优秀的卧底人员在恶劣的环境中依然坚持完成任务，这种不畏艰难、勇于牺牲的精神，值得赞扬……”

林浅不敢眨眼睛，瞪大了双眼死死地盯着电视屏幕，那是给两位男同志授奖的画面，虽然两人的脸被打了马赛克，但是，林浅敢拿自己的性命肯定，那两个人，就是顾城骁和高纪钦。

顾城骁和高纪钦，他们都没死，他们回来了？

他们，都没死。

他们，都回来了。

回来了……

第13章
英雄归来

那天，小树苗幼儿园举行了亲子游园活动，赵旭尧一大早就去接了林浅母子三人，四个人一起去参加活动。

南南非常开心，一手拉着妈妈，一手拉着赵叔叔，就好像其他小朋友拉着爸爸妈妈一样。

北北也很开心，因为园里人多，他一直乖乖地拉着妈妈的手，不乱跑，也不乱看。

游园活动有许多游戏是需要爸爸出马的，赵旭尧主动扮起了爸爸的角色，带着南南和北北一路通关。

中途休息，两个小可爱吃着点心还算听话，赵旭尧看了一眼林浅，关心地问道："你怎么看起来心情不太好？"

"啊？没有啊，怎么会，他们开心，我就开心了。"

赵旭尧转移话题说："我听饭饭说你们公司现在也挺忙的，你一定不像以前那样可以有很多时间陪伴南南和北北了吧？"

"是啊，今天很谢谢你抽空陪我们参加这个活动，看得出来，他们都很开心。"

"不客气，我也很喜欢跟他们玩。"赵旭尧伸手摸摸北北的小脑袋，"北北，叔叔是你好朋友吗？"

"是啊，我和叔叔是最好的朋友。"

就在这个时候，园里忽然响起了警报声，一时间，家长和孩子们纷纷跑出大楼，议论纷纷，都在询问发生了什么事。

"外面有人挟持了一个小孩子。"忽然有人高喊。

顿时，园里的家长们惊慌失措，个个都把自己的孩子护在怀里。

“歹徒有三个，园里还有炸弹。”

“门卫被杀了，大门被封了，我们全都成为人质了。”

一时间，所有人都惊慌失措起来，抱着孩子往外跑。

现场少说也有一两百人，顿时乱成一团，有的孩子吓得大哭起来。

林浅也吓得不清，曾经数次被歹徒挟持差点丧命的画面，一瞬间都浮现在脑海，以前她是“初生牛犊不怕虎”，天不怕地不怕，现在，她有了两个年幼的孩子，对他们的任何伤害，都是对她最致命的打击。

“南南北北！”她惊呼一声。

赵旭尧已经抢先一步抱起了孩子，一手一个：“走，快去操场上和大家一起。”

林浅非常感谢赵旭尧的仗义之举，她从他手里接过南南，两人一人抱一个，一起去了操场。

门卫被杀，整个幼儿园被挟持，歹徒还声称园里有炸弹。朗朗乾坤，昭昭日月，在B市这片和平的土地上竟然会发生这种事情，简直前所未有。

不过，很快，外面传来了警报声，随后，身穿防爆服的特警立刻包围了幼稚园，并将周围的路段全部封锁。

操场和大门中间隔着花坛，大家并不知道外面到底正在发生什么事，他们只知道，有许多身穿作战服的战士翻墙进来保护大家。

一看到这些身穿作战服的人，大家慌乱害怕的心自然就镇定下来了。

林浅站在人群中间，她瞪大了双眼看着那一张张熟悉的面孔，郑子俊、魏男、宋景瑜，还有……还有高纪钦，他们全都来了。

很快，狙击手将蒙头的三名歹徒当场击毙，并派出了警犬搜索全园。

“大家少安毋躁，”一名高级警官拿着扩音器喊道，“大家带好孩子，排好队伍，受伤的走南门，那里有救护车，没有受伤的从后门出去，现在请大家检查一下孩子，有序离开。”

林浅和赵旭尧各自抱着一个孩子，排在队伍的末尾。

家长和孩子越走越少，进园的官兵越来越多，不知怎么的，林浅的心脏突突直跳，他的手下们都在，那他呢？

随着队伍越走越往前，她带着一颗期盼和怨愤的心，终于，在后门口看到了他。

后门口洒满阳光的地方，顾城骁一身戎装站在那里，他站得笔直，双手贴着裤线，只有微抬的下巴看得出，他一样也怀着期盼的心看着里面。

远远地，他就看到了林浅，她穿着深蓝色的连体裤装，头发披散在肩上，她把头发给剪短了，还染了色，是时下最时髦洋气的颜色。

她化了淡淡的妆，白皙透亮的肌肤依然如从前般细腻，恰到好处的眼影和腮红更增添了几分女人味。

女子本弱，为母则强，以前没什么力气的她，如今能单手抱着一个孩子。

顾城骁目不转睛地看着林浅，同样也目不转睛地看着在林浅身后一直小心翼翼护着她的男人，那男人同样也是单手抱着一个孩子，另一只手自然而然地搭在林浅的肩上。

正当两人越来越近的时候，郑紫琪忽然从后门外走进来："大队长，警队已经排除有炸弹的可能，园区以及周围的警戒线已经取消。"

顾城骁的视线从未变过，听到这个消息，他只是淡淡地"嗯"了一声。

郑紫琪忽然看到顾城骁的作战帽上落着一片枯叶，便抬手把枯叶拿掉了。

这一幕，远远地落在了林浅的眼中，她心里暗想道：死了的人没有死，回了家也不愿见我，叛国投敌的人也回来了，你们可真是同生共死、并肩作战的好搭档啊，曾经还是军中的模范情侣呢，现在，是不是要当模范夫妻？

林浅胸口钝痛起来，自从看了新闻之后她就心里有了数，今日一见，虽有意外也并非完全没有心理准备。

顾城骁没有死，所以连坟墓都没了。

他早就见过他的父母，却唯独不来找她。

为什么？

为什么不来找她？

难道是因为，离开的这四年多，他和郑紫琪日久生情了？

他是要和郑紫琪共度余生了吗？

呵，那可真是没辜负郑紫琪这么多年来为他付出的真心呢！

林浅越想越气愤，越气愤就走得越快。

宋景瑜提醒一句："老大，你还愣着干什么，追上去啊。"

顾城骁迈开了脚步，犹豫了一下，最终收了回来，他面不改色地说：

“先完成眼下的工作再说吧。”

顾城骁心情沉重，种种迹象表明林浅身边已经有人了，她已经开始了全新的生活，他怎么好再去破坏。

他缺席的这几年，无论她有怎样的感情经历，他都无权置喙，当初他就是抱着必死的决心出去当卧底的，狠下心给她留了一封离婚协议书，就是想让她获得自由和新生。

现在，他依然很爱她，可他依然不能放弃自己的工作，或许以后依然要去做危险的任务，那他怎么能用因一己之私去破坏她现在拥有的幸福呢？

想到这些，顾城骁双腿犹如灌了铅一样，重重地钉在原地。

早上，林浅若无其事地去上班，一到公司门口就被饭饭拉进了办公室。

“浅爷，你都知道了吧？顾城骁和小高子竟然都没死，这也太玄幻了吧，小高子昨天来找我了，大白天的我都以为自己见鬼了。”

林浅面色黯然，表情更是苦涩。

可是，正处于天大幸福当中的饭饭没有发觉，还在继续说着她昨天见到小高子的种种，她说：“之前真的是没有一点心理准备，他就突然出现在了我家门口，还捧着一大束玫瑰花，他这个木头竟然也会想到送花。“他就这样拉着我的手，问我还不能不能继续做他的女朋友。哈哈哈，我说我不愿意做你的女朋友了，我要当你老婆，把他吓得语无伦次的，哈哈哈，想起就好笑。”

饭饭又抱歉地说：“浅爷，那个……我想请一个星期假，小高子要带我回老家见父母，然后我们就准备领证结婚了。”

“你都想好了？”

“没什么好想的，我爱他，没有什么比跟他在一起更重要。”

林浅流着眼泪微微一笑，点头道：“好，我批准了，饭饭，祝你幸福。”

“你也一样，浅爷。”

顾城骁回归了，迎接他的是更多的荣誉和掌声。

城邸，一切如昨，可惜早已物是人非。

顾城骁来到了房间里，一景一物都是原来的样子，床头柜上还放着林浅最后看的书，梳妆台上还有林浅的很多东西，还有衣帽间，她的衣服，她的鞋子，她的书包，都在。

梳妆台最显眼的地方，还放着一个信封，他一眼就认出来了，那是他出征之前留给林浅的遗书。

信封里面的离婚协议书还在，他看到末尾处由该林浅签字的地方写的是“顾城骁王八蛋”，他一下没绷住，笑了出来。

流着眼泪，笑了出来。

他用指腹轻轻摸着那些文字，是林浅的字迹，还带着她的脾气。

在这段“牺牲”的日子里，任务的艰难和危险还是其次，身体的伤痛更是微不足道，叫他最最难以忍受的，还是那一份相思。

父母和兄弟永远不会变，可是伴侣就不一定了，谁会为了一个死人等上四五年？

那是注定毫无结果的空等。

更何况，他还给了林浅一份离婚协议书。

而现在看来，他是搬起石头砸了自己的脚。

就一个字。

痛。

顾南赫告诉他，当年家里收到他的死讯之后，林浅怎么都不愿意接受这个事实，还拦着不让办追悼会，他妈就以林浅克夫和不懂事的理由把林浅赶出了城邸。

顾城骁现在想想，当时她离开的时候，是多么心寒和绝望啊。

“对不起，浅浅……”

那天，林浅整理孩子们的玩具和书本，在整理过程中，她突然在储物柜最下面的抽屉里发现了一本笔记本。

林浅诧异极了，这不是爷爷的笔记本吗，怎么会在这里？

笔记本里好像夹着什么东西，她一翻开，一个小小的透明塑封袋就掉了出来，里面装着一大一小两颗不一样的药片。

再看笔记本，她瞪大了双眼，生怕自己看错一个字，那页面上，是爷爷歪歪扭扭的字迹——“容子衿要杀我”。

什么？林浅震惊不已。

第二天一大早，林浅就带着两种药去了医院，她要验一验这两颗是什么药。

“不好意思打扰了，能不能麻烦您看看这是什么药？药都是在你们医院配的。”

“对不起，小姐，单凭两颗药片是辨别不了的，您要去专门的检测机构检测才能得知。”

“是吗……好吧。”

正当她愁眉苦脸地想要离开的时候，一个熟悉的声音叫住了她：“嫂子？”

已经好多年没人这么叫过她了，她愣愣地回过头去，只见身穿白大褂的宁致远刚从药房出来。

“嫂子，有什么需要帮忙吗？”

林浅后退一步，纠正道：“宁医生，您还是叫我名字吧，我早就不是你们的嫂子了。”

宁致远淡淡一笑：“好，林浅，有什么我可以帮忙的吗？”

“宁医生，遇到你正好，我这里有两颗药，你能不能帮我检验一下这两颗药的成分？”

“可以啊，举手之劳，你在这里等一等。”

“好，谢谢。”

不久，宁致远便拿着检测报告单出来了：“你自己看。”

林浅迫不及待地接过报告单，看着结果显示，大的药片是维生素片，而小的药片是一种治疗老年痴呆症的药物。

这个结果与她想的一模一样，她咬紧牙关，面色凝重，连呼吸声也变得越来越重。

宁致远可不是普通的医生，他是野狼战队的军医，看到林浅这般反应，再结合药物检验的结果，他猜测道：“这是你过世的爷爷生前吃的药吗？”

“是，我怀疑我爷爷的药被掉包了。”

“要不要去见见老人家生前的主治医生？”

“可以吗？我不认识。”

“我认识，跟我走。”

“好。”

林浅紧跟宁致远上前，却不想，在转角处遇到了正迎面走来的顾城骁。

这措手不及的见面让林浅全身僵硬，要不是有着过去的种种伤害，她真想第一时间扑到他的怀里，诉说这些年的孤单和苦楚。

她在自己的大腿上狠狠地掐了一把，她怎么可能忘记顾家是怎么对她的，她怎么可能忘记这些年在国外，自己一个人是怎么度过的。

“宁医生，有人找你？”林浅故意问道。

宁致远干笑了两下：“咯咯，那个……是啊，老大大概是来找我的吧。”

顾城骁已经走到他们跟前：“检验结果怎么样？”

林浅用质问的眼神看着宁致远：“到底是来找你的，还是你找来的？”

“呵呵……哦，对了，差点忘了正事，老大，检验结果就在这里，然后我准备带嫂……我准备带林浅去问问老爷子生前的主治医生，但是我实验室还有一个重要的研究，走不开，要不您带她去马主任那里？”

林浅：“……”刚才你怎么没说走不开？

顾城骁点头道：“可以。”

宁致远：“好，好，好，那我走了。”

林浅暗暗鄙视他，走得倒是挺快啊。

顾城骁带着林浅去见马主任，有了顾城骁的引见，马主任丝毫不敢怠慢。

“林老爷子的情况我也感到很惋惜，从他发现患病到最后离开不过短短五年，其实这种病并不会对人的寿命有直接的影响，大多数患者可以活八到二十年。林老爷子发现的时候只是轻微的症状，你们又给他积极治疗了，恶化得这么快也是我没有想到的。”

林浅问道：“那如果没吃药呢？”

“没吃药？那就不好说了。他每次复查的结果都不容乐观，头部还有撞伤，我一问，他们就说是林老爷子不听话，自己走出去摔了。其实头部的撞击也会影响到病情。”

林浅越想越不对劲，自从爷爷住进林公馆后，身体就一直不好，那时候，大家都以为爷爷是因为大伯家出事而受了打击，才会一病不起。

现在想来，从一开始就出问题了啊。

爷爷虽然得了老年痴呆症，但他并不是傻子，很多事情他心里跟明镜似的。

“别着急，查案我拿手，我会帮你查的。”顾城骁说道。

林浅没有任何回应，她走到一边，打电话给林旭，把爷爷留下的遗言和自己的怀疑全都告诉了林旭。

电话那头，林旭实在是太震惊了，很难接受，可是又没有证据。

林浅心里无法接受，不能再与容子衿同住一个屋檐下，她收拾好行李，离开了林公馆。

她在幼儿园的附近租了一套小公寓，麻雀虽小，五脏俱全，重要的是，南南和北北都很喜欢。

孩子们喜欢，她就喜欢。

那天，晚饭过后，林浅带着两个孩子去超市买了好些东西，赵旭尧又来了，还硬要帮她提东西。

到了公寓楼下，赵旭尧主动提出要帮她把东西拎上去。

换作以往，林浅肯定会拒绝，可是，她忽然看到顾城骁的车停在对面的马路边上，他就在里面。

也不知道是哪种心理在作祟，林浅破天荒地邀请道：“袋子挺重的，麻烦你帮我拎上去，喝口茶再走吧。”

赵旭尧受宠若惊：“好啊，好。”

对面的顾城骁眼睁睁地看着赵旭尧跟着林浅进了公寓，他的那颗心啊，一瞬间就揪成了一团。

他再不想接受这件事，都要接受了。

他的心脏钝痛，像是被骤然挖走了一块肉一样。

赵旭尧喝完茶还没有要走的意思，又跟南南北北玩了起来。

林浅收拾东西，趁着在窗口的机会往下看了看，顾城骁的车已经开走了。

“孩子们，别缠着赵叔叔了，赵叔叔明天还要上班，让他早点回去。”

“没关系，我就喜欢跟他们玩。”

“可……那个时间……也不早了……”

赵旭尧终于意识到了她的逐客之意，便说：“哦，是很晚了，南南北北，你们该睡觉了，叔叔明天再带你们出去玩好不好？”

林浅送赵旭尧出门，站在电梯口，却不着急按电梯。

赵旭尧欲言又止，他觉得林浅今天特别不一样，待他，好像比往常亲近些，所以他觉得自己这段时间的努力并没有白费。

“林浅，我的心思……你知道的吧？”

这气氛，太过尴尬，林浅点点头。

“我很喜欢南南和北北，你一个女人，带着两个孩子……我真的很想照顾你们，俩孩子这么小，总要有个安定的家。”

林浅深吸一口气，非常直接地说道：“请你，以后不要在我身上浪费时间了。”

“啊？”

“你对孩子们好，我谢谢你，但是，对我，你就不要再费心了。”

林浅说得很简单，也很直白，一句话就彻底断了赵旭尧的念头。

赵旭尧是个聪明人，笑笑问道：“一点机会都不给吗？”

林浅按下了电梯，抱歉地说道：“你的心思只要用对了人，肯定能心想事成的，只是我……对不起……”

“叮”的一声，电梯门开了，赵旭尧还是不想走，林浅伸手示意了下，并说：“大家都是成年人，话我已经说得很明白了，我衷心祝福你。”

赵旭尧没有再说话，只是落寞地点点头。

电梯门关上，林浅终于长长地舒了一口气，这世上最难还的就是人情债，她不想亏欠任何人。

第14章

为什么叫我小马叔叔

林浅左思右想还是不能原谅容子衿，在与林旭商量过后，由她偷偷地去警局报案，请求警察秘密调查。

从警局出来，她看到了顾城骁。

很明显，他是知道她在这里才特意过来等她的。

“听说你搬出了林公馆？”

林浅驻足，只侧了侧身子并没有回头：“嗯。”明知故问。

“这件案子我会跟警局打招呼的。”

“谢谢。”她说完就要走。

顾城骁刚要开口，林浅的手机突然响了起来，铃声特别好玩：“妈妈妈妈快来呀，南南北北放学啦……”

林浅尴尬不已，恨不得挖个地洞遁走，赶紧按掉了铃声：“不好意思，我得接孩子去了，先走一步。”

顾城骁在大脑里面不停地组织语言，一时也不知道说哪句合适，是说“我跟你一起去”呢，还是“我送你去”呢？

犹豫之间，林浅早已经跑了。

停车位上，林浅坐在车里，捣鼓了半天都点不着火，听声音就觉得不对劲，响一半又憋住了，然后再没了动静。

她连续点了好几次，车子都发动不了。

这可怎么办？

这时，前面停下一辆熟悉的车，顾城骁从车里下来，高大挺拔的他弯着腰趴在她的车窗口，问道：“怎么了？”

“点不着了，不知道哪里坏了。”

“没油了。”顾城骁一眼就看出了问题所在。

“呃……”林浅有点尴尬了，开车的人竟然连加油都能忘记，还被当面揭穿，也太糗了。

“你着急的话就坐我的车吧，我的车油是满的。”

“……”

她的车小，为了配合车的高度，他一个大高个弯着腰弓着背还要低下脖子，才能勉强与她平视。

林浅看到他近在眼前的脸，五官跟以前一样立体俊朗，明明面带寒霜，却在眼底深处独有一份温情。是她无数个夜里梦见的画面，她有些恍惚了。

顾城骁生怕她不同意，便提醒道：“下班高峰期快来了，再不走，堵路上就麻烦了。”

林浅的眼神回避了一下，她忽然很想知道他见到两个孩子之后的反应：“那谢谢了。”

“走。”

那天在幼儿园匆匆一见，他正在执行公务，只远远见了孩子一面，也不知道有没有看清楚，不如就今天，让他好好看看自己的孩子，看看他到底认不认得！

车里很安静，顾城骁专心开车，林浅也没有说话。

她坐在副驾驶位，头没动，眼珠子倒是转来转去地看着，前面台子上有卡通贴画，车窗玻璃的一角有十几枚五颜六色的塑料水晶，还有那真皮坐垫上用黑色水笔写下的“林浅专座”四个字，也没有擦掉。

幼儿园门口，已经站满了家长，全都是来接自家孩子的。

大家都是一个姿势——踮着脚，翘着头，眼睛一直望着大铁门的里面。

他们来晚了，只能排在最后面，这个时候，顾城骁的身高优势就凸显出来了，他就这么平稳地站在最后面，高傲、矜贵、不可一世，在人群中散发着耀眼的光芒。

时间快到了，林浅低头翻包：“哎呀，糟了，我的接送卡忘在车上了。”

“没卡不能进去吗？”

“嗯。”

“那我开车回去拿。”

“一来一回，时间就晚了，我给老师发个消息，等家长把孩子接完了，让她把他们带出来。”

于是，这一等，林浅就在门外等了半个钟头。

等老师一左一右牵着俩孩子出来的时候，南南已经在哭鼻子了：“妈妈，你怎么是最后一个，我还跟珊珊打赌了，比比看谁的妈妈来得快，呜呜呜，她妈妈是第一个上来的，你却上都没上来。”

林浅无比抱歉，赶紧蹲下来解释：“对不起，妈妈忘记带卡了，进不去，其实妈妈就是第一个来等的，真的，他可以证明。”

林浅指着后面的顾城骁，这突如其来的举动让顾城骁反应不过来，欺骗小孩不好吧？！

林浅回头瞪了他一眼，暗示他赶紧说话。

“是，你妈妈是第一个来等的。”

南南用力仰起头，才看得到顾城骁，因为他太高了。她一边擦着眼泪，一边好奇地说：“骗人是小狗，你不许骗我哦。”

顾城骁干笑了两下：“我不骗你。”

老师看着林浅说：“今天中午吃饭的时候北北吐了，午睡醒来就有些发热，给他量了体温，38℃，低烧，南南目前没有症状。您回去之后可得好好注意北北，最好把两个孩子分开。”

林浅摸了摸北北的脑袋，是比平时要热些，“好的，谢谢老师。”

北北平时就话少，这一发热，一句话都不肯说了。

“去医院看看吧。”顾城骁说。

林浅看北北精神尚可，再看看南南，说：“不必，先回家吧，麻烦你再送我们一下。”

“好。”这对顾城骁来说，简直就是求之不得的事情。

林浅一把抱起了北北，走在前面。

顾城骁有些不好意思直接去拉南南，还想着该用什么法子跟她亲近亲近。

反而是南南，主动揪揪顾城骁的裤腿，仰起头，眨巴眨巴着大眼睛，软绵绵地说：“小马叔叔，你拉着我好不好？”

顾城骁猛地感觉到心脏一阵狂跳，很奇怪的感觉，这小丫头的眼神和语气，像极了曾经犯了错误求原谅时的林浅，如出一辙。

果然是母女啊。

顾城骁二话不说，弯下腰，直接将她抱了起来。

他一边跟着林浅走，一边问道："你刚才叫我什么？"

南南圈着他的脖子，两只嫩白的小肉手搭在他的脖子上："小马叔叔呀。"

"为什么叫我小马叔叔？"顾城骁感到很诧异。

南南眼珠子一转悠，笑嘻嘻地说："你猜呀。"

在前面的北北虽然被妈妈抱着，但他也一直看着顾城骁，他悄悄地问妈妈："妈妈，他真的是小马叔叔？"

林浅一开始还没反应过来，什么小马大马的，她听不懂啊。

"可小马叔叔不是躺在地底下了吗？"

林浅这才恍然大悟，她第一次带俩孩子去陵园的时候，他们看到过墓碑上顾城骁的照片，因为不识字，北北把"骁"念了半边念作"马"，南南就直接喊"小马叔叔"了。

林浅有些哭笑不得，可又不知道该怎么跟孩子们解释。

她赶紧转移话题，说道："南南、北北，今天咱们要多谢叔叔，妈妈的车忘记加油了，开不了，还是叔叔送妈妈过来的。"

"谢谢叔叔。"南南和北北异口同声道。

天性活泼的南南又插嘴问道："妈妈，小马叔叔是来排队的吗？"

"什么？"

南南掰着手指头如数家珍："前边不是有赵叔叔、楚叔叔，还有张叔叔、李叔叔、小刘叔叔、保安叔叔，啊对了，还有房东叔叔，都在排队呢。"

林浅都快吐血了，这个闺女怎么这么不靠谱啊："哪来那么多叔叔！"

南南却一本正经地说："妈妈你不知道，他们都问我要你的手机号码，不过我都没给。"

北北突然揭穿她："你是背不出来妈妈的号码。"

南南不开心地噘着小嘴："哼，我不跟你好了。"

上了车，母子三人都坐在了后面，北北因为身体难受一直靠在林浅身上，南南因为生气而努着小嘴，一副"你不夸我两句，我就不原谅你"的架势。

他们租住的公寓就在幼儿园旁边，顾城骁往前开了一小段路就到了，快到林浅都来不及报地址。

要下车的时候，林浅明显感觉到北北的精神没之前那么好了，眼神呆呆的，眼皮重重的，整个人都靠在她的身上。

“我帮你抱上去吧。”顾城骁又主动开口。

“不用了，送到这里我已经很谢谢你了。北北，能坚持吗？”

北北一语不发，只是点点头。

顾城骁看孩子不对劲，主动走到后面，朝孩子张开手：“北北，叔叔抱你上去。”

可是，北北见他有些害怕，反而更加抱紧了林浅。

孩子在生病的时候总是特别依赖妈妈，林浅将北北抱在怀里，慢慢地下了车。

南南清亮的嗓子大声喊道：“小马叔叔，你抱我好不好呀？”

顾城骁简直求之不得，这个小丫头真可爱啊：“好啊。”

南南笑着钻进了顾城骁的怀抱里，还乐呵呵地说：“小马叔叔，你抱比妈妈抱高得多多了，我好像比所有人都高了呢。”

林浅顾不上拒绝，只一心想着快点把儿子抱回家里去量体温。

顾城骁抱着南南快步跟在林浅的身后，他一边走，一边看着怀里的小丫头，越看越喜欢，越看，越爱不释手。

她长得太可爱了，简直就是林浅的翻版，齐刘海盖住了眉毛，一双乌溜溜的大眼睛越发显得水灵。圆圆的眼睛，圆圆的鼻头，圆圆的小嘴，还有圆圆的下巴，她整个人都是胖胖圆圆粉粉嫩嫩的。

顾城骁心里暗叹，怎么会有这么粉雕玉琢般的女娃，是吃可爱长大的吗？

他仔细留意了一下这里的环境，这里是酒店式的公寓，公寓除了出租之外，还有一些是当民宿在经营的，进进出出的陌生人有不少，出了电梯之后左右都是走廊，狭长而又昏暗。

他当下就皱起了眉头：“住在这里安全吗？你一个女人带着两个孩子，晚上要是出门一定要注意安全，最好别出门。”

林浅轻轻笑了一下，带着一丝不屑：“不劳您费心。”

想她在国外一个人带着两个孩子整整四年，国外的治安远没有国内好，她会不注意吗，还用得着他提醒？

这里的公寓都是密码指纹锁，林浅按了密码之后就开门了。

大概是职业习惯吧，顾城骁又不放心了：“房东有录入指纹吗？”

林浅没空搭理他，马上抱着北北去了自己的房间。

南南跟着进来：“哥哥，哥哥，你没事吧？我不生你的气了，我还跟你好。”

北北躺在床上，眼睛都快睁不开了，两颊泛红，呼吸带喘，额头脖子和四肢躯干都是滚烫滚烫的。

林浅拿来耳温枪给北北一测，38.9℃，直逼39℃，她心疼极了北北，回头镇定地说：“顾城骁，我没空招呼你，你走吧，南南，你送送叔叔。”

“我不走。”

“你不走能干吗？”

“我……”确实，他在这儿什么都做不了。

这是重逢之后，顾城骁第一次这么近地与他们接触，他好好地看着周围，阳台上挂着的大裤衩子和大码的白色衬衫。

一白一黑特别显眼。

顾城骁当下就想到了赵旭尧那个男人。那天晚上，赵旭尧和林浅带着两个孩子去超市购物，之后还跟着他们进了公寓大楼，俨然是一家四口的样子。

一想到那个画面，他的心里就特别特别慌。

再看小房间，里面摆着一张高低床，上铺是粉蓝色的床单被套，下铺是粉红色的床单被套，枕头旁边还摆满了娃娃。

窗边放着一张小方桌和两把小椅子，他能想象两个孩子坐在这里一起画画、一起学习的样子。

门口的墙上挂着一张绿色的自律表，早起、叠被、穿衣、吃饭、打扫、看书，看来林浅教育孩子很有一套。

现在很多家庭都是几个人围着一个孩子转，而林浅，一个人带两个，当中的心酸艰辛，可想而知。

林浅拿了退烧药喂给北北，又安慰北北：“没事的，睡一觉就好了。”

北北闭着眼睛含混地应了一声，整个人都是瘫软的。

关上房门，林浅蹲下来拉着南南，认认真真地说：“哥哥病了，需要好好休息，南南乖乖的，去自己房间里涂色好不好？”

南南和北北是双胞胎，北北病倒了，南南也很担心：“嗯，我还是喜欢跟我斗斗嘴再说我笨的哥哥，不喜欢生病的哥哥。”

“哥哥会好的，乖，自己去玩。”

“嗯。”

南南跑进了小房间，客厅里就剩下林浅和顾城骁二人。

林浅开始赶人了：“今天谢谢你，但是我现在没时间招呼你，慢走，不送。”

“孩子这样真没事？”

“小孩子发烧感冒很正常，去医院也是这样处理，下午刚发的烧，现在验血也不一定能验出什么，况且现在这个季节流感爆发严重，我带北北去，南南也得带着，不能单独把她放在家里，万一我们中间谁感染了流感，其他两个都要遭殃，得不偿失，明白了吗？”

顾城骁弱弱地点点头。

“明白了就请走吧，我真的没时间招呼你。”

“好。”顾城骁七分不愿、三分不舍，看她憔悴又担心的样子，他也不忍心再烦扰她。

“万一有事，随时打我电话。”他最后叮嘱了一句。

南南依依不舍地拉着他的手送他到电梯口：“小马叔叔，你下次什么时候再来啊？”

顾城骁往后看看林浅，林浅就站在门口盯着他们，好像他会把她女儿拐跑一样。

“下次有空的时候再看看南南。”

“那是什么时候呀？”

林浅发话了：“南南，叔叔要走了，你回来。”

南南拉拉顾城骁的手，示意他蹲下来。

顾城骁不明所以地蹲下来，南南踮起脚尖，嘴巴凑到他的耳边，偷偷地说：“小马叔叔，我妈妈要是不喜欢你，你就别排队了，追我吧，我喜欢你。”

顾城骁打从心底里笑了出来，这种感觉真奇妙啊，仿佛心头积压许久的阴霾一下子被扫空了一样。

他宠溺地揉揉南南的小脑袋：“好呀。”

“拉钩。”南南睁着清澈明净的大眼睛看着他。

“好。”

“拉钩上吊，一百年不许变，变了就是小狗。好了，小马叔叔再见。”

顾城骁心酸泛滥，不舍地走进电梯，朝南南挥手，也朝林浅挥挥手：“再见。”

看着这一幕，林浅心里也很不是滋味，其实她也很矛盾，既为他能平安回来而感到无比高兴，又生气他当初自以为是地给她一份离婚协议书。

既想孩子们能拥有健全美满的家庭，又怕事事不会尽如她意，反而会让她失去孩子。

想到叶倩如和顾源对她的态度，她就害怕，一害怕，就只能退缩。

后半夜，北北到底还是又烧了起来。

林浅躺在他的旁边，感觉他浑身就像火球一样烫。

“喂，饭饭，对不起，这么晚了还打给你。”

“怎么了，浅爷？”饭饭睡得迷迷糊糊的。

“北北发高烧了，量了体温有40.3℃，喂了退烧药也不见退，我得马上带他去医院，可是我不放心南南一个人在家里。”

饭饭终于听明白了：“明白了，我马上去你家。”

“好，谢谢。”

挂了电话，林浅不多耽搁，马上给北北穿上衣服，抱着他出门了。

怀里的北北浑身滚烫，更让林浅担心的是，喊他都没有反应。

跑出公寓，林浅蒙了，她的车还在医院。

三更半夜，夜深人静，马路上一辆车都没有。

林浅咬咬牙，抱着孩子在大马路上跑了起来。

这时，停在路边车位上的车突然大灯一照，强烈的光线刺得她眼睛都睁不开，她眯着眼睛往前看了看，是顾城骁的车。

他竟然，还没走。

顾城骁快跑而来，不由分说地从她手里接过了北北：“又发烧了？”

“嗯，量了体温，烧到40.3℃了。”

“快上车。”

此时林浅也顾不了那么多了，跟着他上了车。

开着车，顾城骁又问道：“南南一个人在家？”

“我打给饭饭了，她会过来。”

“她过来需要多久？”

“快的话二十分钟。”

“那么这段时间只有南南一个人在家？”

“是。”

“你真是胡闹，早干吗去了？！”顾城骁想了一下，忧心忡忡地说，“让她到了之后给你回个信息，确保南南的平安。”

林浅又心急又自责，她抱着北北，看着平时活蹦乱跳的小捣蛋此刻昏昏沉沉的样子，她真的痛心不已。

家里两个孩子，她早就成了育儿专家，孩子发烧感冒是常事，在国外，哪有什么急诊，想看医生还得预约，等预约上了，孩子的病都好了。

她一直都是这么处理的，谁知道，北北这次会这么严重。

到了医院，又是一阵慌乱，等到北北输上液已经快天亮了。

在这片婴幼儿的输液区，像他们这样陪着孩子输液的家长有很多，虽然大家互相都不认识，但这份焦虑的心却是一样一样的。

林浅和顾城骁坐在床边的木凳上，忙了这一通，终于可以坐下来说说话了。

“饭饭给你报平安没有？”

“嗯，南南睡得好好的，一直没醒。”

“那就好。”

林浅转头看了顾城骁一眼，低声说：“我没有想到北北会病得这么严重，是我这个当妈妈的失职……这一次，真的很谢谢你……”

“不用跟我这么客气，不管你怎么想，在我这里，我都是你们的依靠。”

“……”林浅无言以对，没有什么可以回应他的。

顾城骁静静地看着北北，目光一刻都无法挪开，看南南的时候他只觉得这个小丫头简直就是林浅的翻版，其他不敢多想，可是看着北北，他心底里那种不可思议的感觉越来越强烈。

北北和南南虽然是双胞胎，但两人从娘胎里出来的时候就长得不一样，而且越长大越不像。

顾城骁定定地看着他熟睡的样子，那脸庞的轮廓，像极了他小时候。

在顾家老宅有一面照片墙，上面贴着许多他从小到大的照片，不是他刻意地往那方面去想，而是他真的觉得北北长得跟自己小时候很像。

林浅已经趴在床边睡着了，顾城骁脱下外套披在她的身上。

北北忽然醒来："妈妈，我口渴……"

"嘘，妈妈很累，睡着了，叔叔喂你喝水。"

于是，顾城骁慢慢扶起北北，小心翼翼地喂他喝水。

北北喝了水又躺下去，他还在烧，迷糊之中，他贴着顾城骁的耳朵，非常非常小声地说："小马叔叔，我告诉你一个秘密，我的爸爸是骁勇善战的大英雄，妈妈很爱他。"

顾城骁一怔，一股电流般的强烈感觉从心尖开始蔓延，一下子流遍了他的四肢百骸。

我的爸爸是骁勇善战的大英雄。

他猛然意识到了什么，倏地，他心尖发酸，眼睛发胀，他需要很用力地克制自己，才让自己的声音听来是正常的，他说："好，叔叔知道了，北北再睡一下，烧退了妈妈才放心。"

"嗯。"

周围又安静下来，可顾城骁的内心久久不能平静。

他们的声音还是吵醒了林浅，林浅几乎是跳起来的，她惊恐地扑向北北，慌慌张张地问道："怎么了北北？哪里不舒服？"

"妈妈，我没事，小马叔叔喂我喝了水。"

"好，那你再睡。"

"嗯。"

北北很快又睡着了，林浅却已经睡意全无，看到肩上的外套，她马上还给了顾城骁，冷漠地说道："这次真的很谢谢你，但我还是想说，请你以后别找我了。"

"浅浅……"

林浅倏地低下头，打断了他的话："你别这样叫我……我知道你回来之后肯定会来找我，那我们不妨就把话说说清楚。"

"当日给你一份离婚协议书，我是不想你为我守一辈子寡。对不起，原谅我好吗？"

"你看，离开城邸没多久我就有了新感情，还有了一双儿女，虽然没有好结果，但无所谓了，三条腿的蛤蟆难找，两条腿的男人满街跑，我还怕找不到男人？”

顾城骁的脸色有些僵，他不喜欢林浅说这些话。

“你以为自己是神吗？你以为自己事事掌握先机？你查案那么厉害，可你查得清人心吗？人都是会变的，是你们抛弃我在先，你有什么资格求我原谅？为什么在我接受了这一切、想要开始新生活的时候，你又要来搅乱我的心？你不觉得你这样太自私了吗！”

林浅停顿片刻，压低了声音，说：“我希望你以后不要来影响我们母子三人的生活，再见。”

顾城骁喉头一动，艰难开口道：“浅浅，我想……”

林浅马上打断他的话：“不用。”

顾城骁很无奈，看着熟睡的孩子，转移话题说：“你先陪着北北，我去外面看看有没有吃的卖。”

“我不饿。”

“我怕孩子饿。”

林浅一噎。

顾城骁忽而一笑，双手在膝盖上一撑就站了起来。

林浅的心脏突突地跳，时隔多年，她依然会因为他不经意间露出来的笑容而心动，直到他转身离开，她才敢大口大口地呼吸。

北北终于开始出汗了，能出汗，就说明在降温。

林浅拿出手机，犹豫了一下，终于还是拨通了那个熟记于心的号码。

“喂，那个……北北出汗了，如果有商店开门，带一块干毛巾，谢谢。”

“好，还需要其他的吗？”

“暂时不需要了。”

“林浅……”

电话里，他低沉的声音特别撩人，林浅屏住呼吸，等待着他后面的话。

一秒，两秒……林浅疑惑地看了看手机，确定电话还通着：“什么？”

“没什么，我看到便利店了，我去看看。”

林浅内心闪过一抹隐隐的失落：“好。”

差一点他就问出口了，他想问问她，南南和北北是不是他的孩子。

没一会儿，顾城骁提着东西带来了，宁静的走廊里，他颀长的身影独有一种矜贵的气质。

远远地，林浅看着他走来，他身上那种逼人的英气简直让人无法挪开眼睛。

过去的几年里，只要孩子们睡着了，她就会静静地多看一会儿北北，就好像在看他一样。

说实话，论相貌，北北跟顾城骁并没有那么像，但是，她见过顾城骁小时候的照片，在相同的年龄段，他们两个一模一样。

顾城骁已经走到了床边，直接递上来两个保温桶："这是面条和小馄饨，这是干毛巾，我还买了一套内衣，你看要不要给北北换身干衣服。"

林浅很是意外，意外他会这么细心，比她这个当妈的还要想得周到。

此时的窗外已经蒙蒙亮了，林浅忍不住两眼放光，他做好了一切她想到的和没想到的事情。

北北彻底醒了，林浅摸了摸北北的额头，烧退了。

"想不想吃小馄饨？"

"嗯嗯。"

林浅拿起保温桶，拧开，葱香味就飘出来了，北北眼睛都看直了，舌头忍不住舔着嘴唇，他好饿。

北北迫不及待地一口接着一口吃起了小馄饨，林浅放心了不少，脸上也露出了欣慰的笑容。

"叔叔。"看到顾城骁过来，北北叫得很积极，声音特别清脆。

顾城骁稳稳地坐在北北的身边："来，把输液的手给叔叔。"

他去洗衣服的同时，问护士要了一个空的输液瓶，还灌上了热水。他用干毛巾包裹住瓶子，再把输液管卷了两圈，也包进毛巾里面，这样一来，药水就不再是冰冷的了，而是温的。

"把手也放在这里。"顾城骁的大手握住北北的小手，把源源不断的热量传给他冰冷的小手，"暖和吗？"

"嗯。"

第15章 第三次求婚

离开医院，顾城骁载着林浅母子回公寓，嘘寒问暖就是不肯走。

下午到了幼儿园放学的时间，他又殷勤地去接南南，还顺便买了菜回来。

他俨然把自己当成了这个家的主人。

林浅一开始还不好意思说，直到孩子们都睡了，她终于忍不住道："今天麻烦你了，不过已经很晚了，你……"

"我能喝口水吗？"顾城骁突然转头看着她问道。

林浅很想说"不能"，但是，当他一转头，她看到他额头上发亮的细汗，她就说不出口了。

"我给你倒，你等等。"

"好啊。"说着，顾城骁舒舒服服地往客厅的沙发里一躺，用实际行动告诉她，我今天就是不走了。

双人座的小沙发，他这样躺着，双腿还有一大截挂在外面，一晃一晃的，就像是对林浅的挑衅。

林浅无奈地转身去厨房，她得给孩子们做饭。

顾城骁双手枕着头，不自觉地看着在厨房里倒水的林浅，问道："星期六我带你们去玩，好吗？"

灯下的林浅还是没有给他好脸色，凶着脸回应一句："不好，你少在他们面前晃悠。"

顾城骁看着她走来，看着她把水杯放下，看着她一脸冷冷的表情，问道："不是已经跟赵叔叔有约了吧？"

林浅没好气地瞪了他一眼："喝了水快走。"

顾城骁拿起水杯，不紧不慢地喝了一口，想起她前几日对他提起的所谓的“新生活”，他优哉游哉地跷起了二郎腿。

“你不能这么不厚道吧，好歹我也帮你照顾好了北北，现在北北好了，你就翻脸不认人了？”

林浅有些理亏。

“你说你已经开始了新生活，我就认为你是跟赵旭尧在一起了，但是回去一想，除非你把你俩的结婚证放到我面前，不然，我绝不相信。”

他说这些话的时候全程都带着淡淡的笑容，他发誓，他只有在面对她和孩子们的时候，才会有这么多的笑容和耐心。

“还有，”他笑盈盈地往阳台上一指，“那条大裤衩和男士衬衫一直没有拿下来过，我猜，应该只是摆设吧？”

林浅一龇牙，这个人怎么这么讨厌啊？！

她冲过去一把揪起他的胳膊：“你给我起来，”她压低了声音，“你猜什么猜，你凭什么干涉我的事情？你有什么资格对我的感情生活评头论足？你谁啊你？你……”

顾城骁一句话都没说，直接用嘴堵住了她的嘴。

“嗯……放开我……流氓你放开我……”林浅的嘴被堵得严严实实的，声音都发不出来。

她一个劲地挣扎着，可是，在力气的较量上女人永远占弱势，无论她怎么挣扎，都挣不开顾城骁的束缚。

“啊……你……浑蛋……”

顾城骁一不做二不休，直接将她压到了沙发上，他承认是自己冲动了，一碰上她，他就把持不住。

林浅晕了头，她气得眼泪都要出来了，可是，这熟悉而又阳刚的男人气息又让她欲罢不能，多少个夜里，她做梦都在想念这种气息。

说她犯相思也好，说她有生理需求也罢，这种感觉，让她既抗拒又渴望。

“顾城骁，你放开我……”她闷着声音警告道，愤怒和委屈的眼泪从眼角簌簌滑落。

顾城骁收敛了粗暴，动作停顿了一下，继而又变得温柔起来。

他告诉自己，再一下，就一下，再吻一下就放开。

可是，一下一下又一下，她那柔软的嘴唇就跟有魔力似的，深深地吸引着他，让他越吻越深。

而林浅，也不再那么激烈反抗了，他的温柔给她的刺灌了迷汤，她不由自主地收起了那些刺，双手主动地去拥抱那个炽热的身躯。

她的心里越来越委屈，心尖酸楚得厉害，眼泪不停地流，喉头也哽咽起来。

顾城骁自然感受到了她的颤抖，他感同身受："浅浅，对不起，原谅我好吗？"

"你放开我。"

"我不……"顾城骁又加重了彼此之间的吻，一只手慢慢地抚过她的肩膀和手臂，碰到她的手，十指紧扣。

"你……过分你……"林浅挣不开他，反而不由自主地开始回应起他。

顾城骁的手开始不老实了，他一边解她衣服的扣子，一边往她脖子里吻。

"浅浅，我是不会放开你的，做卧底的这些年，好几次我都差点没命，是你，只要一想到你，我怎么也得留着一口气活下去。"

"你骗人，你要是坚持不下去了，不能回来吗？还不是为了你的工作！在你眼里，责任和使命才是最重要的，我，根本不重要。"

衣服的领口越拉越下，顾城骁的吻也慢慢往下，他喘着粗气，发誓一般说道："重要，你在我心里，最重要，你就是我的命……"

两人的胸膛紧紧贴着，能感受到彼此的心跳。

距离刚好，气氛刚好，情调刚好，誓言刚好，一切都是刚刚好。

顾城骁突然挺起身，三下两下脱掉自己的外套和上衣。

林浅闭上眼睛，又忍不住偷偷地睁开一条缝，她看到了他赤裸的胸膛，蜜色的肌肤紧致结实，健壮的肌肉充满了阳刚之气。

此刻，她抗拒不了他，无法抗拒，也不想抗拒。

当他炙热阳刚的躯体再一次向下压来的时候，她完全放开了自己，渴望着这一切……

翌日，天晴，明媚的阳光透过窗户照射进来，窗台上花儿开得娇艳，就连空气中的粉尘都在翩翩起舞。

"哇，好香啊，我要吃这个。"

南南清甜的声音唤醒了林浅的意识，她慢慢睁开眼睛。

痛，这是她醒来的第一反应，头痛，腿痛，腰痛，浑身都痛。

“喝牛奶，一人一杯，必须喝完。”

是顾城骁的声音，林浅彻底清醒，吓得赶紧起床。

“妈妈，你醒啦。”

“妈妈，叔叔买了早点，快来吃啊。”

听着孩子们的呼唤，林浅狐疑地看着以主人自居的顾城骁。

顾城骁换了衣服，穿上了原本挂在阳台上的大裤衩和白衬衫，脸上带着淡淡的笑容，看她的时候，眼神中充满了宠溺。

林浅上下打量着他的穿着，又诧异又好笑：“脏不脏啊你就穿了？挂这么多天都积灰了。”

“我洗过了啊。”顾城骁说，仿佛早就知道他今天会穿一样。

林浅回避着他的眼神，特别尴尬，也特别害羞。

丰越地产，容子衿趁林旭出差的时机，紧急召集董事会成员，召开董事长改选大会。

她的狼子野心，终于暴露。

会议开到一半，林旭带着警察破门而入。

场内所有人都惊呆了，特别是容子衿：“这……你不是出差了吗？……”她不可置信地看着林旭，双腿瘫软，坐在圆桌的主位上站都站不起来。

林旭扫视了一圈这会议室里的人，已经有三分之二的人换成了容家人。

他一步一步走到容子衿的面前，面无表情地对她说：“你，很好，比我想象中还要阴险。”

容子衿表情僵硬，挤出了一抹怯生生的笑容，说话都结巴了：“林旭，你……什么时候回来的，怎么也不提前通知我，我好去接你……我们正开会讨论……讨论……”

见她编不出来，林旭质问道：“讨论什么？想换董事长吗？你想当董事长？”

“不，不不不，怎么会……”

林旭拿起桌上的会议章程：“白字黑字写得很清楚，董事长选举大会，候选人，容子衿。”

“……”被当场抓包，容子衿百口莫辩。

随后，身穿制服的警察站出来说：“容子衿女士，你涉嫌故意杀人罪和非法侵占罪，这是逮捕令，请你跟我们走一趟。”

容子衿当即就被警方控制，在戴上手铐的那一刻，她痛哭流涕，跪在地上苦苦哀求：“林旭，林旭，救我，弄错了，他们肯定是弄错了，林旭，你我夫妻二十年，你一定要救我……”

林旭重重叹气，沧桑的眼眸中蕴藏着无尽的伤痛，但是，他非常平静，平静得几近冷血。

他说：“是我报的案。”

那一刻，容子衿知道，自己完了。

“我爸生前的家庭医生金医生，已经承认了是你指使他对老爷子吃的药动了手脚，还虐待他老人家。现在还趁机侵占我的公司，霸占我的产业……这一桩桩、一件件，但凡你念及旧情、心软一点点，都不会这么做，否则我也不会报警抓你。容子衿，你我夫妻二十年，直到最后这一刻，我才看清你的真面目，你骗得我好苦啊。”

“不，不是的，林旭，不是的，不是的……”

“你跟警察解释去吧。”

容子衿哭喊着被警方带走了，形象全无。

一步错，步步错，容子衿被私利熏昏了头脑，她不想容家为他人作嫁衣，到时候便宜了林浅，所以才萌生了这个念头。

走到这一步，她终将免不了一场牢狱之灾。

B市的天气彻底暖和了，百花齐放，争相斗艳。

公园里，南南北北一左一右牵着姥爷的手，都要扶着姥爷走。

看着两个机灵孝顺的外孙，林旭笑得合不拢嘴。

当他们散步的时候，发现前边有一条鲜花铺就的小路，小路两旁飘着粉白相间的气球，而小路的尽头，正是顾城骁。

顾城骁身穿正装，英俊挺拔，器宇轩昂，耀眼无比，仿佛所有的光辉都凝聚在他的身上。他手里捧着一大束玫瑰花，眼神温柔，嘴角带笑，一步一步走向他们。

“哇哦，是小马叔叔，”南南雀跃地叫起来，“小马叔叔好帅啊。”

北北也看呆了。

林旭欣慰地一笑，拉着两个外孙往旁边退了两步。

林浅愣在原地，除了站在中间向她一步一步走来的顾城骁，两边还站着许多人，他的父母，他的亲戚，他的战友，他们所有的亲朋好友都来了。

林浅的心脏开始快速跳动，很难想象，向顾城骁那么低调内敛的人，竟也会做出如此高调之举。

人群中，最让她无法忽视的，是叶倩如，只见她踮着脚尖，伸长脖子，视线牢牢地定格在南南和北北身上。

然后，她看到叶倩如朝身旁的顾源点点头，仿佛还擦了一下眼泪。

顾城骁终于走到了林浅的面前，在万众瞩目之下，他单膝跪地，饱含深情地说：“林浅，这是我第三次向你求婚了，第一次不真心，第二次不真诚，这第三次，我带足了我的真心和真诚，我希望，你能再给我一次机会，嫁给我好吗？”

林浅说不上来是什么感觉，就是眼睛胀胀的，心里甜甜的，可是嘴上，又不敢轻易地答应。

顾城骁心里也没底，在这之前，她一直在生他的气，气他几年来杳无音信，气他的乘虚而入，他眼圈泛红，举着戒指说道：“浅浅，我爱你，至死不渝，嫁给我好吗？”

一旁的南南等不及了：“妈妈，你要是不答应，那就我嫁给他好了。”

童言无忌，惹得旁人都哭笑不得，林浅也笑了。

“浅浅？”

“让你多跪一会儿不行吗？”

“行，你让我跪多久我都跪，你让我跪榴梿我也跪。”

林浅又好气又好笑地白了他一眼：“嘴贫。”

顾城骁不说话了，抿着嘴唇可怜兮兮地看着她。

这时，旁边的人们都已经等不及了，纷纷喊着：“嫁了吧，这么帅的男人，赶紧嫁了吧……”

终于，林浅点了点头，因为她发现，无论过去多久，无论是生是死，她的心里始终都被这个男人填满了："以后再也不准抛下我，下地狱也要一起下。"

"好。"顾城骁激动落泪，手抖着给她戴上了戒指，然后再把玫瑰花献给她。

"快起来，搞得这么高调，我都不好意思了。"

顾城骁站起身，顺势将她搂入怀里，他在她耳边低声呢喃："我爱你，很爱很爱很爱。"

大家围了过来，南南和北北又蹦又跳的，开心极了。

叶倩如蹲下身来，不可置信地摸着北北的脸，这可不就是城骁小时候的复制版吗。

"老爷子，你看看，北北跟我们儿子小时候一模一样，这还需要验吗？错不了，肯定是……"她喜极而泣，又忍不住摸摸南南的小脸蛋，"小丫头长得真水灵啊，一看就是惹人爱的丫头。"

南南有些怕生，怯怯地躲到哥哥身后去，北北也有些害怕，但他依然双手张开护着妹妹，绝对不让妹妹被陌生人带走。

"我是你们的奶奶，他是你们的爷爷，北北，南南，跟爷爷奶奶回家好不好？"

俩孩子听不懂她在说什么，一个劲地躲。

叶倩如站起身，一把拉住林浅的手，恳切地说："林浅，我们欠你一句道歉，对不起。"

林浅受宠若惊，连忙摇摇头："不，我受不起。"

这时，大家长顾源发话了："过去的种种是我们不对，希望你大人大量，原谅我们的糊涂，这些年，你辛苦了，以后，我们会加倍地疼爱你，疼爱两个孩子。"

林浅知道，老两口一向心高气傲，要他们说这些话简直比登天还要难，但是，他们说了，当着所有人的面，他们亲口向她道歉。

忽然之间，她心里埋藏多年的委屈悉数化作了眼泪，就像散落的珠子似的，一颗一颗滚落下来。

对她来讲，这就够了。

顾城骁一左一右抱起两个孩子，说："以后叫爸爸。"

南南迷迷糊糊地问："为什么呀，小马叔叔？"

北北邀功似的说：“我就知道小马叔叔是爸爸，我就知道。”

南南咬着手指头，一脸纳闷地问：“为什么呀，哥哥？”

“笨蛋，哪有那么多为什么，他本来就是我们的爸爸，那个墓碑上的字，是骁，不是马，你要不信就去查字典。”

顾城骁恍然大悟，原来这就是“小马叔叔”的由来。

南南咬着手指头，一脸迷惑：“可是……可是……我还不会查字典啊……”

北北：“所以说你笨啊，连爸爸都不知道。”

南南一听哥哥叫爸爸，她也迫不及待地跟着喊：“爸爸，爸爸，你要娶妈妈，把我也娶了吧，南南喜欢你，南南最爱你了。”

顾城骁亲亲自个儿的闺女，大喊一声：“好！”

阳光明媚的周六，一场浪漫的草坪婚礼在湖湾大酒店举行。

当林浅挽着林旭的手臂慢慢走向顾城骁的时候，她早已忍不住热泪盈眶，做梦都没想到自己会有一场如此隆重的婚礼，做梦都没有想到，她竟然是在父亲的带领下，走向心爱的男人。

柔和的阳光下，林浅身穿一袭梦幻婚纱惊艳亮相。一字肩的设计露出了她圆润的肩颈，让她性感的平肩得到了完美的展示。前胸深V的设计更让她展现了女人引以为傲的丰满，也不知道是曼妙身材衬托出了婚纱的剪裁完美，还是婚纱的剪裁衬托出了曼妙身姿，简直是相得益彰。

那一层一层的薄纱，轻薄如羽，通透柔美，庞大的裙摆以及超长的拖尾更是将这套婚纱的华贵和婉约展现得淋漓尽致。

林浅头上蒙着一层轻薄的头纱，长长的头纱将她整个人都盖住，她就这么恬静地站在那里，对着顾城骁微微笑着。

顾城骁看愣了，眼睛都舍不得眨一下。他虽然表面看起来没什么变化，但其实心潮澎湃，激动不已。

一个美得恍如天仙下凡，一个俊得能与日月争辉，再加上后面两个无比可爱的小花童，这样的画面实在是太美了。

林旭老怀甚慰，亲手将林浅的手交到了顾城骁的手里，他说：“城骁，我还是不放心把女儿交给你，可是她要嫁，我也拦不住，你记着，如果同样的错误再犯一次，我就真带她走了，你不珍惜她，我珍惜她。”

顾城骁握紧了林浅的手，郑重地向林旭保证："好，爸，绝对绝对不会有下一次。"

与颜值爆表的顾城骁站在一起，林浅毫不逊色。

都说两个人在一起久了，不知不觉就会有夫妻相，现在与顾城骁并肩而立的林浅，再也不是以前那个莽撞冲动的黄毛小丫头了。她知性、大方、高贵、从容，所有美好的形容词用在她的身上，都不为过。

所有的宾客都在赞美和祝福这对新人。

与此同时，远在异国的楚墨枫不停地刷着朋友圈，以另外一种形式参与了这场婚礼。

他喜欢了一整个青春的女孩，终于以最美丽的样子嫁给了爱情。

他在朋友圈留下了一句："祝你幸福！"

（完）

小番外

林浅期末考试那天，顾城骁提前请了假陪考。

可是，因为前一晚在顾城骁的衣服口袋里发现了一封情书，林浅就生气气了一个晚上。

顾城骁的解释是，新招的女兵不懂事，硬塞给他的，当时他严厉拒绝，可不知道为什么情书会在他口袋里。

对于这种“不知道为什么”的解释，林浅一概不听。

于是，她起了个早，非要自己开车去学校。

顾城骁也懊恼得不行，新手女司机上路，太让人担心了。

果然，约莫十点的样子，电话就一通紧跟着一通来了。

“喂，林浅家属吗，我是林浅的辅导员，她上午的期末考试没来啊，打她电话还关机，她这样不行啊，成绩好不容易上去了，怎么还能缺考？她再挂科，可真的要被开除了。”

顾城骁听了就抓狂，压着火暴的脾气说：“我知道了，我会好好管教她的。”

不一会儿，又来了一通电话：“喂，是林浅的家属吗？”

“是。”

“我这儿是未来区交警大队，林浅开车撞伤了一位老太太，还跟老太太的家属发生了肢体冲突，她的态度很不好，对方家属一定要追究到底，你得过来处理一下。”

“我马上过去。”顾城骁整个脸都是黑的，脑门上深深地刻着几个字——我就知道！

想着还发生了肢体冲突，他更是担心得不行，立刻开车赶去交警大队。

队里的审问室里，警员还在调解，不想双方矛盾再次升级。

林浅突然拍案而起，扬起手就扇了那个男人一耳光，男人发怒想还手，被旁边的警员给制止了。

“拦我作甚，是她打人，你们可都看到了啊，都要给我做证啊，就是她撞了人，还打人。”

林浅毫不含糊，大声说道：“你个不要脸的碰瓷怪，拿自己奶奶的性命开玩笑，我不打你打谁！”

“我呸，小小年纪就被包养开豪车，敢做还不敢认？这就把你给惹毛了，我还没骂是哪个人傻钱多的愣子会包养你这种人。”

对于这种“出口成脏”的人，真的很难忍啊，林浅的暴脾气上来了，内心的正义感爆棚，她脱下鞋子狠狠地朝男人砸去，这种人就是欠教训。

警员一边拦着，一边怒吼：“别打，这什么地方还敢打架，住手，都住手！”

一时间，审问室里鸡飞狗跳，好不闹腾。

顾城骁开门的时候，看到的就是这样一幅场景，他的脸更加黑了，周身笼罩着一团黑烟，令人不敢靠近。

“住手！”雷一般的声响落下，审问室里顿时落针可闻。

林浅一怔，赶紧放下踩在凳子上的脚，端正乖巧地坐了下来。

“这是林浅家属。”带人进来的警员介绍道。

男子一听，凶神恶煞地瞪着顾城骁，暗想：看这个人倒像是有几分来头的，可得好好讹一下。

“她家属是吧，你是她的谁啊，哥啊，还是叔啊？难不成还是干爹？”男子的口气带着三分调笑，一句“干爹”更是带着几分羞辱。

林浅默不作声了，只悄悄地替对方捏了一把汗。

顾城骁在林浅身边的空位上坐下，用平时一贯的口吻问道：“怎么回事？”

“林浅八点半在文化路口撞了人，是一位八十岁的老太太，老太太当场昏迷已经送医院了，这位是老太太的孙子冯先生，冯先生当时正扶着老人过马路，冯先生也被撞了，是轻伤。但是林浅拒不承认，非说是冯先生自己把老人推倒了，两人在现场就打了一架，在警车里还打，这到了警局，又打了一架。”

警员详细地把事情的经过叙述了一遍，听起来好像顾城骁是质问的，警员是回答的，身份对调了。

顾城骁听完，转头仔细看了看林浅，看着她脸上身上没有明显外伤，他稍稍地松了一口气。

再看这位冯先生，鼻青脸肿，嘴角带血，连衣袖都被撕烂了。

一般男女之间的肢体冲突，女方总是占理一些，示个弱、装装可怜，总能博得一些同情，可到了这里却反过来了，从表面上看，林浅撞人、打人，还不承认，她反而成了嚣张跋扈又暴力的一方。

顾城骁很是头痛，瞪了林浅好几眼。

冯姓男子叫嚣道：“喂，小丫头，你家长来了你就装可怜了？你刚才那虎样儿警察可都看到了，我不跟你废话，一口价，五十万，少一分就法庭见，我非告得你牢底坐穿不可。”

林浅脱口而出：“你干脆去抢好了！”

“住嘴！”顾城骁警告道，“你给我安静点。”

“他们是在敲诈。”

“闭嘴！”顾城骁用眼神提醒她——我来解决。

林浅怏怏不乐地闭了嘴。

冯姓男子看顾城骁还有几分威严，再看他这人的气质和气场，想来也不是简单的人物，便朝他开口威胁道：“小丫头无知狂妄，撞人可是要判刑的，我奶奶还在医院躺着，一口气提不上来，那她就是撞人致死，罪上加罪。她开的那车，一个轮胎都要五十万吧，我也就是让你们赔个轮胎的钱。”

顾城骁不动声色地问警察：“有事发地的监控吗？”

警员摇摇头：“没有，刚好是监控死角，询问了当时围在那看热闹的人，都说是林浅撞的人。”

“他们是一伙的，组团碰瓷。”林浅说道。

顾城骁又一个眼神扫过来，命令她闭嘴。

“……”林浅鼓着腮，只能忍气吞声。

顾城骁拿出手机，把事发的时间和地址发给沈自安。

冯姓男子一看他的动作，冷言讽刺道："找帮手，还是找律师？你要是找人，那我可得提价了，七十万。"

林浅眼睛一瞪，真想掀桌子，被顾城骁的眼神给镇压下来了。

"老太太现在怎么样？"他转向身旁的警员问道。

警员："老太太没有生命危险，但是身体有多处骨折，年纪大了，脑子也不太清楚，挺遭罪的。"

冯姓男子的气焰越发嚣张，说道："我奶奶她老人家本来身体好得很，八十岁的年纪还在家带曾孙子，这一撞，好了，就算现在死不了，身体也会大不如前，这后续的医疗费、精神损失费，还有我的医疗费，都得算你头上。还有最重要的一点，当时她是从高速上开下来，驾照满一年才能上高速，刚才警察可是查过的，她还没满一年，上了法庭，她必定要坐牢。先生，我看你也不是普通人，不想我把这件事闹大吧？你也不差这点钱，给了，我就算了。"

警员敲了敲桌子提醒道："冯国栋，注意你的口气，你这是敲诈。"

冯国栋指着自己脸上的伤："她打我是事实，她撞伤我奶奶也是事实，既然是调解，我就不能为自己争取最大的权益？"

警员哑言，一时间无话可说，看着林浅直摇头。

不消一会儿，沈自安就发回了一段私家车行车记录仪上的视频，视频清楚地记录下了当时的事发经过。

当时冯国栋扶着奶奶过马路，绿灯没亮他们就走了出去，林浅本来可以过的，见有行人闯红灯就立刻踩了刹车。

车子还没完全停下，冯国栋就踹了老人一脚，在林浅车子停下的同时，老人刚好倒在车头。

很快，周围有行人围了过来，纷纷指责林浅撞到人，一切配合得天衣无缝。

顾城骁嘴角露出了一丝微笑，将视频放到冯国栋和警察的面前，说道："如果撞到人，人会离车一段距离，这位老奶奶是贴着车头倒下的，况且，以当时的车速，就算碰到，也不会伤得那么严重。"

此时冯国栋已经在无望看天了。

顾城骁又拿出一份资料，说："冯国栋先生，你上半年连续在同一个地方被‘撞’数次，真的是你太倒霉，还是刻意为之，你心知肚明。”

冯国栋：“……”

警察也是一脸发蒙，互相看着，议论着：“查过冯国栋的案底没有？”

“查过啊，没有报案记录啊。”

顾城骁说：“这帮人专业碰瓷，专挑年轻女孩下手，把人吓着了给钱了事，不用报警。”也就是碰着林浅这个胆子肥又不服软的硬骨头，这才报了警。

冯国栋见事情败露，挥挥手说：“算算，今天算我倒了血霉，臭丫头，以后开车小心点！”

这下林浅有一种扬眉吐气的畅快感，指着冯国栋大声说道：“别让他跑了，他虐待老人，还敲诈讹钱，他才应该把牢底坐穿。”

冯国栋即刻就被警察拿下了。

办事的警员都对顾城骁的身份很好奇，连他们都查不到的证据，他竟然能在第一时间搞到手，他到底是什么人？

就在这时，局长风风火火地赶来，看到顾城骁，热情地握住了他的手：“顾大队，这小事还让您亲自跑一趟，是我们办事不力。”

顾、顾、顾大队？之前联络顾城骁的办事警员，默默地再看了一眼联系人的姓名，竟然真的是顾城骁！

警员们纷纷投来敬仰的目光，顾城骁可是大名鼎鼎的战神，他所带领的野狼特战队可是一个神话，特战队的情报网更是堪称一绝，只有你想不到的，没有他们查不到的。

顾城骁有些尴尬，与局长寒暄几句之后，赶紧带着林浅离开了。

两人一前一后地往外走，林浅耷拉着脑袋，随时听候处置。

“不去考试啦？”

“我是去考试啊，这不是半路杀出个程咬金嘛。”

“你去学校开到文化路去？一南一北你以为我信你的屁话？！”

“……”被揭穿了，好气。

顾城骁又说：“这么不想上学，行啊，我请几个家教老师，每天在家里学，哪都不用去了。”

林浅一想，那怎么成，不跟坐牢一样了？好歹学校附近还有海底捞和臭豆腐，在家岂不是要完蛋？！

“不用，我爱学校，我爱念书，我马上去考试。”

“来不及了。”

“赶下午场，上午那场期末考试成绩只占 30%，挂不了，下午的高数我一定好好考，相信我。”

顾城骁叹了一口气，摸摸她的脑袋，好声好气地劝道：“以后遇事不要动不动就打架，你以为他真打不过你？他故意惹怒你，故意让你打，目的是为了多讹钱。”

“我知道了，这次多亏了你。”

“那你还跟我生气不？”

“不了，不了。”

“那你去文化路干吗？”

“我也不知道那是什么路，就想走条新路，一不小心就迷路了。”

“……”顾城骁无奈地摇头，果然不能让新手女司机上路啊。